古代送别诗词三百首

中华好诗词主题阅读

吕来好 编著

中国国际广播出版社

序　言

"送别"是一个内涵十分丰富的词语，从送行者一方讲是"送"，从离别者一方讲是"别"。俗话说"千里搭长棚，天下无不散的筵席"，"送别"是人们日常生活中不可或缺的重要组成部分。

《楚辞》有"悲莫愁兮生别离，乐莫乐兮新相知。"的佳句，江淹也在《别赋》中写道："黯然销魂者，唯别而已矣。"离别虽然是生活中普普通通的一件事，但是它对于古人和今人的意义完全不同。在古代，交通条件落后，人的寿命又比较短，所以一次看似普通的离别就很有可能是以"生离"始，以"死别"终。《论语·里仁》："父母在，不远游，游必有方。"这句话也只有从这个层面去理解，我们才不会觉得孔夫子没有出息。恰恰相反，孔夫子是一个极有感情的人，因为父母年事已高，万一有个三长两短，子女不在身边，该是一件多么令人伤心的事情啊。汉代韩婴《韩诗外传》说"树欲静而风不止，子欲养而亲不待"，说的大概就是这种情况吧。

在日常生活中，很多人都对自己拥有的东西不知道珍惜，突然有一天，当这一切倏然而去的时候，他们才感觉到这些人和事物如此重要，怅恨不已。平时人们相互之间的感情就好像是一种司空见惯、令人习焉不察的东西。当离别的巨石从天而降，打破了平静的感情湖面，就必然如"一石激起千层浪"，在人们心目中荡起无限感慨和叹惋的涟漪。从古至今的士大夫知识分子用如椽大笔记录下了这一幕幕离别

剧中的亲情、友情和爱情。

人与人之间最远的不是空间上的山水阻隔，而是心与心的距离，在交通异常便利的今天尤其如此。感情若在，虽然远在天涯，也可以近在咫尺；感情枯竭，即使躺在同一张床上，也可以是同床异梦。近代著名小说家张恨水在他的《金粉世家》中这样写道："冷清秋走了，金燕西也走了。曾经生死离别的恋人，就这样擦肩而过，他们带着伤感和悔恨，随着南来北往的滚滚车轮，融入时代的洪流。"人与人的分分合合又有谁能够预见，难怪纳兰性德会感慨"人生若只如初见"呢！爱情是这样，友情和亲情又何尝不是这样？

本书是在古代文学领域中披沙拣金的结果，也是一个时或见宝的过程。作品的范围十分广泛，从时间上说上起西周，下迄明清；从空间上说，送别所涉及的地点遍布祖国的大江南北、长城内外。因为是送别诗词，所以文就不在关注的范围之内。其实也有很好的送别文章，比如唐代韩愈的许多送别序言就写得十分精彩，明代宋濂的《送东阳马生序》也是送别文字中的佼佼者。此外，限于诗赋之间的界限，也就没有选取骚体和赋体作品。

本书通俗易懂，每首诗歌后边都有题解，或是介绍作者，或是简介创作背景，或是简析诗词的主要内容与艺术特色。另外，编著者在注释中尽可能地将生僻的字都注音，不易懂的词语和典故也都竭尽所能地做了阐释。但愿这些努力能够成为您发现古代文学花园的一扇窗，借以瞥见送别诗词这一枝玫瑰花，哪怕只是惊鸿一瞥。

这是新世纪，是一个改革开放的新时代，也是一个繁华与骚动令灵魂迷惘和不安的时代。屈原在《离骚》中说："人生各有所乐兮，余独好修以为常。"司马迁在《史记·伯夷列传》中说："贾子曰：'贪夫徇财，烈士徇名，夸者死权，众庶冯生。'"这本古代送别诗词的小册子，无法给您带来财富，也无法帮您成就功名，更不会替您找到通往权力巅峰的金光大道。这是一本适合在闲暇的时候，泡上一杯茶，在温暖的阳光下或是温柔的灯光下，随意翻翻的小书，品味古往今来的人们是如何在送别之际倾吐他们的一腔真情。如果借此能够带给您一份对美好情谊的温馨回忆或者是一丝勇往直前的力量，将是对编著者最大的鞭策与鼓舞。

吕来好

2013 年 10 月 18 日于燕园

目 录

目录

目 录

目 录

目 录

目 录

目 录

目 录

目 录

目录

目 录

目 录

目 录

目 录

燕　燕

《诗经·邶风》

燕燕于飞，差池①其羽。
之子于归，远送于野。
瞻望弗及，泣涕如雨。

燕燕于飞，颉之颃之②。
之子于归，远于将之。
瞻望弗及，伫立③以泣。

燕燕于飞，下上其音。
之子于归，远送于南。
瞻望弗及，实劳我心。

仲氏任只，其心塞渊。
终温且惠，淑慎其身。
先君之思，以勖④寡人。

【题解】

这首诗中的"燕燕于飞"只是为了起兴，起衬托作用。诗人望着被
送行的人远去，心中忧伤，不觉下泪。前三章采用《诗经》中重章叠句
的惯用手法，刻画了一幅送别的场面。这种重章叠句是有递进关系的，
第一章说送到了野外，第二章说比野外更远了，第三章只是说明了送行
的方向是向南，可见又远了一些。最后一章则是对对方温和贤惠的品性
的肯定，希望对方能够保持自己贤淑的品德，谨慎地对待自己，好好地
活下去。平凡而简单的语言中充满着感动人心的力量。

【注释】

① 差（cī）池：不整齐。
② 颉颃（xié háng）：这里指鸟上下飞。后来也泛指不相上下，相抗衡。
③ 伫立：久久地站立。
④ 勖（xù）：鼓励，勉励。

伯 兮

《诗经·卫风》

伯兮朅^①兮，邦之杰兮。
伯也执殳^②，为王前驱。

自伯之东，首如飞蓬。
岂无膏沐，谁适为容？

其雨其雨，杲杲^③出日。
愿言思伯，甘心首疾。

焉得谖草^④，言树之背。
愿言思伯，使我心痗^⑤。

【题解】

　　这首诗歌，严格地说属于思夫的诗歌，但是其中暗含着"送别"。这种昔日的"送别"早已经变成了今日的思念。全诗分为四个部分，首先是赞美自己的丈夫非常优秀，接着就想到自己送别丈夫出征后无心打扮，因为丈夫出征不在身边。可见这位女子对丈夫的忠心和夫妻感情之

深。古人云："士为知己者死，女为悦己者容。"这位女子忽然淡开一笔，写自然界有阴天，也有晴天，反衬自己总也见不到丈夫，太违反天理。尽管如此，她还是不停地思念丈夫，即使思念得头疼也心甘情愿。最后，这位女主人公忧伤成疾，她希望能用忘忧草来帮助自己解除这种思念的烦恼，疗救心灵的伤痛。

【注释】

① 朅（qiè）：威武。
② 殳（shū）：古代的一种兵器，较长但是无刃，属于杖类。
③ 杲杲（gǎo）：阳光强烈的样子。
④ 谖（xuān）草：即萱草，也称为忘忧草。
⑤ 痗（mèi）：病。

【名句】

自伯之东，首如飞蓬。
岂无膏沐，谁适为容？

渭　阳

《诗经·秦风》

我送舅氏，曰至渭阳①。
何以赠之？路车乘黄②。

我送舅氏，悠悠我思。
何以赠之？琼瑰③玉佩。

【题解】

　　春秋战国时期，秦国和晋国的王室往往为了政治利益的考虑而结成婚姻关系，所以缔结婚姻也被后世称为秦晋之好。诗歌写的是秦康公送别他的舅舅晋文公，也就是在争夺帝位时被管仲射中衣钩的公子小白。后来杜甫写诗送别他的舅舅崔伟，就用到了这个典故。这两句诗为"气春江上别，泪血渭阳情"，出自《奉送二十三舅录事之摄郴州》。

【注释】

　　① 渭阳：渭水的北边。古代人称山南水北为阳。
　　② 路车：语出朱熹《诗集传》："路车，诸侯之车也。"
　　③ 琼瑰：美玉，泛指玉一类的美石。

行行重行行

《古诗十九首》

　　行行重行行①，与君生别离。
　　相去万余里，各在天一涯。
　　道路阻且长②，会面安可知？
　　胡马依北风，越鸟巢南枝③。
　　相去日已远，衣带日已缓④。
　　浮云蔽白日，游子不顾返。
　　思君令人老，岁月忽已晚⑤。
　　弃捐勿复道，努力加餐饭。

【题解】

这首诗是《古诗十九首》中的第一首，一般认为创作于东汉末年。尽管时代久远，今天读起来，仍然使人感同身受，为女主人公的率真和执著所感动。诗人显然是位家庭妇女，她从回忆以前送丈夫出门写起，道出了他们夫妻"各在天一涯"的苦楚。她突然将笔锋一转，写出了"胡马依北风，越鸟巢南枝"这一句，言下之意，飞禽走兽尚且如此恋家，自己的丈夫怎么就不知道回来呢，对自己的丈夫在思念中又带有几分嗔恨。从这位女子的口吻，我们可以感觉出来她的丈夫应该是离家很久，而且毫无音讯，这不禁令她发出了"浮云蔽白日，游子不顾返"的感慨。最后，女子也明白丈夫很有可能是有了新欢，将她抛弃了。尽管如此，她还是自我勉励，要多吃点饭，努力地活下去。平实的言语展现了她的坚强与勇敢。

【注释】

① 重（chóng）行行：一直走个不停。

② 道路阻且长：化用《诗经·蒹葭》："溯洄（sù huí）从之，道阻且长。"

③ 古代称北狄为"胡"，北狄就是汉朝的匈奴，在汉的北方。"越"这里用来和"胡"相对，指"百越"，最南到达交趾，也就是现在的广东。这两句是说北方所产的马依恋北风，南方所生的鸟儿栖息在南枝上，比喻不忘本。暗示物尚有情，何况是人。

④ 已：同"以"。"日已远"就是一天比一天远了。缓：宽松。"衣带日已缓"表示人一天比一天瘦。这两句套用汉乐府《古歌》"离家日趋远，衣带日趋缓"。

⑤ 岁月忽已晚：指秋冬之际岁月无多的时候。

【名句】

胡马依北风，越鸟巢南枝。

别诗 四首

《文选》

其 一

骨肉①缘枝叶，结交亦相因。
四海皆兄弟②，谁为行路人？
况我连枝树，与子同一身。
昔为鸳和鸯，今为参与辰③。
昔者长相近，邈若胡与秦④。
惟念当乖离，恩情日以新。
鹿鸣⑤思野草，可以喻嘉宾。
我有一樽酒，欲以赠远人。
愿子留斟酌，叙此平生亲⑥。

【题 解】

《别诗》相传为苏武和李陵相赠答的五言诗，根据近代人研究，断定不是苏、李的作品，真正作者已不可考，产生时期大致都在东汉末年。这些诗大都写朋友、夫妇、兄弟之间的离别，故总题为《别诗》。这里以《文选》作为苏武诗的四篇和作为李陵诗的三篇各为一组，以选自《古文苑》的三篇为另一组。第一组的第一首是送别兄弟的诗，从平日的恩情说到临别的感想，再说到饯别时的心情。

【注 释】

① 骨肉：指兄弟。首句以叶之缘枝而生比喻兄弟骨肉天然相亲。
② 这句是用《论语》"四海之内皆为兄弟"的话。以上二句是说天下的人谁都不是漠不相关的路人。
③ 参（shēn）、辰：二星名，参星居西方，辰星（又名商星）居东方，

出没两不相见。

④ 邈（miǎo）：远。胡与秦：犹言外国与中国。当时西域人称中国
　为"秦"。以上四句是说往日行迹亲近，今后就疏远了。

⑤ 鹿鸣：《诗经·小雅》有《鹿鸣》篇，是宴宾客的诗，以"呦呦鹿鸣，
　食野之苹"起兴，是以鹿得食物呼唤同类比喻宴乐嘉宾。

⑥ 樽（zūn）：酒器。斟酌（zhēn zhuó）：用勺子舀酒。结尾四句是
　说这一樽酒本为赠远人用的，现在希望你再留一会儿酌饮此酒。

【名句】

四海皆兄弟，谁为行路人？

其　二

黄鹄一远别，千里顾徘徊。
胡马失其群，思心常依依①。
何况双飞龙②，羽翼临当乖。
幸有弦歌曲，可以喻中怀。
请为游子吟③，泠泠一何悲！
丝竹厉清声，慷慨有余哀。
长歌④正激烈，中心怆以摧。
欲展清商曲⑤，念子不得归。
俯仰内伤心，泪下不可挥。
愿为双黄鹄，送子俱远飞。

【题解】

　　这首诗前三联连用比喻表示临别依依，中五联借描写弦歌的音响说
明离别时的悲伤心情，最后两联直写伤感，仍用比喻作结，表达了诗人

与朋友一同远行的渴望，可见诗人与朋友的情谊之深。

【注释】

① 依依：恋恋不舍。以上四句言鸟兽分别尚不免怀顾恋之情。

② 飞龙：龙是传说中的神物，能飞行。其中有一种有翼的，像飞鸟。这里是以飞龙喻作者送别的朋友和他自己。

③ 游子吟：琴曲名。《琴操》云："楚引者，楚游子龙丘高出游三年，思归故乡，望楚而长叹。故曰楚引。"《游子吟》或许就是指此曲。

④ 长歌：乐府歌有《长歌行》，又有《短歌行》，据《乐府解题》，其区别在歌声的长短。长歌是慷慨激烈的，短歌是微吟低徊的。

⑤ 展：弹奏。清商曲：是短歌而不是长歌。曹丕《燕歌行》："援琴鸣弦发清商，短歌微吟不能长。"这几句是说长歌之后续以短歌，以写心中激烈的伤痛。

【名句】

胡马失其群，思心常依依。

其　三

结发为夫妻，恩爱两不疑。
欢娱在今夕，燕婉①及良时。
征夫怀往路，起视夜何其②？
参辰皆已没③，去去从此辞。
行役在战场，相见未有期。
握手一长叹，泪为生别滋④。
努力爱春华⑤，莫忘欢乐时。
生当复来归，死当长相思。

【题解】

这是一首征夫辞家留别妻子的诗歌。《玉台新咏》卷十收入此篇，题目就作《留别妻》。大意先述平时的恩爱，次说临别难舍，最后嘱咐来日珍重，表达了无论生死都要在一起的深切感情。

【注释】

① 燕婉（wǎn）：欢好貌。以上两句是说良时的燕婉不能再得，欢娱只有今夜。
② 夜何其（jī）：《诗经·小雅·庭燎》："夜如何其？夜未央。"这里用《诗经》成语。其，语尾助词，犹"哉"。
③ 参辰皆已没：参星和辰星都已经落了，就是说天快要亮了。
④ 滋：多。
⑤ 春华：比喻少壮时期。

【名句】

生当复来归，死当长相思。

其 四

烛烛^①晨明月，馥馥^②秋兰芳。
芬馨^③良夜发，随风闻我堂。
征夫怀远路，游子恋故乡。
寒冬十二月，晨起践严霜。
俯观江汉流^④，仰视浮云翔。
良友远别离，各在天一方。
山海^⑤隔中州，相去悠且长。
嘉会难再遇，欢乐殊未央^⑥。
愿君崇令德，随时爱景光。

【题 解】

　　这是一首从中州送友人往南方去的诗歌。起头六句写将别时的光景。次四句预计行人的路程。以下八句言别后山川阻隔，嘉会难再，应该珍惜眼前的欢聚之乐。

【注 释】

　①烛烛：明亮的样子。
　②馥馥（fù）：芳香。
　③芬馨（xīn）：芬芳。
　④江汉：长江和汉水。以上四句是说预计年终行人已经到达江汉之
　　　间了。
　⑤山海：可以是泛说，犹言山川；也可以是实指。
　⑥未央：未尽。这句就是说现在欲别未别，欢乐还未尽。

【名 句】

　征夫怀远路，游子恋故乡。

别诗 三首

《文选》

其 一

良时不再至，离别在须臾①。

屏营衢^②路侧，执手野踟蹰^③。

仰视浮云驰，奄忽互相逾。

风波一失所，各在天一隅。

长当从此别，且复立斯须。

欲因晨风^④发，送子以贱躯。

【题解】

这三首选录《文选》中李陵诗。这三首诗浑然一体，第一首提出离别的话题，表达了依依不舍的感情；第二首为朋友饯行；第三首写作者对朋友此去的设想以及对后会有期的渴望。这组诗有可能是李陵或者苏武所作，这种可能性有历史依据。也正是因为有这样的历史故事，也就有了后人伪托的可能。不管作者是谁，描写离别、表达朋友间的不舍之情则是确凿无疑的。

【注释】

① 须臾（yú）：片刻，一会儿。下文的"斯须"也是这个意思。

② 衢（qú）：四通八达的街道。

③ 踟蹰（chí chú）：心里迟疑，要走不走的样子。

④ 晨风：鸟名，就是鹯（zhān），和鹞（yào）子是一类猛禽，飞起来很快。末两句是说愿附鸟翼，送你远去。

其 二

嘉会难再遇，三载为千秋^①。

临河濯长缨^②，念子怅悠悠。

远望悲风至，对酒不能酬。

行人怀往路，何以慰我愁？

独有盈觞酒，与子结绸缪③。

【题 解】

这一首诗是写饯别朋友。大意说过去相聚多年，不可再得。临别惆怅，连劝酒也没心思了，但是拿什么解愁呢？还是得靠这一满杯酒啊！

【注 释】

① 三载：指过去相聚的时间。"三载"等于"千秋"，言其可贵。
② 濯（zhuó）：洗涤。长缨：驾车时系在马颈的革带，又叫马鞅。
③ 绸缪（chóu móu）：指缠绵不解的情意。上文说"对酒不能酬"，结尾又说"独有盈觞酒，与子结绸缪"，这种矛盾的状态充分体现了诗人的忧愁和无奈。

其 三

携手上河梁，游子暮何之①？
徘徊蹊路侧，悢悢②不能辞。
行人难久留，各言长相思。
安知非日月，弦望③自有时？
努力崇明德，皓首④以为期。

【题 解】

这一首诗表达了诗人对朋友的关心和渴望再见的心情。诗中不说"良时不再至"或"嘉会难再遇"，而说相见有期，"弦望自有时"，这是和前两首不同的地方，既可以理解为感情积极乐观昂扬，也可以理解为诗人无奈之下的自我宽慰。最后诗人劝朋友要加强自身的道德修养，一直到老。

【注释】

① 何之："之何"的倒装。"之"是动词，"到"的意思。

② 悢悢（liàng）：惆怅貌。《文选》五臣注及《太平御览》卷四八九引作"恨恨"，犹"悬悬"，形容相互依恋之情。

③ 弦望：月形如弓的时候叫做弦。每月十五日叫做望，取日月相望之义。以上二句是说怎么知道我们不会像太阳和月亮一样，也有相望之时？比喻有离别也有会合。

④ 皓（hào）首：白头，借指年老。

别诗 三首

汉·佚名

其 一

有鸟西南飞，熠熠^①似苍鹰。
朝发天北隅，暮闻日南陵^②。
欲寄一言去，托之笺彩缯^③。
因风附轻翼，以遗心蕴蒸^④。
鸟辞路悠长，羽翼不能胜。
意欲从鸟逝，驽马不可乘^⑤。

【题解】

《古文苑》有李陵《录别诗》八首，苏武答李陵诗及别李陵诗各一首，后世或作《拟苏李诗》。这里选录三首。本篇是怀人的诗，作者身在北方，所思在南方，大意是说要托飞鸟寄书，鸟辞不能，恨不

得随鸟同飞。表示心不忘南去，希望有所依附以实现这个愿望，但是终不可得。

【注 释】

① 熠熠（yì）：光明貌，形容闪光发亮。这里形容鸟羽反射日光。

② 日南：汉代郡名，是当时中国的最南部。以上二句以"日南"和"天北"相对，言彼鸟飞行之远与速。

③ 笺（jiān）：书启。彩缯（zēng）：绢帛之类，古人在绢帛上写书信。

④ 蕴蒸：指心里积蓄的思想感情。

⑤ 乘：驾车。以上二句是说南去的心不可遏止，乘马都嫌其缓慢，恨不能附飞鸟而去。

其　二

晨风鸣北林^①，熠耀^②东南飞。
愿言所相思，日暮不垂帷。
明月照高楼，想见余光辉。
玄鸟夜过庭，仿佛能复飞。
褰裳路踟蹰^③，彷徨不能归。
浮云日千里，安知我心悲？
思得琼树枝^④，以解长渴饥。

【题 解】

这一首是游子日暮怀归的诗。诗中晨风、玄鸟、浮云的远飞都是作者羁旅中所见到的景物。作者在这样的环境中踟蹰衢路、彷徨难归，因为他的心情不佳，这些景物也就跟着涂染上了一层悲伤的色调。他看到了月光，联想到月光不只是照着他所住的楼，他所思念的故乡也同样在

月光的照耀之下。最后两句是说欲得仙树疗治忧愁，和《录别诗》中另一首"愿得萱草枝，以解饥渴情"意思相同。

【注 释】

① 北林：林名。

② 熠耀：一作"熠熠"，义同。

③ 褰裳（qiān cháng）、踟蹰：褰裳是欲行，踟蹰是欲行又止，这样就是下句所说的"彷徨"。

④ 琼（qióng）：美玉。玉树是传说中仙山上的树。

其 三

童童^①孤生柳，寄根河水泥。

连翩^②游客子，于冬服凉衣。

去家千余里，一身常渴饥。

寒夜立清庭，仰瞻天汉湄^③。

寒风吹我骨，严霜切我肌。

忧心常惨戚，晨风为我悲。

瑶光游何速^④，行愿去何迟^⑤。

仰视云间星，忽若割长帷^⑥。

低头还自怜，盛年行已衰。

依依恋明世^⑦，怆怆^⑧难久怀。

【题 解】

本篇是游子自伤的诗。开篇以柳树生长在河水中起兴，借以表现自己生活的苦楚与遭遇的不幸。诗人一个人漂泊在外，举目无亲，就像是孤孤单单生长在河中的柳树。诗人离家千里，连温饱都成了问题。这个

时候，他长夜难眠，看着星空，感受着寒风，不觉悲从中来。最后诗人感慨，就是这么艰难的日子，还是这样的快速，盛年已经过去，可是自己一事无成，悲痛不已，难以再言。感情真挚，撼人肺腑。

【注 释】

① 童童：秃貌。

② 连翩：鸟飞貌，在这里用来形容游子的漂泊。

③ 天汉：银河。湄（méi）：水草相交之处，就是岸边。

④ 瑶光：星名，即北斗杓第七星，又名"摇光"。古人看斗星所指的方位辨别节令。游：言所指方位改变。这句是说时间过得快。

⑤ "行愿"二字疑有误。"去何"：一作"支荷"。

⑥ 忽：速貌。长帷：指云。言云的形状如帷幕。浮云飞得很快，且飞且散开，这时云间的星看起来好像正向浮云相反的方向急飞，又像星把云块划开了。

⑦ 明世：政治清明的时代。

⑧ 怆怆（chuàng）：悲伤。

送应氏 二首

三国魏·曹植

其 一

步登北邙阪^①，遥望洛阳山。
洛阳何寂寞，宫室尽烧焚^②。
垣墙皆顿擗^③，荆棘上参天^④。
不见旧耆老^⑤，但睹新少年。

侧足无行径，荒畴不复田^⑥。

游子久不归，不识陌与阡。

中野何萧条，千里无人烟。

念我平常居^⑦，气结不能言。

【题解】

　　此诗作于建安十六年（211）。应氏指应玚、应璩兄弟。应玚为"建安七子"之一。曹植时年二十岁，被封为平原侯，应玚被任为平原侯庶子。同年七月，曹植随其父曹操西征马超，途经洛阳。当时应玚也在军中。不久，应玚受命为五官中郎将文学，行将北上，曹植设宴送别应氏，写了两首诗。这首写洛阳遭董卓之乱后的残破景象。无论是在思想内容方面，还是在艺术形式方面，都代表了曹植前期诗作的水平。它是建安诗歌中为数不多的直接反映汉末动乱现实的优秀诗篇之一，其风格正如刘勰在《文心雕龙》中评价建安文学时所指出的"慷慨以任气，磊落以使才"，不乏"慷慨"之气，确有"磊落"之才。

【注释】

①　北邙（máng）：山名，在洛阳东北。阪（bǎn）：同"坂"，山坡。

②　宫室尽烧焚：初平元年（190），董卓挟汉献帝迁都长安，把洛阳的宗庙宫室全部焚毁。

③　垣（yuán）墙：城墙。顿：塌坏。擗（pǐ）：分裂。

④　参天：高得快要挨着天了，形容很高。荆棘上参天：说明十分荒凉。洛阳被董卓焚烧在初平元年，距离作这首诗的时候已经二十一年了，而且当时战乱不断，所以会有这般衰败的景象。

⑤　耆（qí）：六十岁以上的人。耆老：犹言德高望重的老年人。

⑥　畴（chóu）：田亩。田：动词，耕种。

⑦　这句是代应氏设词，不是作者自述，应氏或许曾在洛阳居住。

其 二

清时难屡得，嘉会不可常。

天地无终极，人命若朝霜。

愿得展嬿婉^①，我友之朔方。

亲昵^②并集送，置酒此河阳。

中馈^③岂独薄？宾饮不尽觞^④。

爱至望苦深，岂不愧中肠？

山川阻且远，别促会日长。

愿为比翼鸟，施翮^⑤起高翔。

【题解】

这是《送应氏》的第二首，通过天地与人生的对比，衬托人生短暂，欢聚须臾，再会不知何时，曹植与应氏兄弟之间的依依惜别之情跃然纸上。

【注释】

① 嬿婉（yàn wǎn）：欢乐。

② 亲昵（nì）：亲热，友好，诗中泛指好朋友。

③ 中馈（kuì）：酒食。

④ 觞（shāng）：古代的一种酒杯。以上这两句是说：难道是预备的酒食不够吗？不是，是因为在此离别之际，饮一千杯酒都还觉得不够罢了。

⑤ 翮（hé）：鸟翎（líng）的茎，代指鸟的翅膀。施翮：展翅。

杂诗 六首选一

三国魏·曹植

其 五

仆夫早严驾^①，吾行将远游。

远游欲何之^②？吴国为我仇。

将骋万里途，东路安足由？

江介多悲风，淮泗^③驰急流。

愿欲一轻济，惜哉无方舟。

闲居非吾志，甘心赴国忧^④。

【题解】

　　这首诗是一首想象中的"送别诗"。虽然不见送行者，但是我们就好像看到了老百姓送子弟兵奔赴前线的场面。这首诗抒发了曹植甘心赴难为国建功的壮志，但又不能实现的苦闷。很可能是和《赠白马王彪》同时期的作品，其时间在黄初四年（223），曹植以鄄（juàn）城王应诏到洛阳。他在《赠白马王彪》诗里说"怨彼东路长"，在本篇说"东路安足由"，"东路"就是从洛阳赴鄄城之路。鄄城在今山东省鄄城县。当时魏蜀吴三国并立，所以曹植会有这样的想法。

【注释】

①严驾：装备好车驾。

②何之：之何的倒装，意思是到哪里去。

③淮泗：两水名，是征讨东吴的必经之地。

④这两句表达了诗人为国捐躯的壮志。也就是《秋自试表》"徒荣其

躯而丰其体，……此徒圈牢之养物，非臣之所志也"一段话的意思。

赠白马王彪

三国魏·曹植

序曰：黄初四年五月，白马王、任城王与余俱朝京师，会节气。到洛阳，任城王薨。至七月，与白马王还国。后有司以二王归藩，道路宜异宿止。意毒恨之。盖以大别在数日，是用自剖，与王辞焉。愤而成篇。

第一章①

谒帝承明庐，逝将归旧疆。
清晨发皇邑，日夕过首阳。
伊洛广且深，欲济川无梁。
泛舟越洪涛，怨彼东路长。
顾瞻恋城阙，引领情内伤。

第二章②

太谷何寥廓，山树郁苍苍。
霖雨泥我涂，流潦浩纵横。
中逵绝无轨，改辙登高冈。
修坂造云日，我马玄以黄。

第三章③

玄黄犹能进，我思郁以纾。

郁纡将何念？亲爱在离居。
本图相与偕，中更不克俱。
鸱枭鸣衡轭④，豺狼当路衢。
苍蝇间白黑，谗巧反亲疏。
欲还绝无蹊，揽辔止踟蹰。

第四章⑤

踟蹰亦何留？相思无终极。
秋风发微凉，寒蝉鸣我侧。
原野何萧条，白日忽西匿。
归鸟赴乔林，翩翩厉羽翼。
孤兽走索群，衔草不遑食。
感物伤我怀，抚心长太息。

第五章

太息将何为？天命与我违。
奈何念同生，一往形不归。
孤魂翔故域，灵柩寄京师。
存者忽复过，亡没身自衰。
人生处一世，去若朝露晞⑥。
年在桑榆间，影响不能追。
自顾非金石，咄唶令心悲⑦。

第六章⑧

心悲动我神，弃置莫复陈。
丈夫志四海，万里犹比邻。
恩爱苟不亏，在远分日亲。

何必同衾帱⑨，然后展殷勤。

忧思成疾疢⑩，无乃儿女仁。

仓卒骨肉情，能不怀苦辛？

第七章⑪

苦辛何虑思？天命信可疑。

虚无求列仙，松子久吾欺⑫。

变故在斯须，百年谁能持？

离别永无会，执手将何时？

王其爱玉体，俱享黄发期。

收泪即长路，援笔从此辞。

【题 解】

《赠白马王彪》是一首抒情长诗，也是曹植的代表作之一。全诗共分七章，前有小序，但是本篇最先载于《魏氏春秋》时没有这篇序，序最先见于《文选》。这首诗作于黄初四年（223），此时，曹植、曹彪、曹彰弟兄三人一同进京朝见曹丕。结果，任城王曹彰在京师莫名其妙地死去，曹植、曹彪一同回归封地。他二人本可结伴同行，但遭到监国使者（名叫灌均）的阻拦，曹植悲愤难当，写下这首八十余行的长诗，赠给他的异母弟白马王曹彪。

【注 释】

① 第一章写离开洛阳，渡过洛水，回顾依恋。其时当在七月初。

② 第二章写渡过洛水后陆路的险阻。另有版本将本章八句合上章十句为一章。

③ 第三章写兄弟被迫分别，小人搬弄是非，谗间骨肉。

④ 衡轭（è）：车辕前横木压在牛马颈上的部分。乘舆上有鸾铃，现在代以鸱枭恶鸟之声，比喻小人包围君主。下句"豺狼"也是比喻小人。

⑤ 第四章写初秋原野萧条，触景伤心。诗人由愤激而感伤。

⑥ 晞（xī）：干。人生短暂得就像早晨的露水，太阳一出来就蒸发没了。

⑦ 咄嗟（duō zé）：惊叹声。第五章回顾任城王的暴死，瞻望自己的前途。从离合之悲写到死生之感，从感伤到悲惧交并。

⑧ 第六章写诗人强为宽解，并慰勉曹彪。结尾二句说不悲伤是不可能的，表示终究不能宽解。

⑨ 同衾帱（chóu）：言共用被帐。后汉桓帝时有一个叫姜肱的人，字伯进，与弟仲海、季江友爱，常同被而眠（事见《后汉书·姜肱传》）。这句是用姜肱的典故。

⑩ 疢（chèn）：热病。《诗经·小弁》："心之忧矣，疢如疾首。"

⑪ 第七章前半部分申说苦辛之怀，变故既不可料，逃避也不可能。后半部分是诀别之辞。

⑫ 以上二句就是曹操《善哉行》"痛哉世人，见欺神仙"的意思。曹植曾作《辨道论》骂方士。"松子"，就是赤松子，古仙人名。

【名句】

人生处一世，去若朝露晞。

赠秀才入军 十九首选二

三国魏·嵇康

其 九

良马既闲，丽服有晖①。

左揽繁弱^②，右接忘归^③。

风驰电逝，蹑景追飞。

凌厉^④中原，顾盼生姿。

【题解】

  嵇康（223—262），字叔夜，谯郡铚（zhì，今安徽省宿县西）人。爱好老庄学说，攻击周孔名教，修习养性服食等事。他是曹魏宗室的女婿，在政治上反对当时权臣即后来篡位的司马懿。年四十岁被司马昭杀害，死前有三千多太学生请愿营救他，并要求以他为师。他是当时重要的思想家和论文家，存诗五十四首，四言诗比较好，往往给人峻洁雄秀的印象。《赠秀才入军》诗共有十九首，是寄赠给他的哥哥嵇喜的。嵇喜字公穆，曾举秀才，这首诗就是想象嵇喜在军中戎装驰射的生活。

【注释】

  ① 晖：本意是阳光，泛指光辉、光芒。

  ② 繁弱：古代良弓的名字。

  ③ 忘归：矢名。

  ④ 凌厉：奋行直前貌。

其十四

息徒兰圃^①，秣马华山。

流磻^②平皋，垂纶长川。

目送归鸿，手挥五弦。

俯仰自得，游心太玄。

嘉彼钓叟，得鱼忘筌^③。

郢^④人逝矣，谁与尽言。

【题 解】

本篇原列第十四首，在这组诗中最为有名。诗人想象嵇喜行军之暇领略山水乐趣的情景。本诗以凝练的语言描写了高士飘然出世、心游物外的风神，传达出一种悠然自得、与造化相侔的哲理境界。

【注 释】

① 兰圃：有兰草的野地。

② 磻（bō）：用生丝做绳子系在箭上射鸟叫做弋，在系箭的丝绳上加系石块叫做磻。

③ 筌（quán）：捕鱼竹器。《庄子·外物》："筌者所以在鱼，得鱼而忘筌。"又道："言者所以在意，得意而忘言。""得鱼忘筌"是"得意忘言"的比喻，说明言论是表达玄理的手段，目的既然达到了，手段就不需要了。

④ 郢（yǐng）：古地名，春秋楚国的都城。《庄子·徐无鬼》有一段寓言说，曾经有郢人将白土在鼻子上涂了薄薄一层，像苍蝇翅膀似的，叫匠石用斧头将它削去。匠石挥斧成风，眼睛看都不看一下，就把白土削干净了。郢人的鼻子毫无损伤，他的面色也丝毫没有改变。郢人死后，匠石的这种绝技也不能再表演了，因为再也找不到像郢人这样能够和他搭配默契的人了。这个寓言是庄子在惠施墓前对人说的，表示惠施死后再也没有可以与之谈论的人了。本篇二句言"游心太玄"的乐趣固然不需要多说，即使说了，也难得知音。

【名 句】

目送归鸿，手挥五弦。

俯仰自得，游心太玄。

挽歌诗 三首选一

东晋·陶渊明

其 三

荒草何茫茫，白杨亦萧萧。

严霜九月中，送我出远郊。

四面无人居，高坟正嶕峣^①。

马为仰天鸣，风为自萧条。

幽室^②一已闭，千年不复朝；

千年不复朝，贤达无奈何！

向来相送人，各自还其家；

亲戚或余悲，他人亦已歌。

死去何所道？托体同山阿。

【题 解】

"挽歌"是古代用于丧葬的歌，相传最初是托引柩车的人所唱。陶渊明有《挽歌诗》三首，第一首写敛，第二首写祭，第三首写葬，都作亡人自叹语气。本篇是第三首。死亡是每一个人到了一定年龄阶段都要面对的严肃问题。古人讲究杀身成仁，西方著名诗人裴多菲说："生命诚可贵，爱情价更高，若为自由故，二者皆可抛。"这首诗是诗人暮年想象自己去世后，亲朋好友为他送葬的情景，耐人寻味，发人深省。

【注 释】

① 嶕峣（jiāo yáo）：高貌。

② 幽室：指墓穴。

【名句】

死去何所道？托体同山阿。

邻里相送至方山

南朝宋·谢灵运

祗役①出皇邑，相期憩瓯越②。
解缆及流潮，怀旧不能发。
析析就衰林，皎皎明秋月。
含情易为盈，遇物难可歇。
积疴③谢生虑，寡欲罕所阙。
资此永幽栖，岂伊年岁别。
各勉日新志，音尘慰寂蔑④。

【题解】

　　谢灵运（385—433），陈郡阳夏（今河南省太康县）人。谢玄之孙，东晋袭封康乐公，入宋降为侯。累官至侍中。喜欢游山涉险，每次出游，随从数百人。元嘉十年（433）获罪，弃尸广州，年四十九。谢灵运的诗歌好摹写山水，往往工妙，但有时累于繁富，伤于刻画，或夹杂玄言理语，淡而少味。他与颜延之、鲍照号称"元嘉三大家"。这首诗的首联点出了送别的地点和要去的地方，接着写他乘船时的心情和沿途的环境，然后表达了自己的生命感慨，最后说希望和亲朋好友音问相通，以慰寂寞。

【注 释】

① 祗役：就是说奉朝廷之命赴任。

② 憩（qì）：休息。瓯（ōu）越：现在浙江省永嘉县一带地属古之东越，亦称东瓯。

③ 疴（kē）：病。本句是说因为疾病而暂时不去为生活谋虑。

④ 寂蔑：寂寞。

发后渚

南朝宋·鲍照

江上气早寒，仲秋始霜雪。

从军乏衣粮，方冬与家别。

萧条背乡心，凄怆清渚发。

凉埃晦平皋①，飞潮隐修樾②。

孤光③独徘徊，空烟视升灭。

途随前峰远，意逐后云结。

华志分驰年，韶颜④惨惊节。

推琴三起叹，声为君断绝。

【题 解】

鲍照（约415—470），字明远，东海（今山东省郯城县西南）人。家世贫贱。临川王刘义庆任命他为国侍郎，宋文帝迁为中书舍人。后临海王刘子顼（xū）镇荆州，鲍照为前军参军。子顼作乱，鲍照为乱兵所杀。鲍照的诗歌骨气劲健，语言精炼，词采华丽。常常表现出慷慨不平

的思想感情。在刘宋一代的诗人中最为特出。七言诗到他手里有显著的发展，对于唐代作家颇有影响。本篇写初冬行役，辞家就道，景色荒寒，意绪愁惨。"后渚"，在建业（今南京）城外江上。

【注 释】

① 皋（gāo）：水边陆地。

② 修樾（yuè）：长长的树荫。

③ 孤光：指太阳。这句写空江寥廓，但见日影孤悬而已。王维《使至塞上》"大漠孤烟直，长河落日圆"与此句写景有类似之处。

④ 韶颜：美好的容貌。这句是说颜色惨伤源于内心惊诧于节序的变迁。

送江水曹还远馆

南朝齐·谢朓

高馆临荒途，清川带长陌①。
上有流思人，怀旧望归客。
塘边草杂红，树际花犹白②。
日暮有重城，何由尽离席！

【题 解】

谢朓（464—499），字玄晖。陈郡阳夏人。出身贵族，母为宋长城公主。仕齐至中书吏部郎。齐东昏侯永元（499—501）初江祏等谋立始安王遥光，遥光以谢朓兼知卫尉，企图引他为党羽，他不肯依从，致下狱死，年仅三十六。谢朓诗风格秀逸，为当时作家所爱重，梁武帝说：

"不读谢诗三日觉口臭。"（见《太平广记》引《谈薮》）谢朓的所谓"新变体"的诗已经有唐诗风韵，对五言诗的律化影响极大。这首诗歌有两种解释，关键就是看怎么理解"馆"字究竟指什么。题面上是"还远馆"，而开头第一句即是"高馆临荒途"，那么两个"馆"字所指是一，抑或是二？若此"高馆"即题中之"远馆"，则所写为悬想之词；若否，则是实写送别之地的景色。

【注 释】

①陌（mò）：田间东西方向的道路，泛指道路。
②这两句写景如画，抒情真挚。写景由低到高，由近及远。

别范安成诗

南朝梁·沈约

生平少年日，分手易前期①。
及尔同衰暮，非复别离时。
勿言一樽酒，明日难重持。
梦中不识路，何以慰相思②。

【题 解】

沈约（441—512），字休文，吴兴武康（今浙江省德清县）人。幼孤贫，笃志好学，博通群籍。历仕宋、齐、梁三代。著述很多，诗文都被时人推重。沈约的诗歌工于用意，不露圭角。尝撰《四声谱》，倡导声病之说。这首送别诗追述了二人少年时期的情谊，让这种离别又多

了一份岁月的沧桑感。最后诗人想到梦中可能会想念自己的朋友，但是梦中又不认识路，这种无法排遣的思念将朋友间的深情刻画得入木三分。

【注释】

① 易：看得轻易。前期：来日重见之期。这两句是说，他和范岫年轻时离别，那时都把来日重逢看得很容易。

② 这是用战国时张敏和高惠的故事。张敏和高惠是好朋友，当别后相思之时，张敏做梦去寻高惠，但行至中途迷失了道路。这两句是说，我和你离别之后，即使像古人那样梦中寻访，也将迷路，怎能安慰相思之情呢？

别 诗

南朝梁·范云

洛阳城东西，长作经时^①别。
昔去雪如花，今来花似雪^②。

【题解】

范云（451—503），字彦龙，南乡舞阴（今河南省沁阳县西北）人。仕齐官至广州刺史。入梁为吏部尚书。钟嵘《诗品》中称范云的诗歌"清便宛转，如流风回雪"。本篇是与何逊联句之作，何逊集题作《范广州宅联句》。范云为广州刺史在永元元年（499）。当时联句的方法是每人作四句，分开来自成一首。

【注 释】

① 经时（何逊集作"经年"）：言经历多时。《古诗十九首》："但感别经时。"

② 这两句是说冬去春来。

送沈记室夜别

南朝梁·范云

桂水①澄夜氛，楚山清晓云。
秋风两乡怨，秋月千里分。
寒枝宁共采，霜猿行独闻。
扪萝正意②我，折桂方思君。

【题 解】

诗的开头便以极平稳的笔调勾画出送别时静谧、安详的环境。诗中虽然没有正面写送别，但无论是偏于写景、写情或写事，都暗涉了离别。这首诗中，"扪萝正意我"，与"折桂方思君"相对得最为工稳，也最能体现范云诗歌句法、结构的特色。此诗在写法上是一句一转，但同样是"转"，如沈约的《别范安成诗》（沈德潜《古诗源》卷十二评为"句句转"），是层层递进式的转，而范云此诗则是句句回环式的转。这种回环式的结构、回环式的句法正是范云诗风的典型。所以钟嵘《诗品》曾评范云诗曰："范诗清便宛转，如流风回雪。"正是抓住了其诗风格的整体特征。《送沈记室夜别》虽然是范云的早期作品，但也不难看出，这首诗已经奠定了范诗风格的基础。

【注释】

①桂水：桂花开放时的江水。

②扪萝（mén luó）：抚蔓。借萝依附其他树而生长来比喻朋友间的依恋。意：通"忆"。

酬别江主簿屯骑

南朝梁·吴均

有客告将离，赠言重兰蕙。

泛舟当泛济，结交当结桂。

济水有清源，桂树多芳根。

毛公与朱亥^①，俱在信陵门。

赵瑟凤凰柱，吴醴金罍樽^②。

我有北山志，留连为报恩。

夫君皆逸翮^③，抟景复凌骞。

白云间海树，秋日暗平原。

寒虫鸣趯趯^④，落叶飞翻翻。

何用赠分首？自有北堂萱^⑤。

【题解】

吴均（469—519），字叔庠，吴兴故鄣（今浙江省安吉县西北）人。家世寒贱。曾为建安王伟记室，补国侍郎。还为奉朝请。撰《通史》，未就而卒。均文体清拔，有古气，当时称吴均体。梁代诗人除江淹外，吴均、何逊都是名家，出其余作家之上。本篇是酬答友人留别的诗。疑

题中"屯骑"上脱去一个字,这个字是一个人的姓。"主簿"、"屯骑",都是官名,不应该既说"主簿"又说"屯骑"。诗中说"毛公与朱亥",又说"夫君皆逸翮",都见出这是酬别两人的诗。

【注 释】

① 毛公:战国时赵国的处士,藏于博徒。朱亥:战国时魏国的贤者,隐于屠夫。两人都和信陵君结交。

② 醥(piǎo):清酒。金罍(léi)樽:泛指名贵的饮酒器皿。

③ 逸翮(hé):本意是指善飞者,这里是说他的这两位朋友都是人才。

④ 趯趯(tì):跳跃。

⑤ 北堂萱:《诗经·伯兮》:"焉得萱草,言树之背。"《毛传》:"萱草令人忘忧。背,北堂也。"

与苏九德别

南朝梁·何逊

宿昔梦颜色,咫尺思言偃①。
何况杳来期②,各在天一面?
踟蹰暂举酒,倏忽不相见。
春草③似青袍,秋月如团扇。
三五④出重云,当知我忆君。
萋萋若被径,怀抱不相闻。

【题解】

何逊（？—518），字仲言，东海郯（今山东省郯城县西）人。八岁能赋诗。少时被范云赏识，结为忘年交。范云称何逊的诗歌"能含清浊，中今古"。累官至卢陵王记室，卒。有《何水部集》。何诗不多，风格清泠，足成家数，梁人重视谢朓诗，唯有何逊与谢朓较为相近。本篇写别友之情，时令或在夏季，诗中所言及的"青袍"、"团扇"当是作者眼前所见的东西。首二句言虽然近在咫尺但是不能不思念，所以昨夜还梦见对方。这样便生出下文何况远离的意思。末四句是说分别以后，每逢圆月当空的夜间、青草覆径的季节，不免要联想到眼前的团扇和青袍，触动对故人的想念，但是山川阻隔，这种想念之情却未必能够传达。

【注释】

①偃：疑作"宴"。《诗经·氓》："言笑晏晏。""晏"即是"宴"的假借。

②杳来期：将来的聚会遥遥无期。杳，远。来期，将来之会。

③春草：《古诗·穆穆清风至》："青袍似春草。"下句"秋月"出自古乐府《怨歌行》："裁为合欢扇，团团似明月。"这里借"春草"、"明月"现成的比喻引起下文。

④三五：月半十五日，这是月亮最为明亮的时候。

临行与故游夜别

南朝梁·何逊

历稔①共追随，一旦辞群匹②。
复如东注水，未有西归日。

夜雨滴空阶，晓灯暗离室。
相悲各罢酒，何时同促膝^③。

【题解】

　　本篇在《艺文类聚》与《文苑英华》中均作《从政江州与故游玩别》。这两个题目都有道理，均说出了作诗的时间，只不过一个笼统，一个具体。何逊从政江州时在梁初天监（502—519）中。诗歌回忆了与朋友的交情，感叹聚散无常，描写了夜晚相别的环境，抒发了临别的幽微惆怅之情。

【注释】

　　① 稔（rěn）：本意指谷熟一年为稔，也用来作年的代称。
　　② 群匹：犹言朋俦，指诸旧游。
　　③ 同：一作"更"。促膝：膝盖相接而谈，形容亲密的样子。

与胡兴安夜别

南朝梁·何逊

居人行转轼^①，客子暂维舟。
念此一筵笑，分为两地愁。
露湿寒塘草，月映清淮流。
方抱新离恨，独守故园秋^②。

【题解】

　　这是秋夜留别的诗歌。送行的人在岸上，离别的客人在船上。这里的意境和白居易《琵琶行》中"主人下马客在船"一句表达的情调颇为类似。后边写了离别的筵席、环境和朋友走后诗人的孤寂与落寞。

【注释】

　　① 居人：留居的人，指胡兴安。行：将。转轫：回车。
　　② 这两句是说自己将抱恨独居。

相　送

南朝梁·何逊

客心已百念①，孤游重千里②。
江暗雨欲来，浪白风初起。

【题解】

　　这是一首留赠送别者的诗歌。前半部分写行客惆怅的情怀，后半部分写江上凄寒的景色。何逊集中又有题为《相送》的联句五首。韦黯诗云："子瞻天际水，予望路中尘。"王江乘诗云："君还旧居处，为我一颦眉。"何逊诗云："一朝事千里，流涕向三春。"又："愿子俱停驾，看我独解维。"又："以我辞乡泪，沾君送别衣。"这些诗句都是辞别送者而不是送人者的语气。本篇制题欠明白，但从相送联句类推，可以知道这不是送行的诗歌。"客心"和"孤游"两句作为远行者自己言情也远比代行人述更感动人。

【注 释】

① 百念：百感交集。

② 重（chóng）：更。重千里：就是说何况更在千里之外。上句说作
客已经可悲，下句说作远客更可悲。

送韦司马别

南朝梁·何逊

送别临曲渚，征人慕前侣。
离言虽欲繁，离思终无绪。
悯悯①分手毕，萧萧行帆举。
举帆越中流，望别上高楼。
予起南枝怨，子结北风愁。
逦逦②山蔽日，汹汹浪隐舟。
隐舟邈已远，徘徊落日晚。
归衢并驾奔，别馆空筵卷。
想子敛眉去，知予衔泪返。
衔泪心依依，薄暮行人稀。
暧暧③入塘港，蓬门已掩扉。
帘中看月影，竹里见萤飞。
萤飞飞不息，独愁空转侧。
北窗倒长簟，南邻夜闻织。
弃置勿复陈，重陈长叹息。

【题 解】

　　韦司马,即韦爱。齐东昏侯永元三年(501)春正月,萧衍为征东将军,从襄阳兴师讨伐东昏侯,留弟冠军将军萧伟行雍州(治所在今湖北襄阳)州府事,以壮武将军韦爱为其司马,带襄阳令。时齐兴太守颜僧都等据郡反,爱沉敏有谋,率众千余人,与僧都等战于始平郡南,大破之。梁天监元年(502),晋号辅国将军,寻除宁蜀太守,与益州刺史邓元起西上袭刘季连,行至公安,道病卒(见《梁书·韦爱传》)。此诗当作于永元三年韦爱为雍州司马时。全诗三十句,可分为五个段落,每段六句。第一段写江边话别时难舍难分的情景。第二段写韦爱乘舟离去,作者登楼远望时的心情。第三段写送别后归路上的感受。第四段写到家所见情景。第五段写辗转思念、夜不成寐的苦况。可谓层次分明,结构谨严。这首诗最突出的艺术特色之一,就是成功地运用了"顶真格"。另一个艺术特色,就是叠字的运用。全诗共用了六组叠字,都恰到好处。这些艺术手法的运用增强了诗歌的艺术感染力。

【注 释】

　　① 惘惘:惆怅的样子。
　　② 逦逦(lǐ):曲折连绵貌。
　　③ 暧暧(ài):日光昏暗。

江津送刘光禄不及

南朝陈·阴铿

依然临送渚,长望倚河津。
鼓声①随听绝,帆势与云邻。

泊处空余鸟，离亭已散人。

林寒正下叶，晚钓欲收纶。

如何相背远？江汉与城闉^②。

【题 解】

　　阴铿，字子坚，武威姑臧（今甘肃省武威县）人。博涉史传，五言诗为时所重。阴铿的诗歌风格清新流丽，传世不多。这首诗写送刘而不及见刘，江边伫立，怅望去帆，而刘光禄已经远去，自己所见到的不过是飞鸟、离亭、飘落的树叶和傍晚归去的垂钓者。

【注 释】

　　① 鼓声：打鼓开船的声音。

　　② 城闉（yīn）：城内重门，也泛指城郭。

别毛永嘉

南朝陈·徐陵

愿子厉风规^①，归来振羽仪^②。

嗟余今老病，此别空长离。

白马君来哭^③，黄泉我讵知？

徒劳脱宝剑，空挂陇头枝^④。

【题 解】

"毛永嘉"即毛喜，字伯武，曾为永嘉内史。本篇是送别毛喜先归留赠之作。大意是说自己老病，恐怕毛喜归而自己已死，眼前的一别实际就是永别了。这首诗歌四十字像是一笔写下，貌虽排偶实则单行，在陈、隋两代的作品中十分特别，显得气格高迈。

【注 释】

① 风规：风谏箴规。

② 振羽仪：创立法式和规范。

③ 这句用后汉范、张故事（见《后汉书·范式传》）：范式与张劭为友，张劭死后，范式梦到张劭来和他诀别，告以葬期。范式素车白马前往奔丧，未到而丧已发引。张劭的柩车到圹忽然不能动，范式赶到，执绋引柩，柩车才动。

④ 末二句用季札挂剑故事（事见《新序·节士》）。春秋时，吴延陵季子聘晋，路过徐国，徐君爱季子所佩宝剑，希望季子送给他，但是不好意思说出口。季子从他的表情看出了他的心思，但出使大国，一时不方便相送，便打定主意从晋国回来就将剑赠送给徐君。但是当他再经过徐国时徐君已经死去，他便将宝剑挂在徐君的墓树上而去。

重别周尚书 二首选一

北周·庾信

其 二

阳关^①万里道，不见一人归。

唯有河边雁，秋来向南飞^②。

【题解】

庚信(512—580)，字子山，庾肩吾之子。梁元帝时聘西魏，稽留长安，不久梁亡，从此流寓北方，非其所愿，常常有故国之思。庾信的诗歌体格和当时流行的诗没有什么分别，但因为才力丰美，工于语言，成就也就超越了同时的作家。晚年抒写悲愤、叙述丧乱的诗往往沉痛感人。"周尚书"，名弘正，字思行。弘正自陈聘周，南归时庾信以诗赠别。先已经有《送周尚书弘正二首》，这是再送，所以题为"重别"。这是《重别周尚书二首》中的第二首。

【注 释】

① 阳关：关名，在今甘肃省敦煌县西南一百三十里，玉门关在其北。两关都是出塞必经之地。这里借"阳关道"表示身在西北，离乡万里，和《赠王琳》诗中"玉关道路远，金陵信使疏"所表达的意思相近。
② 最后两句以秋雁渡河比喻周弘正南归。

送别诗

隋末·佚名

杨柳^①青青著地垂，杨花漫漫搅天飞。
柳条折尽花飞尽，借问行人归不归？

【题 解】

　　古代有折柳送别的风俗，故送别盼归诗多以杨柳起兴。该诗三句带柳，末句见意，清丽中有浑厚之气。另据说，该诗系讽隋炀帝南游不归。

【注 释】

　　① 杨柳：柳树中的一种。"柳"与"留"同音，所以古人送别时候经常折柳相送，以表达"挽留"之意，所以才会有下边的"柳条折尽"的说法。

【名 句】

　　柳条折尽花飞尽，借问行人归不归?

杜少府之任蜀州

唐·王勃

城阙辅三秦①，风烟望五津②。
与君离别意，同是宦游人。
海内存知己，天涯若比邻。
无为在歧路，儿女共沾巾!

【题 解】

　　这首诗意在劝慰被送行的人不要为了离别而悲哀，读后自有一种挚

友深情油然而生，天真豪迈，不作悲酸之语，可以想见其为人。全诗从曹植的《送白马王彪》脱化而出，然而短小精悍，脍炙人口。据研究，所送之人有可能是杜审言。

【注 释】

① 城阙：指长安。项羽灭秦，分关内地为三，封秦三降将雍王、翟王、塞王，号"三秦"。辅：夹辅之意。
② 五津：语出《华阳国志》："蜀大江有五津：始曰白华津，二曰万里津，三曰江首津，四曰涉头津，五曰江南津。"

【名 句】

海内存知己，天涯若比邻。

送卢主簿

唐·王勃

穷途非所恨，虚室^①自相依。
城阙居年满，琴尊俗事稀。
开襟方未已，分袂忽多违。
东岩富松竹，岁暮^②幸同归。

【题 解】

这虽然是一首送别诗，但诗人主要不是表现送别卢主簿之情，而是

热切地期待着"东岩富松竹，岁暮幸同归"这个时刻的到来。值得体味的是诗人用了"松竹"一词。中国古代称松竹梅为"岁寒三友"。"松竹"二字显示了诗人自勉自况的决心。这首诗和《杜少府之任蜀州》不同之处在于：对即将离别的友人，诗人不是采用劝诫的口吻，而是勾勒出一个长安东山岁寒而后凋的松竹图，让人觉得东山的竹子虽然凋零了，却是一个值得人留恋、神往的好地方。诗人送别卢主簿，好像并不完全担忧他的离去，而是寄希望于两人的并肩前进。所以，他才能把这首诗写得那么催人向上。这自然是由于诗人积极乐观的精神使然。

【注　释】

① 虚室：指自己的住处。《庄子》中有"虚室生白"的典故。
② 岁暮："暮"本来指黄昏，相应地，"岁暮"就是指一年将终的时候。

江亭夜月送别 二首

唐·王勃

其　一

江送巴南水，山横塞北云。
津亭秋月夜，谁见泣离群①。

【题　解】

这两首诗是一组诗，是一个整体。第一首写送别时情景，第二首则

写别后状况，写景耐人寻味，含情脉脉。从整首诗看，诗人把送别时的凄凉和送别后的孤寂怅惘之情融化入景色的描写之中，借景抒情，含蓄感人。而这首诗的妙处更在于情景交融的手法运用得浑然无迹；从而使诗篇呈现出一种空灵蕴藉之美。

【注 释】

① 离群：语出《礼记·檀弓上》："吾离群而索居，亦已久矣。"

其 二

乱烟笼碧砌，飞月①向南端。
寂寂离亭掩，江山此夜寒。

【题 解】

这一首诗写得迷离怅惘，让人搞不清被送行的人是诗人的朋友，还是诗人自己。如果是朋友，则"飞跃向南端"就是想象之词；如果是诗人自己，则这一句就是实写。最后两句不仅显得凄美冷艳，而且是内心真实感受的外在显现，韵味无穷。江山哪里知道冷暖，分明是诗人因为孤寂而感到人世的炎凉。

【注 释】

① 飞月：通过月亮的移动来写自己渐行渐远，离别的惆怅溢于言表。

易水送别

唐·骆宾王

此地别燕丹^①，壮士发冲冠。
昔时人已没^②，今日水犹寒。

【题 解】

唐高宗仪凤三年（678），骆宾王以侍御史职多次上疏讽谏，触忤武后，不久便被诬下狱。仪凤四年（679）六月，改元调露（即调露元年），秋天，骆宾王遇赦出狱。是年冬，他即奔赴幽燕一带，侧身于军幕之中，决心报效国家。《易水送别》一诗，大约写于这一时期。从诗题上看，这是一首送别诗。从诗的内容上看，这又是一首咏史诗。诗人在送别友人之际，发思古之幽情，表达了对古代英雄的无限仰慕，从而寄托他对现实的深刻感慨，倾吐了自己满腔热血无处可洒的极大苦闷。

【注 释】

①燕丹：指燕国太子。
②昔时人：指荆轲。这句是说荆轲已经湮灭在历史红尘中，烟消云散。

【名 句】

昔时人已没，今日水犹寒。

西使兼送孟学士南游

唐·卢照邻

地道巴陵北，天山弱水东。

相看万余里，共倚一征蓬①。

零雨悲王粲②，清樽别孔融③。

徘徊闻夜鹤④，怅望待秋鸿⑤。

骨肉胡秦外，风尘关塞中。

唯余剑锋在，耿耿气成虹。

【题解】

此诗是初唐五言排律中的佼佼者，素来被诗论家所称道。明人胡应麟在《诗薮》中说："凡排律起句，极宜冠裳雄浑，不得作小家语。唐人可法者，卢照邻：'地道巴陵北，天山弱水东。'骆宾王：'二庭归望断，万里客心愁。'杜审言：'六位乾坤动，三微历数迁。'沈佺期：'阊阖连云起，岩廊拂露开。'此类最为得体。"清人沈德潜在《唐诗别裁》中也评论说："前人但赏其起语雄浑，须看一气承接，不平实，不板滞。后太白每有此种格法。"从这些评语里足以看出这首诗对当时诗坛和盛唐诗人的重要影响。

【注释】

① 倚：依傍，接近。征蓬：飘转的蓬草。蓬，菊科多年生草本植物名，末大于本，秋枯根拔，风卷而飞，故又名"飞蓬"。

② 王粲《赠蔡子笃诗》云："翼翼飞鸾，载飞载东。我友云徂（cú），言戾（lì）旧邦。……风流云散，一别如雨。中心孔悼，涕泪涟洏（lián ér）。"

③《后汉书·孔融传》曰："（孔融）性宽容少忌，好士，喜诱益后进。及退闲职，宾客日盈其门。常叹曰：'坐上客恒满，尊中酒不空，吾无忧矣。'"这句诗使用这个典故，把孟利贞比作孔融，是赞美他的文采风流、好客喜士，惋惜别后不复能与之共饮。

④ 乐府琴曲有《别鹤操》，其古辞曰："将乖比翼兮分隔天端，山川悠远兮路漫漫，揽衣不寐兮食忘餐。"本句暗用此典。

⑤ 秋鸿：用鸿雁来比喻孟利贞。因为秋鸿南飞和孟利贞南游相类似。

【名 句】

骨肉胡秦外，风尘关塞中。

送梓州高参军还京

唐·卢照邻

京洛风尘远，褒斜①烟露深。
北游君似智，南飞我异禽。
别路琴声断，秋山猿鸟吟。
一乖青岩酌，空伫白云心②。

【题 解】

好友高参军北还，可喜可贺。诗人觉得自己滞留在蜀地，形单影只，实在愚痴，即便有鸿鹄之志也是枉然。高参军将从自己当年南游蜀地的来路还京，真为他提心吊胆：这一路上，风尘滚滚，关山重重，那数不清的峭壁悬崖，急流险滩，不知他如何跋涉。诗人眼看好友离去，远了，

远了，好友的车盖早已在视线之外，他还在离别的高坡上挂肚牵肠：什么时候该过三峡，什么时候能越秦岭，什么时候才安抵京洛，昔日相与饮酒吟诗的高参军已离他而去，难以再见，秋山俱寂。猛一惊，直面惜别时的童山青岩，不胜感慨。

【注 释】

① 褒斜：古通道名。也称褒斜道、褒斜谷。

② 乖：违，背离。白云心：形容隐居山中者心情的悠闲自得、洒脱淡泊。

大剑送别刘右史

唐·卢照邻

金碧禺山①远，关梁蜀道难。
相逢属晚岁，相送动征鞍。
地咽绵川冷，云凝剑阁寒。
倘遇忠孝所②，为道忆长安。

【题 解】

这首诗从山高路险写起，接着写相逢与相送。本来是送别之悲伤，作者却避开不谈，只是说大地好像也在呜咽，云也好像在哽咽，融情于景。最后一句寄意，表达了自己期盼回到长安的愿望。

【注 释】

① 金碧：神名，即金马碧鸡。禺（yú）山：即禺同山。

② 忠孝所：指当时益州的绵竹县。境内有绵竹故城，魏征西将军邓艾
伐蜀，诸葛瞻（亮之子）、瞻子尚临难取义，父子同日战死于此。

送二兄入蜀

唐·卢照邻

关山客子路，花柳帝王城①。
此中一分手，相顾怜无声。

【题 解】

这首诗是卢照邻为送别自己的兄长入蜀而作，前两句写景，后两句
抒情。他们没有声音，也许是相互呜咽而说不出话来，真是"此处无声
胜有声"。

【注 释】

① 这两句是说长安正值春天，既写了送别时的环境，也暗示了送别的
时间。

春夜别友人 二首选一

唐·陈子昂

其 一

银烛吐青烟，金樽对绮筵①。
离堂思琴瑟②，别路绕山川。
明月隐高树，长河③没晓天。
悠悠洛阳道，此会在何年？

【题 解】

陈子昂的《春夜别友人》共两首，这是第一首。约作于光宅元年（684）春。时年二十六岁的陈子昂离开家乡四川射洪，奔赴东都洛阳，准备向朝廷上书，求取功名。临行前，友人设宴欢送他。席间，友人的一片真情触发了作者胸中的诗潮，他旋即写成这首离别之作。

【注 释】

① 筵：宴会的酒席。
② 琴瑟：指朋友宴会之乐，源出《小雅·鹿鸣》："我有嘉宾，鼓瑟鼓琴。"是借用丝弦乐器演奏时音韵谐调来比拟情谊深厚的意思。
③ 长河：银河。李商隐的《嫦娥》诗中有"云母屏风烛影深，长河渐落晓星沉"。

【名句】

明月隐高树，长河没晓天。

送金城公主适西蕃应制

唐·郑愔

下嫁戎庭远，和亲汉礼优。
笳声①出虏塞，箫曲背秦楼。
贵主悲黄鹤，征人怨紫骝②。
皇情眷亿兆，割念俯怀柔。

【题 解】

郑愔（？—710），字文靖，河北沧县（属沧州）人。卒于唐睿宗
景云元年。十七岁举进士。武后时，张易之兄弟荐为殿中侍御史，张易
之下台后，被贬为宣州司户。唐中宗时，任中书舍人、太常少卿，与崔
日用、冉祖雍（yōng）等依附武三思，人称"崔、冉、郑，辞书时政"。
诗人以雄劲的笔触，描写送金城公主适西蕃这一历史事件。他通过对于
时间和空间的意匠经营，以及把写景、叙事、抒情与议论紧密结合，在
诗里熔铸了丰富复杂的思想感情，使诗的意境雄浑深远，既激动人心，
又耐人寻味。

【注 释】

①笳（jiā）声：胡笳吹奏的曲调，亦泛指边地之声。

② 紫骝（zǐ liú）：古骏马名。

送綦毋潜落第还乡

唐·王维

圣代①无隐者，英灵②尽来归。
遂令东山③客，不得顾采薇④。
既至金门⑤远，孰云吾道非⑥？
江淮度寒食⑦，京洛缝春衣。
置酒长安道⑧，同心⑨与我违。
行当浮桂棹⑩，未几拂荆扉。
远树带行客，孤城当落晖。
"吾谋适不用"⑪，勿谓知音稀⑫。

【题 解】

　　王维号称"诗佛"。王维擅长佛理，善诗工画，苏轼评价王维的诗画是"诗中有画，画中有诗"。这首诗歌中"远树带行客，孤城当落晖"一联最能体现这种特色。这首诗是写给他的好友綦毋（qí wú）潜的，綦毋是复姓，潜是名字。全诗以时间顺序展开，诗歌从綦毋潜来京应试的往事写起，让这种应试落第的不快顿时被冲淡了。綦毋潜落第的事情，作者也只是一笔带过，因为他们都相信，这只是时运不济，綦毋潜终有一天会金榜题名，飞黄腾达，这是盛唐时期士人的普遍心态。王维的思绪又由眼前转到将来，想象自己将来到南方去拜访这位好友。无论如何旷达，毕竟是綦毋潜落第的日子，所以，最终作者还是安慰綦毋潜，让他不要灰心，因为他的才华只是一时间没有施展的机会，况且他还有这

么多的知音。实际上，写诗送别綦毋潜的不止王维一人，后来綦毋潜也在开元中进士及第。

【注 释】

① 圣代：政治清明的时代。

② 英灵：指贤能有才干的人。

③ 东山：泛指归隐之山。《晋书·谢安传》："虽受朝寄，然东山之志，始末不渝，每形于颜色。"是说谢安虽然在朝廷，但是始终不忘归隐东山。

④ 采薇：指避世隐居。《史记·伯夷列传》："义不食周粟，隐于首阳山，采薇而食。"

⑤ 金门：是"金马门"的省称。《三辅黄图》："汉武帝得大宛马，以铜铸像，立于署门。"

⑥ 据《孔子家语》记载，楚昭王曾经派人聘请孔子，孔子往，陈蔡发兵围孔子，孔子曰："《诗》云：'匪兕非虎，率彼旷野，'吾道非乎？吾何为至此乎？"这是说孔子感叹自己的主张不能施行，半途受到阻碍。诗中是借孔子的遭遇来比方綦毋潜落第，志不得伸。

⑦ 寒食：就是寒食节，据说是为了纪念介子推。

⑧ 长安道：也有的版本作"长亭道"，在今天的陕西省西安市，是唐代都城外践行的地方。

⑨ 同心：即知己。《周易·系辞上》："二人同心，其利断金；同心之言，其臭如兰。"

⑩ 桂棹：用桂树木材做的船桨。这里是用借代的手法，代指船。因为南方水程较多，号称水乡，而綦毋潜是南方人，所以王维才这样说。

⑪ 语出《左传》："士会（人名）行，绕朝（人名）赠之以策（马鞭）曰：'子毋谓秦无人，吾谋适不用也。'""适"是偶然的意思。

⑫ 知音：语出《列子》："伯牙鼓琴，志在高山，钟子期曰：'峨峨然若泰山。'志在流水，曰：'洋洋然若江河。'子期死，伯牙绝弦，以无知音者。"

【名句】

远树带行客，孤城当落晖。

渭城曲

唐·王维

渭城朝雨浥^①轻尘，客舍青青柳色新。
劝君更尽一杯酒，西出阳关无故人。

【题解】

这首诗歌的题目又作《送元二使安西》。渭城在今天陕西省的咸阳东部，而"安西"是"安西都护府"的省称，大致相当于今天的新疆一带。唐代在西北边疆曾设置有"安西都护府"和"北庭都护府"，以加强对边疆的管辖。这首诗歌是王维送别一位姓元的朋友去安西都护府任职时写的送别诗。"二"不是名字，而是这位姓"元"的官员在兄弟中的排行。这首诗歌前两句写送别时的天气与景色，后两句熔叙述、议论和抒情于一炉，语言朴实无华，然而感人至深。这首诗属于乐府，也就是可以入乐的诗歌，后来被谱成了著名的《阳关三叠》。

【注释】

①浥（yì）：沾湿。

劝君更尽一杯酒，西出阳关无故人。

送沈子归江东

唐·王维

杨柳渡头行客稀，罟师荡桨向临圻^①。
唯有相思似春色，江南江北送君归。

【题解】

《送沈子归江东》是唐代诗人王维的作品之一。这首诗将叙事、写景、抒情融为一体，感情真挚，语言明快，风格清丽，是王维的代表作之一。尤其最后两句，想象奇妙，余音袅袅。

【注释】

① 罟（gǔ）师：渡船的人，即船夫。临圻：地名，在今山东省境内。

【名句】

唯有相思似春色，江南江北送君归。

送康太守

唐·王维

城下沧江水，江边黄鹤楼。

朱阑将粉堞，江水映悠悠。

铙吹发夏口①，使君居上头②。

郭门隐枫岸③，侯吏趋芦洲。

何异临川郡④，还劳康乐侯⑤。

【题 解】

前两句写景，而且是动态的描述，先由城下说起，再到江边，由送别之地标志性建筑"黄鹤楼"一顿，转到了江水的悠悠上来，可见别离越来越近了。在一番铺垫之后，终于送行的歌吹响起，康太守要启程了。最后四句是作者的想象之词，他想象康太守所到之地的环境，并且将谢灵运来与康太守作比，恭维有加而不显造作。

【注 释】

① 铙（náo）：古代军中用以止鼓退军的乐器。铙吹即铙歌，军中乐歌。

② 使君：尊称州郡长官，这里指康太守。

③ 郭门：外城的门。韩愈《过南阳》诗："南阳郭门外，桑下麦青青。"

④ 临川：地名，今属江西。

⑤ 康乐侯：指南朝宋文学家谢灵运。《宋书·谢灵运传》："（灵运）袭封康乐公，性奢豪，车服鲜丽，衣裳器物，多改旧制，世共宗之，咸称谢康乐也。"

送李判官赴东江

唐·王维

闻道皇华使，方随皂盖臣①。

封章通左语，冠冕化文身。

树色分扬子，潮声满富春②。

遥知辨璧吏，恩到泣珠人③。

【题 解】

这是王维送别一位姓李的判官赴任时所作的一首送别诗。前两句叙事，可见李判官应该是随一位大员到地方一起上任。颔联诗人想象李判官等人将对南方进行有效治理，改变那里落后的文化状态。颈联是想象李判官一行人到江南时的景色。尾联用典贴切，料想李判官将在那里施行仁政，惠及黔首。

【注 释】

① 皂盖臣：地方的刺史一类高级官员。

② 富春：即富春江，和上句的"扬子"（即扬子江）都是江左水名，明显是互文的手法，与老杜的"渭北春天树，江东日暮云"相似。

③ 泣珠人：用南海鲛人的典故，李商隐的《锦瑟》诗中有"沧海月明珠有泪"之句，此处代指当地百姓。"辨璧吏"：根据诗意，有可能是指"卞和献璧"的典故，指李判官，赞美他清正忠心。

送宇文太守赴宣城

唐·王维

寥落云外山，迢递舟中赏。

铙吹发西江，秋空多清响。

地迥古城芜^①，月明寒潮广。

时赛敬亭神，复解罟师网。

何处寄想思，南风^②摇五两。

【题解】

唐开元二十八年（740）十月初，王维时任殿中侍御史，奉命由长安出发"南选"，途经襄阳，写了《汉江临泛》、《哭孟浩然》等诗，南进经夏口（湖北武昌）又写了这首五古《送宇文太守赴宣城》和《送康太守》、《送封太守》等诗。这首诗是沿着船行进的路线来写的。前四句是倒写，实际上应是"铙吹发西江，秋空多清响。寥落云外山，迢递舟中赏"。诗人的船从西江出发，秋天的天空发出清脆的响声。外面的云山外多么冷落，清静。诗人从舟中远远地看着两岸，欣赏这自然景色。接下来四句写诗人到夏口接近宣城地界看到与想到的，看到的是，古城荒芜，月明清辉，寒潮阵阵；想到的是，宇文太守赴宣城，一定能治理好宣城。最后两句写诗人对宇文太守的思念，表现他与宇文太守的友情。送走了宇文太守，诗人折回前往岭南。一路上南风习习，诗人想着这段时间与宇文太守相处的情形，仍念念不忘。

【注释】

①地迥：迥，远也。地迥，形容太守所去之地遥远。清洪亮吉《治平篇》："天高地迥。"芜：田地长满乱草，也就是"荒芜"之意。

② 南风：根据《王维年谱》，开元二十八年，王维四十一岁，迁殿中侍御史。是冬，知南选，自长安经襄阳、郢州、夏口至岭南，故有"南风"之说。

送赵都督赴代州得青字

唐·王维

天官动将星，汉地柳条青。
万里鸣刁斗，三军出井陉①。
忘身辞凤阙②，报国取龙庭。
岂学书生辈，窗间老一经。

【题解】

这是一首作于离筵之上的送别诗。一位姓赵的都督即将带兵开赴代州（治所在今山西代县），王维等人为赵都督饯行，在宴席上，有人倡议分韵作诗，王维抓阄得"青"字，于是以"青"字为韵写了上面这首诗。全诗从出征写起，写到为求胜利，不惜牺牲。其时赵都督还没有动身，因此诗中采用的是虚拟的语气，描写的是想象中的情景。这首送别诗，写得意气风发、格调昂扬，不作凄楚之音，表现了青年王维希望有所作为、济世报国的思想。

【注释】

① 井陉（xíng）：地名，在今山西省境内。
② 凤阙（què）：代指朝廷。下句中的"龙庭"则代指西北少数民族

的首府所在地。杨炯《从军行》："牙璋辞凤阙，铁骑绕龙城。"

芙蓉楼送辛渐

唐·王昌龄

寒雨^①连江夜入吴，平明送客楚山孤。
洛阳亲友如相问，一片冰心^②在玉壶。

【题 解】

《芙蓉楼送辛渐》构思新颖，淡写朋友的离情别绪，重写自己的高
风亮节。前两句苍茫的江雨和孤峙的楚山，烘托送别时的孤寂之情；后
两句以玉壶冰自比，表达自己的开朗胸怀和坚强性格。全诗即景生情，
寓情于景，含蓄蕴藉，韵味无穷。

【注 释】

①寒雨：秋冬时节的冷雨。
②冰心：比喻一尘不染的纯洁心灵。

【名 句】

洛阳亲友如相问，一片冰心在玉壶。

送任五之桂林

唐·王昌龄

楚客^①醉孤舟，越水将引棹。
山为两乡别，月带千里貌。
羁遣同缯纶^②，僻幽闻虎豹。
桂林寒色在，苦节^③知所效。

【题 解】

桂林指唐代的桂州。这首诗就是王昌龄送别任五（五是任氏在兄弟中的排行）赴桂林所作。第一联点明离别在即；紧接着两联是对任五行程的想象，略带酸涩的情调；最后一联曲终奏雅，勉励任五不畏艰险，为国家效力，争取在不利的情况下有所作为。

【注 释】

①楚客：犹迁客，指任五。楚三闾大夫屈原因谗见放，而赋《离骚》，后世因称被贬迁谪之人为"楚客"。
②羁遣（jī qiǎn）：因贬谪流放而旅居他乡。缯：一种系丝绳以射飞鸟的箭。纶（lún）：钓鱼的线。
③苦节：指虽然处在逆境当中，依然坚守正义。

【名 句】

山为两乡别，月带千里貌。

送狄宗亨

唐·王昌龄

秋在水清山暮蝉^①，洛阳树色鸣皋^②烟。
送君归去愁不尽，又惜空度^③凉风天。

【题解】

　　首句说明送行的时间是秋天的傍晚，天气晴朗，日落时尚有蝉在鸣叫。次句点明送别地点是在洛阳。在与朋友惜别时，向朋友要去的地方望去，烟雾朦胧，这是虚写。诗的后两句直抒情怀，说明两人情谊非同一般。这首诗语言通俗流畅，含意隽永深沉，以情取景，借景抒情，委婉含蓄。

【注释】

　　① 暮蝉：傍晚时候的蝉鸣。
　　② 鸣皋：狄宗亨要去的地方，在河南省嵩县东北，陆浑山之东有"鸣皋山"，相传有白鹤鸣其上，故名。又称九皋山，山麓有鸣皋镇。
　　③ 空度：朋友走了，只剩下自己一个人度过，所以这么说。

送郭司仓

唐·王昌龄

映门淮水绿，留骑^①主人心。

明月随良掾^②，春潮夜夜深。

【题 解】

诗写春日送别友人，以淮水春潮为喻，委婉含蓄地抒发了对友人远行的依依不舍之情与无限思念，就像那春天的潮水一般，一天比一天更深。以水喻情的另外一个好处是，水流是不间断的，借以表明思念也是一刻也不停歇的。

【注 释】

① 留骑（jì）：留客。骑，坐骑，借指客人。
② 良掾（yuàn）：好官，此指郭司仓。掾，古代府、州、县属官的通称。

送魏二

唐·王昌龄

醉别江楼橘柚^①香，江风引雨入舟凉。
忆君遥在潇湘月，愁听清猿^②梦里长。

【题 解】

此诗前两句写景，寓情于景，情景交融；后两句想象魏二梦里听见猿啼，难以入眠。诗歌表面写好友分别后愁绪满怀，实际上是写作者送别魏二时难舍难分的情感。

【注 释】

① 橘柚（jú yòu）：两种水果，生长在南方，大曰橘，小曰柚。
② 古人俗语有："巴东三峡巫峡长，猿鸣三声泪沾裳。"《水经注·三峡》
　关于猿声的描写："时有高猿长啸，属引凄异，空谷传响，哀转久绝。"

送柴侍御

唐·王昌龄

沅水通波接武冈 ①，送君不觉有离伤。
青山一道同云雨，明月何曾是两乡 ②。

【题 解】

　　王昌龄是一位很重友情的诗人，单就他的绝句而论，写送别、留别的就不少，而且还都写得情文并茂，各具特色。从这首诗的内容来看，大约是诗人贬龙标尉时的作品。这位柴侍御可能是从龙标前往武冈，诗是王昌龄为他送行而写的。流水和波浪感觉不到离别的滋味，仍不知疲倦地在武冈流淌。诗人说：马上就要离开你了，在这送别之际，我却不觉得悲伤。同在一条江边，风雨共进，明月哪里知道我们身处两地？仍然照耀着我们的前方。

【注 释】

① 武冈：县名，在湖南省西部。
② 两乡：作者与柴侍御分处的两地。

赠汪伦

唐·李白

李白乘舟将欲行，忽闻岸上踏歌^①声。
桃花潭水深千尺^②，不及汪伦送我情。

【题 解】

　　《赠汪伦》是唐代伟大诗人李白于泾（jīng）县（今安徽皖南地区）游历时写给当地好友汪伦的一首赠别诗。诗中首先描绘李白乘舟欲行时，汪伦踏歌赶来送行的情景，十分朴素自然地表达出汪伦对诗人那种朴实、真诚的情感。后两句诗人信手拈来，先用"深千尺"赞美桃花潭水的深湛，紧接"不及"两个字笔锋一转，用比较的手法，形象地表达了汪伦对自己那份真挚深厚的友情。全诗语言清新自然，想象丰富奇特，令人回味无穷。虽仅四句二十八字，却脍炙人口，是李白诗中流传最广的佳作之一。

【注 释】

　　① 踏歌：民间一种唱歌形式，一边唱歌，一边用脚踏地打拍子，可以
　　　　边走边唱。
　　② 桃花潭：在今安徽泾县西南一百里，《一统志》谓其深不可测。
　　　　深千尺：诗人用潭水深千尺比喻汪伦与他的友情，运用了夸张的手
　　　　法写深情厚谊，十分动人。

【名 句】

　　桃花潭水深千尺，不及汪伦送我情。

黄鹤楼送孟浩然之广陵

唐·李白

故人西辞黄鹤楼^①，烟花^②三月下扬州。
孤帆远影碧空尽^③，唯见长江天际流。

【题 解】

《黄鹤楼送孟浩然之广陵》是唐代伟大诗人李白的名篇之一。首句点出送别的地点，次句写送别的时间与去向，三、四句写送别的场景：目送孤帆远去，只留一江春水。诗作以绚丽斑驳的烟花春色和浩瀚无边的长江为背景，极尽渲染之能事，绘出了一幅意境开阔、色彩明快的送别画。此诗虽为惜别之作，却写得飘逸灵动，情深而不滞，意永而不悲，辞美而不浮，韵远而不虚。

【注 释】

① 故人：指孟浩然。黄鹤楼：中国著名的名胜古迹，故址在今湖北武汉市武昌蛇山的黄鹄矶上，属于长江下游地带，传说三国时期的费祎于此登仙乘黄鹤而去，故称黄鹤楼。原楼已毁，现存楼为 1985 年修葺。
② 烟花：指暮春浓艳的景色。
③ 碧空尽：消失在碧蓝的天际。

【名 句】

孤帆远影碧空尽，唯见长江天际流。

渡荆门送别

唐·李白

渡远荆门①外，来从楚国②游。
山随平野尽，江入大荒流。
月下飞天镜③，云生结海楼④。
仍怜故乡水⑤，万里送行舟。

【题解】

《渡荆门送别》是唐代伟大诗人李白青年时期在出蜀漫游的途中写下的一首五言律诗。此诗由写远游点题始，继写沿途见闻和观感，后以思念作结，全诗意境高远，风格雄健，形象奇伟，想象瑰丽，表达了诗人浓浓的思乡之情。

【注释】

① 荆门：位于今湖北省宜都县西北长江南岸，与北岸虎牙山对峙，地势险要，自古即有楚蜀咽喉之称。山形上合下开，状若门，故有此名。

② 楚国：楚地，今湖北、湖南一带。其地春秋、战国时属楚国境域。

③ 这句是说明月映入江水，如同从天上飞下来一面镜子。

④ 海楼：海市蜃楼，亦称"蜃景"，是光线经过不同密度的空气层，发生显著折射时，把远处景物显示在空中或地面的奇异幻景。这里状写江上的云雾变幻多姿，美丽无比。

⑤ 仍：依然。怜：怜爱，一本作"连"。故乡水：指从四川流来的长江水。因为诗人从小生活在四川，所以称四川为故乡。

【名句】

山随平野尽，江入大荒流。

送友人

唐·李白

青山横北郭，白水绕东城。
此地一为别，孤蓬①万里征。
浮云游子意，落日故人情。
挥手自兹去，萧萧班马②鸣。

【题解】

　　《送友人》是唐代伟大诗人李白创作的一首充满诗情画意的送别诗。全诗八句四十字，表达了作者送别友人时的依依不舍之情。此诗写得情深意切，境界开朗，对仗工整，自然流畅。青山、白水、浮云、落日，构成高朗阔远的画面。

【注释】

　　①孤蓬：又名"飞蓬"，枯后根短，常随风飞旋。这里比喻即将孤身远行的友人。
　　②萧萧：马的嘶叫声。班马：离群的马。

【名句】

浮云游子意，落日故人情。

送内①寻庐山女道士李腾空 二首

唐·李白

其 一

君寻腾空子，应到碧山家。
水春云母碓，风扫石楠花。
若爱幽居好，相邀弄紫霞。

【题 解】

　　《送内寻庐山女道士李腾空》是唐代伟大诗人李白的组诗作品，一共二首。这两首诗写作者送妻子上庐山访道的情景，诗中描绘了女道士清幽的居住环境和闲适的修道生活，含蓄地表达了作者因社会理想不能实现而产生的向往出世的思想感情。

【注 释】

　　① 内：古人称妻子为内，有时也称为内子、内人或愚内等，是谦称，也在一定程度上反映了古代男尊女卑的封建等级制度。

其 二

多君相门女，学道爱神仙。
素手掬青霭，罗衣曳紫烟。
一往屏风叠，乘鸾着玉鞭①。

【题解】

上一首写求道，这一首则是对道人生活的具体描绘，无非也就是餐霞饮露，身居修炼，最后盼望飞升。这在唐代是十分普遍的现象，李白自己对道教也有一些研究，他的诗歌中也透露出一些仙风道骨，从这首小诗中同样可以体会出这一特点。

【注 释】

① 着玉鞭：一作"不着鞭"。

宣州谢脁楼饯别校书叔云

唐·李白

弃我去者，昨日之日不可留；
乱我心者，今日之日多烦忧。
长风万里送秋雁，对此可以酣高楼①。
蓬莱文章建安骨②，中间小谢又清发。
俱怀逸兴壮思飞，欲上青天览明月。
抽刀断水水更流，举杯消愁愁更愁。

人生在世不称意，明朝散发弄扁舟^③。

【题解】

　　《宣州谢朓楼饯别校书叔云》是唐代伟大诗人李白在宣城与李云相遇并同登谢朓楼时创作的一首送别诗。此诗共九十二字，并不直言离别，而是重笔抒发自己怀才不遇的牢骚。全诗灌注了慷慨豪迈的情怀，抒发了诗人怀才不遇的愤懑，表达了对黑暗社会的强烈不满和对光明世界的执著追求。虽极写烦忧苦闷，却并不阴郁低沉。诗中蕴含了强烈的思想感情，如奔腾的江河瞬息万变，波澜迭起，和艺术结构的腾挪跌宕、跳跃发展完美结合，达到了豪放与自然和谐统一的境界。

【注 释】

　　① 此：指上句的长风秋雁的景色。酣（hān）高楼：畅饮于高楼。
　　② 蓬莱：此指东汉时藏书之东观。蓬莱文章：借指李云的文章。建安骨：汉末建安年间，"三曹"和"七子"等作家所作之诗风骨遒劲，后人称之为"建安风骨"。
　　③ 明朝：明天。散发：不束冠，意谓不做官。这里是形容狂放不羁。古人束发戴冠，散发表示闲适自在。弄扁（piān）舟：乘小舟归隐江湖。扁舟，指小舟，小船。春秋末年，范蠡辞别越王勾践，"乘扁舟浮于江湖"（《史记·货殖列传》）。

【名句】

　　弃我去者，昨日之日不可留；
　　乱我心者，今日之日多烦忧。
　　抽刀断水水更流，举杯消愁愁更愁。

闻王昌龄左迁龙标遥有此寄

唐·李白

杨花落尽子规啼，闻道龙标过五溪 ①。

我寄愁心与明月，随风直到夜郎西 ②。

【题 解】

《闻王昌龄左迁龙标遥有此寄》是唐代伟大诗人李白为好友王昌龄贬官而作的抒发感愤、寄以慰藉的诗作。首句写出了春光消逝时的萧条景况，渲染了环境气氛的暗淡、凄楚；次句是对王昌龄"左迁"赴任路途险远的描绘，显出李白对诗友远谪的关切与同情；三、四两句寄情于景，对诗友进行由衷的劝勉和宽慰。全诗选择了杨花、子规、明月、清风等意象，以奇特的想象力编织出一个朦胧的意境，表达了作者对王昌龄怀才不遇的惋惜与不平。

【注 释】

① 龙标：诗中指王昌龄，古人常用官职或任官之地的州县名来称呼一个人。五溪：是武溪、巫溪、酉溪、沅溪、辰溪的总称，在今贵州东部湖南西部。

② 随风：一作"随君"。夜郎：汉代中国西南地区少数民族曾在今贵州西部、北部和云南东北部及四川南部部分地区建立过政权，称为夜郎。唐代在今贵州桐梓和湖南沅陵等地设过夜郎县。这里指湖南的夜郎，李白当时在东南所以说"随风直到夜郎西"。

【名句】

我寄愁心与明月，随风直到夜郎西。

宣城送刘副使入秦

唐·李白

君即刘越石①，雄豪冠当时。
凄清横吹曲，慷慨扶风词。
虎啸俟腾跃，鸡鸣遭乱离②。
千金市骏马，万里逐王师。
结交楼烦将，侍从羽林儿③。
统兵捍吴越，豺虎不敢窥。
大勋竟莫叙，已过秋风吹④。
秉钺有季公，凛然负英姿⑤。
寄深且戎幕，望重必台司⑥。
感激一然诺，纵横两无疑。
伏奏归北阙，鸣驺忽西驰⑦。
列将咸出祖，英僚惜分离。
斗酒满四筵，歌啸宛溪湄。
君携东山妓，我咏北门诗⑧。
贵贱交不易，恐伤中园葵⑨。
昔赠紫骝驹，今倾白玉卮⑩。
同欢万斛酒，未足解相思。
此别又千里，秦吴渺天涯。
月明关山苦，水剧陇头悲。

借问几时还，春风入黄池。

无令长相忆，折断绿杨枝。

【题 解】

　　《宣城送刘副使入秦》是唐代伟大的浪漫主义诗人李白晚年创作的一首五言古诗。全诗四十二句，二百一十字，称赞刘副使，表达惜别之情。前边七联都是对刘副使的赞美，把他比作晋代的刘琨，勇冠当时，顺便对刘副使的功绩作了一番夸赞。接着三联对刘副使的主帅也大加赞扬。随后诗人描写了送别场面的宏大，诗人与刘副使之间的情谊。在做完这些交代后，诗人的笔触转到了表达别情上来，为刘副使此去的艰辛而感慨不已，并且希望刘副使能早日归来。

【注 释】

①刘越石：指晋代的刘琨，他字越石，《晋书》有传。

②张衡《思玄赋》："超逾腾跃绝世俗。"《世说注》引《晋阳秋》曰：祖逖与刘琨俱以雄豪著名，年二十四，与琨同辟司州主簿，情好绸缪，共被而寝。中夜闻鸡鸣，俱起曰："此非恶声也。"

③楼烦将：《史记》："所将卒斩楼烦将五人。"李奇曰："楼烦，县名。其人善骑射，故以名射士为楼烦，取其美称，未必楼烦人也。张晏曰：楼烦，胡国名。"羽林儿：《汉书》：羽林掌送从。武帝太初元年置，名曰"建章营骑"，后更名"羽林骑"。费昶诗："家本楼烦俗，召募羽林儿。"

④上元中，宋州刺史刘展举兵反，其党张景超、孙待封攻陷苏、湖，进逼杭州，为温晁、李藏用所败。刘副使于时亦在兵间，而功不得录，故有"统兵捍吴越、豺虎不敢窥。大勋竟莫叙，已过秋风吹"之句。

⑤秉钺：《诗经·商颂》："有虔秉钺。"《南齐书》："秉钺出关，凝威江甸。"季公：谓季广琛。《旧唐书》："上元二年正月，温

州刺史季广琛，为宣州刺史，充浙江西道节度使。"《十六国春秋》："英姿迈古，艺业超时。"

⑥ 戎幕：节度使之幕府。羊祜《让开府表》："伏闻恩诏拔臣，使同台司。"注："台司，三公也。"

⑦ 北阙：是上书奏事之徒所诣者。《北史》："鸣驺清路，盛列羽仪。"

⑧《世说新语》："谢安在东山畜妓。"毛苌《诗传》："《北门》，刺仕不得志也。言卫之忠臣不得其志耳。"

⑨ 古诗曰："采葵莫伤根，伤根葵不生。结交莫羞贫，羞贫交不成。"

⑩ 白玉卮：《汉书·高帝纪》："上奉玉卮为太上皇寿。"应劭曰："卮，饮酒礼器也。古以角作，受四升。"晋灼曰："音支。"颜师古曰："卮，饮酒圆器也。"《韩非子》："今有白玉之卮而无当。"

金陵酒肆留别

唐·李白

风吹柳花满店香，吴姬压酒劝客尝①。
金陵子弟来相送，欲行不行各尽觞②。
请君试问东流水，别意与之谁短长？

【题解】

《金陵酒肆留别》是唐代伟大诗人李白即将离开金陵东游扬州时留赠友人的一首话别诗，篇幅虽短，却情意深长。此诗由写仲夏胜景引出逸香之酒店，铺就其乐融融的赠别场景；随即写吴姬以酒酬客，表现吴地人民的豪爽好客；最后在觥筹交错中，主客相辞的动人场景跃然纸上，别意长于流水般的感叹水到渠成。全诗热情洋溢，反映了李白与金陵友

人的深厚友谊及其豪放性格；流畅明快，自然天成，清新俊逸，情韵悠长，尤其结尾两句，兼用拟人、比喻、对比、反问等手法，构思新颖奇特，有强烈的感染力。

【注 释】

① 吴姬：吴地的青年女子，这里指酒店中的侍女。压酒：压糟取酒。古时新酒酿熟，临饮时方压糟取用。

② 欲行：将要走的人，指诗人自己。不行：不走的人，即送行的人，指金陵子弟。尽觞（shāng）：喝尽杯中的酒。觞，指酒杯。

送贺宾客归越

唐·李白

镜湖流水漾清波，狂客①归舟逸兴多。
山阴道士如相见，应写黄庭换白鹅②。

【题 解】

这是李白赠送给贺知章的一首七绝。贺知章比李白年长得多，但对李白的诗才却十分佩服，曾誉其为"谪仙人"，两人可以说是忘年交。天宝三载（744）正月，贺知章辞京回乡，这时李白正在长安，就赠给了他这首诗。

【注 释】

① 狂客：指贺知章，贺知章晚年曾自号"四明狂客"。

② 这两句用王羲之"书成换白鹅"的故事，以王羲之来比方贺知章。

送王屋山人魏万还王屋（并序）

唐·李白

　　王屋山人魏万，云自嵩、宋沿吴相访，数千里不遇。乘兴游台、越，经永嘉，观谢公石门。后于广陵相见，美其爱文好古，浪迹方外，因述其行而赠是诗。

仙人东方生，浩荡弄云海①。

沛然乘天游，独往失所在。

魏侯继大名，本家聊摄城。

卷舒入元化，迹与古贤并。

十三弄文史，挥笔如振绮。

辩折田巴生，心齐鲁连子②。

西涉清洛源，颇惊人世喧。

采秀卧王屋，因窥洞天门③。

揭来④游嵩峰，羽客何双双。

朝携月光子，暮宿玉女窗。

鬼谷上窈窕，龙潭下奔潈⑤。

东浮汴河水，访我三千里。

逸兴满吴云，飘飘浙江汜。

挥手杭越间，樟亭望潮还。

涛卷海门石，云横天际山。
白马走素车，雷奔骇心颜⑥。
遥闻会稽美，一弄耶溪水。
万壑与千岩，峥嵘镜湖里。
秀色不可名，清辉满江城。
人游月边去，舟在空中行。
此中久延伫，入剡寻王许。
笑读曹娥碑，沉吟黄绢语⑦。
天台连四明，日入向国清。
五峰转月色，百里行松声。
灵溪咨沿越，华顶殊超忽。
石梁横青天，侧足履半月⑧。
眷然思永嘉，不惮海路赊。
挂席历海峤，回瞻赤城霞。
赤城渐微没，孤屿前峣兀。
水续万古流，亭空千霜月。
缙云川谷难，石门最可观。
瀑布挂北斗，莫穷此水端。
喷壁洒素雪，空濛生昼寒。
却思恶溪去，宁惧恶溪恶。
咆哮七十滩，水石相喷薄。
路创李北海，岩开谢康乐。
松风和猿声，搜索连洞壑。
径出梅花桥，双溪纳归潮。
落帆金华岸，赤松若可招。
沈约八咏楼，城西孤岩峣⑨。
岩峣四荒外，旷望群川会。
云卷天地开，波连浙西大。

乱流新安口，北指严光濑。

钓台碧云中，邈与苍岭对⑩。

稍稍来吴都，徘徊上姑苏。

烟绵横九疑，漭荡⑪见五湖。

目极心更远，悲歌但长吁。

回桡楚江滨，挥策扬子津。

身著日本裘，昂藏出风尘。

五月造我语，知非佁儗⑫人。

相逢乐无限，水石日在眼。

徒干五诸侯，不致百金产。

吾友扬子云，弦歌播清芬。

虽为江宁宰，好与山公群。

乘兴但一行，且知我爱君⑬。

君来几何时？仙台应有期。

东窗绿玉树，定长三五枝。

至今天坛人，当笑尔归迟。

我苦惜远别，茫然使心悲。

黄河若不断，白首长相思⑭。

【题 解】

　　《送王屋山人魏万还王屋》是唐代伟大诗人李白创作的一首山水长诗。此诗通过对魏万一生遭遇的描述，表达作者对他不幸命运的惋惜和悲愤之情。此诗虽然写魏万千里寻访李白，一路经历的吴越山水的壮丽，其实倒是李白自己一生登山临水的真切感受，因此可以当作一篇山水游记来读。

【注 释】

① 《汉武内传》：东方朔一旦乘龙飞去，同时人见从西北上冉冉，仰望良久，大雾覆之，不知所适。

② 田巴是齐国有名的辩士，据《太平御览》，鲁仲连认为田巴只是空谈，而无挽救齐国危亡的办法，当面质问他，田巴听后感觉鲁仲连说得十分在理，于是杜口，终生不再谈论。

③ 以上是第一段，褒美魏万爱文好古及隐居王屋。

④ 朅来：犹何来也。

⑤ 潀（cóng）：水流交汇的地方。《说文》：小水入大水曰潀。

⑥ 以上是第二段，叙述魏万自嵩、宋沿吴访求李白。

⑦ 《太平寰宇记》：曹娥碑，地志云余姚有孝女曹娥，父溯涛而死，娥年十四，号痛入水，因抱父尸出而死。县令度尚，使门生邯郸子礼为碑文。后蔡邕过，读碑，乃题八字曰："黄娟幼妇，外孙齑臼。"此碑今在上虞县县水滨。据《世说新语》，碑上的八个字是运用拆字法，说的是"绝妙好辞"四个字。

⑧ 以上是第三段，叙述魏万乘兴游台、越之事。

⑨ 孤岩峣（tiáo yáo）：山峰高峻，孤峰直上。

⑩ 以上是第四段，叙述其自台州泛海至永嘉，遍游缙云、金华诸名胜。

⑪ 漭（mǎng）荡：形容水面广阔无边而又水波荡漾的样子。

⑫ 怡儳：痴呆，不前进，形容人进退不果断。

⑬ 以上是第五段，叙述魏万从姑苏到广陵和李白相见的情形。

⑭ 这两句使用了倒装句法，意思是说，白首相思，像黄河之水没有断绝的时候。最后这一段叙写李白送魏万还王屋山时的依依惜别之情。

送张舍人之江东

唐·李白

张翰江东去，正值秋风时①。
天清一雁远，海阔孤帆迟。
白日行欲暮，沧波杳难期。
吴洲如见月，千里幸相思。

【题 解】

这是诗人因送一位姓张的舍人到江南去而作。首句用晋代张翰的典故，有可能这位舍人是辞官归乡。中间的四句是写景，描写出一幅送别的独特画面，这是一个晴天的傍晚，诗人与朋友不忍分离，惆怅而别。最后一联与"沧波杳难期"相呼应，因为再会难期，所以只好用望月的方式表达对朋友的一份情思。

【注 释】

①《晋书》张翰为大司马东曹掾，因见秋风气，乃思吴中菰菜、莼羹、鲈鱼脍，曰："人生贵得适意，何能羁宦数千里，以要名爵乎？"遂命驾而归。

送裴十八图南归嵩山

唐·李白

何处可为别？长安青绮门。

胡姬招素手，延客醉金樽。

临当上马时，我独与君言。

风吹芳兰折，日没鸟雀喧^①。

举手指飞鸿，此情难具论。

同归无早晚，颍水有清源。

【题解】

唐天宝二年(743)，李白任职于翰林院。唐玄宗无意重用他，杨贵妃、高力士、张垍等人又屡进谗言。最终，李白被唐玄宗疏离闲置，他初到长安时期所怀抱的报国大志也成了梦幻泡影，于是打算离开长安。这首诗正是作于此时，是他此时归隐心境的真实写照。

【注释】

① 风吹芳兰折：比喻君子被压抑不能够施展抱负。日没鸟雀喧：比喻皇帝昏庸而小人竞进的政治环境。

白云歌送刘十六归山

唐·李白

楚山、秦山皆白云，白云处处长随君。

长随君，君入楚山里，云亦随君度湘水^①。

湘水上，女萝衣^②，白云堪卧君早归。

【题 解】

《白云歌送刘十六归山》是唐代浪漫主义诗人李白的杂言诗作品，采用歌体形式来表达作者对刘十六的感情。诗八句四十二字，因为其中不少词语的重沓咏歌，便觉得声韵流转，情怀摇漾，含意深厚，意境超远，应当说是歌行中的上品。方弘静曰：太白赋《新莺百啭》与《白云歌》，无咏物句，自是天仙语。他人稍有拟象，即属凡辞。

【注 释】

① 湘水：《通鉴地理通释》：湘水出全州清湘县阳朔山，东入洞庭，北至衡州衡阳县入江。

② 女萝：语出《楚辞》："披薜荔兮带女萝。"

鲁郡①东石门送杜二甫

唐·李白

醉别复几日，登临遍池台。
何时石门②路，重有金樽开。
秋波落泗水，海色明徂徕③。
飞蓬各自远，且尽手中杯。

【题 解】

李白于天宝三载（744）被诏许还乡，离开朝廷后，在洛阳与杜甫相识，两人一见如故，来往密切。天宝四载（745），李杜重逢，同游齐鲁。

深秋，杜甫西去长安，李白再游江东，两人在鲁郡东石门分别。临行时李白写了这首送别诗。题中的"二"，是杜甫在兄弟中的排行。

【注 释】

① 鲁郡：指现在的山东兖州。

② 石门：石门为兖州城东金口坝。

③ 徂徕（cú lái）：一座山的名字。这两句不说徂徕山色本身如何青绿，而说苍绿色彩主动有意地映照徂徕山，和王安石的诗句"两山排闼送青来"（《书湖阴先生壁》）所采用的拟人化手法相似。

金乡①送韦八之西京

唐·李白

客自长安来，还归长安去。
狂风吹我心，西挂咸阳树。
此情不可道，此别何时遇？
望望不见君，连山起烟雾②。

【题 解】

《金乡送韦八之西京》是唐代伟大诗人李白在金乡（今属山东）送别韦八回长安时所作的一首诗。此诗表达了作者对友人的依依惜别之情，也抒写了作者西望京华、思君念国之意。全诗用语自然，构思奇特，形象鲜明，富于浪漫主义色彩。

【注 释】

①金乡：今山东省金乡县。《元和郡县志》卷十河南道兖州金乡县："后汉于今兖州任城县西南七十五里置金乡县。"

②望望：瞻望，盼望。

【名 句】

狂风吹我心，西挂咸阳树。

奉济驿重送严公四韵

唐·杜甫

远送从此别，青山空复情。
几时杯重把，昨夜月同行。
列郡讴歌惜，三朝①出入荣。
江村②独归处，寂寞养残生。

【题 解】

奉济驿，在成都东北的绵阳县。严公，即严武，曾两度为剑南节度使。宝应元年（762）四月，唐肃宗死，代宗即位；六月，召严武入朝，杜甫送别赠诗，因之前已写过《送严侍郎到绵州同登杜使君江楼宴》，故称"重送"。律诗双句押韵，八句诗四个韵脚，故称"四韵"。严武有文才武略，品性与杜甫相投。镇蜀期间，亲到草堂探视杜甫，并在经济上给予接济；彼此赠诗，相互敬重，结下了深厚的友谊。杜甫作这首诗送好友严武，既赞美严武，也发出他自己"寂寞养残生"的叹息。诗意在送严武奉召还朝。诗人曾任严武幕僚，深得严武关怀，所以心中那种依依不舍的别离之情，不必再用言语解释。这首诗语言质朴含情，章法谨严有度，平直中有奇致，浅易中见沉郁，情真意挚，凄楚感人。

【注 释】

① 三朝：指唐玄宗、唐肃宗、唐代宗三朝。
② 江村：指成都浣花溪边的草堂。

送率府程录事还乡

唐·杜甫

鄙夫行衰谢，抱病昏忘集。
常时往还人，记一不识十。
程侯晚相遇，与语才杰立。
薰然耳目开①，颇觉聪明入。
千载得鲍叔，末契有所及。
意钟老柏青，义动修蛇蛰。
若人可数②见，慰我垂白泣。
告别无淹晷③，百忧复相袭。
内愧突不黔，庶羞以周给。
素丝挈长鱼，碧酒随玉粒。
途穷见交态，世梗悲路涩。
东风吹春冰，泱漭④后土湿。
念君惜羽翮，既饱更思戢。

　　莫作翻云鹘，闻呼向禽急。

【题 解】

　　这首诗共分为四个部分，前三段各八句，末段四句收。第一段说诗人在衰病的情况下遇到程录事，精神顿豁。第二段说二人如胶似漆，交情深厚。第三段表达对程录事周济自己的感激之情。最末一段是诗人临别时的叮咛，嘱咐程录事韬光养晦，和光同尘。

【注 释】

①薰：乃薰炙之意。耳目开：《韩诗外传》：齐桓公得管仲、隰朋，曰："吾得二子也，吾目加明，吾耳加聪。"

②数（shuò）：多次，屡次。

③无淹晷（guǐ）：没有时间，很快的意思。晷，原意是日影，借指时间。淹，停留。日影不能停留，形容时间短暂，匆忙。

④泱漭（yāng mǎng）：形容水面广阔无边的样子。这里当是指冰雪消融。

石壕吏

唐·杜甫

　　暮投石壕村，有吏夜捉人。
　　老翁逾墙走，老妇出看门①。
　　吏呼一何怒，妇啼一何苦。
　　听妇前致词：三男邺城戍。
　　一男附书至，二男新战死。

存者且偷生，死者长已矣②。

室中更无人，惟有乳下孙。

有孙母未去，出入无完裙。

老妪力虽衰，请从吏夜归。

急应河阳役，犹得备晨炊③。

夜久语声绝，如闻泣幽咽。

天明登前途，独与老翁别④。

【题 解】

　　这首五言古诗通过作者亲眼所见的石壕吏乘夜捉人的故事，揭露封建统治者的残暴，反映了唐代"安史之乱"引起的战争给广大人民带来的深重灾难，表达了诗人对劳动人民的深切同情。此诗在艺术上的一大特点是精炼，把抒情和议论寓于叙事之中，爱憎分明。场面和细节描写自然真实，善于裁剪，中心突出。诗风明白晓畅又悲壮沉郁，是现实主义文学的典范之作。

【注 释】

　　① 这几句叙述老百姓被征役驱使逼迫的痛苦。

　　② 杜甫当是住在这户人家，这几句写的是老妇人向官吏诉苦之词。

　　③ 这一段详备地描写存者的生活困苦之情状。

　　④ 最后一段写老翁潜归的情形。这里的相别乃是杜甫与老翁的告别。

无家别

唐·杜甫

寂寞天宝后,园庐但蒿藜。

我里百余家,世乱各东西。

存者无消息,死者为尘泥。

贱子因阵败,归来寻旧蹊^①。

久行见空巷,日瘦气惨凄。

但对狐与狸,竖毛怒我啼。

四邻何所有?一二老寡妻。

宿鸟恋本枝,安辞且穷栖。

方春独荷锄,日暮还灌畦。

县吏知我至,召令习鼓鞞^②。

虽从本州役,内顾无所携。

近行止一身,远去终转迷。

家乡既荡尽,远近理亦齐。

永痛长病母,五年委沟溪。

生我不得力,终身两酸嘶。

人生无家别,何以为蒸黎^③。

【题 解】

此诗叙写了一个邺城败后还乡无家可归、重又被征的军人,通过他的遭遇反映出当时农村的凋敝荒芜以及战区人民的悲惨遭遇,对统治者的残暴、腐朽进行了有力的鞭挞。全诗情景交融,感人至深。这首诗中送别的人和被送的人都是自己,反讽力量十足,深刻批判了战争对人民造成的伤害。

【注 释】

① 此句以征人的口吻写战乱后回到家乡。

② 这一部分描写了家乡的荒凉，刚刚回到家又被征去，困苦不堪。

③ 最后一部分抒情，述说自己无家可别的悲伤。作者并不把这种不幸限于征人一己之悲，通过他的口吻，用"远近理亦齐"一句就将这种境遇扩展开去，发人深省。

新婚别

唐·杜甫

兔丝附蓬麻，引蔓①故不长。

嫁女与征夫，不如弃路旁。

结发为君妻，席不暖君床。

暮婚晨告别，无乃太匆忙。

君行虽不远，守边赴河阳。

妾身未分明，何以拜姑嫜②？

父母养我时，日夜令我藏。

生女有所归，鸡狗亦得将③。

君今往死地，沉痛迫中肠。

誓欲随君去，形势反苍黄。

勿为新婚念，努力事戎行。

妇人在军中，兵气恐不扬。

自嗟贫家女，久致罗襦裳。

罗襦不复施，对君洗红妆④。

仰视百鸟飞，大小必双翔。

人事多错迕⑤，与君永相望。

【题解】

此诗描写了一对新婚夫妻的离别，塑造了一个深明大义的少妇形象。丈夫头天结婚，第二天就要去九死一生的战场，新娘虽然悲痛得心如刀割，但她同样认识到，丈夫的生死、爱情的存亡与国家民族的命运是不可分割地联结在一起的，要实现幸福的爱情理想，必须做出牺牲。于是，她强忍悲痛鼓励丈夫参军，同时坚定地表达至死不渝的爱情誓言。全诗模拟新妇的口吻自诉怨情，写出了当时人民面对战争的态度和复杂的心理，深刻地揭示了战争带给人民的巨大不幸。

【注释】

① 蔓（wàn）：细长能缠绕的茎。

② 姑嫜（zhāng）：婆婆和公公。古代称丈夫的母亲为姑，父亲为嫜。

③ 古代称女子出嫁为"归"。"鸡狗"句即"嫁鸡随鸡，嫁狗随狗"的意思。这是封建主义夫权思想的反映。得将：必得随着。将，带领、相随。

④ 襦（rú）：短衣。这两句是说不再穿那件丝绸衣服，并且当面洗掉脸上的脂粉。这是表示别离后生活寡趣，坚贞地等待丈夫归来。施：使用。红妆：指脂粉一类的妇女化妆品。

⑤ 错迕（wǔ）：错杂、违误，这里指生活遭遇坎坷。

垂老别

唐·杜甫

四郊^①未宁静，垂老不得安。
子孙阵亡尽，焉用身独完！

投杖出门去，同行为辛酸。

幸有牙齿存，所悲骨髓干。

男儿既介胄②，长揖③别上官。

老妻卧路啼，岁暮衣裳单。

孰知是死别，且复伤其寒。

此去必不归，还闻劝加餐。

土门壁甚坚，杏园度亦难④。

势异邺城下，纵死时犹宽。

人生有离合，岂择衰盛端？

忆昔少壮日，迟回竟长叹。

万国尽征戍，烽火被冈峦⑤。

积尸草木腥，流血川原丹。

何乡为乐土，安敢尚盘桓？

弃绝蓬室居，塌然摧肺肝⑥。

【题 解】

唐肃宗乾元元年（758）冬，郭子仪收复长安和洛阳，旋即和李光弼、王思礼等九节度使乘胜率军进击，以二十万兵力在邺城（即相州，治所在今河南安阳）包围了安庆绪叛军，局势十分可喜。然而昏庸的唐肃宗对郭子仪、李光弼等领兵并不信任，诸军不设统帅，只派宦官鱼朝恩为观军容宣慰处置使，使诸军不相统属，又兼粮食不足，士气低落，两军相持到次年春天，史思明援军至，唐军遂在邺城大败。郭子仪退保东都洛阳，其余各节度使逃归各自镇守。安庆绪、史思明几乎重又占领洛阳。幸而郭子仪率领他的朔方军拆断河阳桥，才阻止了安史军队南下。为了扭转危局，急需补充兵力，于是在洛阳以西、潼关以东一带强行抓丁，连老汉、老妇也被迫服役。此诗就是在这个历史背景下创作的。这首诗写一个"子孙阵亡尽"的老人被征从军，愤而前去的情景。老人的倔强性格和激愤心情以及与老妻生离死别、互怜互慰的心理，描摹得相当细

腻而深切。老人始而慷慨自奋，终而自为宽解，然而正由此愈见其沉痛，愈显示出一种艺术的感染力。

【注 释】

① 四郊：古代以京邑四周百里地方为郊，这里指洛阳一带。《礼记·曲礼上》："四郊多垒。"即此句所本。

② 介胄（zhòu）：古代的战衣。介，甲，护身的军服。胄，头盔。这里都作动词用。

③ 长揖（yī）：古人相见和辞别的礼节，做法是拱手高举，自上而下。以上数句写虽老弱而愤然从军，悲愤寓于慷慨中。

④ 杏园：即杏园镇，在今河南汲县，那里有黄河渡口，称杏园渡。也是当时唐朝官军驻守的据点。度亦难：是说敌人也不容易由此渡过。度，同"渡"。

⑤ 烽火：古时边防报警的烟火，后常指战火。被：覆盖。冈峦（luán）：连绵的山。冈，山脊。

⑥ 塌然：犹颓然，毁伤的样子。摧肺肝：形容内心悲痛至极。这最后八句写到处是战争，偷生不得，只好沉痛决绝。

送郑十八虔贬台州司户，伤其临老陷贼之故，阙为面别，情见于诗

唐·杜甫

郑公樗散①鬓成丝，酒后常称老画师。
万里伤心严谴日，百年垂死中兴时②。
苍惶已就长途往，邂逅无端出饯迟。

便与先生应永诀，九重泉③路尽交期。

【题 解】

　　这首诗大概是至德二载（757）冬，杜甫由鄜州还长安时所作。郑虔以诗、书、画"三绝"著称，更精通天文、地理、军事、医药和音律。杜甫称赞他"才过屈宋"、"道出羲皇"、"德尊一代"。然而他的遭遇却很坎坷。"安史之乱"前始终未被重用，连饭都吃不饱。"安史之乱"中，又和王维等一大批官员一起被叛军劫到洛阳。安禄山给他一个"水部郎中"的官儿，他假装病重，一直没有就任，还暗中给唐政府通消息。可是当洛阳收复，唐肃宗在处理陷贼官员问题时，却给他定了"罪"，贬为台州司户参军。杜甫为此，写下了这首"情见于诗"的七律。

【注 释】

　　① 樗（chū）：落叶乔木，质松而白，有臭气。《庄子·逍遥游》："吾有大树，人谓之樗。"又《人间世》："匠石之齐，见栎社树，其大蔽牛，谓弟子曰：散木也，无所可用。"杜甫据此创为"樗散"一词，言郑才不合世用。

　　② 万里：指台州。严谴：严厉的处罚。百年：指人的一生。垂死：有两层含意，一则郑虔年已老，眼看要死；再则遭贬，更足以速其死。当时两京收复，故曰中兴时，"中"字读去声。

　　③ 九重泉：犹九泉或黄泉，谓死后葬于地下。杜甫一语成谶，郑虔最终死于贬所。

巴陵①夜别王八员外

唐·贾至

柳絮飞时别洛阳，梅花发后到三湘②。
世情已逐③浮云散，离恨空随江水长。

【题 解】

这首诗前两句写自己当年离开洛阳的情景，定下了悲凉的基调；后两句写失意之人送贬谪之人，同病相怜，离情别绪绵绵不绝。全诗感慨万端，情韵别致。诗人由己及人，由情及景，把离别之情写得意味深长。

【注 释】

①巴陵：即岳州。
②三湘：一说潇湘、资湘、沅湘。这里泛指湘江流域，洞庭湖南北一带。
③逐：随，跟随。

白雪歌送武判官①归京

唐·岑参

北风卷地白草折，胡天八月即飞雪。
忽如一夜春风来，千树万树梨花开。
散入珠帘湿罗幕，狐裘不暖锦衾薄②。
将军角弓不得控，都护铁衣冷犹着。

瀚海阑干百丈冰③，愁云惨淡万里凝。

中军置酒饮归客，胡琴琵琶与羌笛④。

纷纷暮雪下辕门，风掣红旗冻不翻⑤。

轮台东门送君去，去时雪满天山路。

山回路转不见君，雪上空留马行处！

【题解】

　　《白雪歌送武判官归京》抒写塞外送别、雪中送客之情，却充满奇思异想，并不令人感到伤感。诗中所表现出来的浪漫理想和壮逸情怀使人觉得塞外风雪变成了可玩味欣赏的对象。全诗内涵丰富宽广，色彩瑰丽浪漫，气势浑然磅礴，意境鲜明独特，具有极强的艺术感染力，堪称盛世大唐边塞诗的压卷之作。其中"忽如一夜春风来，千树万树梨花开"等诗句已成为千古传诵的名句。

【注释】

　　①武判官：生平不详。判官，官名，是节度使、观察使一类官使的僚属。

　　②狐裘（qiú）：狐皮袍子。锦衾（qīn）：锦缎做的被子。锦衾薄（bó）：丝绸的被子（因为寒冷）都显得单薄了。形容天气很冷。

　　③瀚（hàn）海：沙漠。这句说大沙漠里结着很厚的冰。阑干：纵横交错的样子。

　　④胡琴：当时西域地区的民族乐器。羌（qiāng）笛：羌族的管乐器。

　　⑤风掣（chè）：红旗因雪而冻结，风都吹不动了。掣，拉，扯。冻不翻：（红旗）被冻得怎么吹也飘不起来。

【名句】

忽如一夜春风来，千树万树梨花开。

瀚海阑干百丈冰，愁云惨淡万里凝。

送人赴安西

唐·岑参

上马带吴钩^①，翩翩度陇头^②。

小来思报国，不是爱封侯。

万里乡为梦，三边月作愁。

早须清黠虏^③，无事莫经秋。

【题 解】

这首诗描写岑参的朋友佩挂着吴钩跨上骏马,英姿勃勃地越过陇头。他从小就立志报效国家,杀敌立功不是为了做官,有时梦中会回到故乡,边疆的月光会产生别离忧愁之情。诗人希望朋友早日荡平外敌,边疆太平,朋友能在秋天归来。诗中充满爱国豪情和祝愿朋友早日凯旋的殷切之意。

【注 释】

① 吴钩：一种产于吴地略带弯形的刀。

② 陇头：地名，在今陕西省境内。

③ 黠（xiá）虏：狡猾的敌人。

万里乡为梦，三边月作愁。

碛西头送李判官入京

唐·岑参

一身从远使，万里向安西。
汉月垂乡泪，胡沙费马蹄。
寻河愁地尽，过碛① 觉天低。
送子军中饮，家书醉里题。

【题解】

这首诗本为送李判官入京，却先从自己由长安入安西着笔。"一身从远使，万里向安西"是说自己在天宝八载（749）受高仙芝之聘，不远万里，从长安来到安西。安西，在唐代是一个十分遥远、荒凉的所在，不少人视为畏途，而诗人为实现一身报国志向心甘情愿地前往这个遥远荒凉的地方。

【注释】

① 碛（qì）：沙石积成的浅滩，也指沙漠。

送崔子还京

唐·岑参

匹马西从天外归，扬鞭只共鸟争飞。
送君九月交河①北，雪里题诗泪满衣。

【题 解】

《送崔子还京》描写了诗人送友人崔子归京的情景。既写出了友人崔子即将回京的喜悦，又写出了诗人自己不能回京的苦闷心情，抒发了戍边之人对故乡的思恋。最后一句写景如画，万千感慨和对家乡的思念都融化在那如雪花般扑簌飘飞的泪水中。

【注 释】

① 交河：当指交河郡。原名西州，天宝、至德时改名交河郡。

别董大①二首

唐·高适

其 一

六翮飘飖②私自怜，一离京洛十余年。
丈夫贫贱应未足，今日相逢无酒钱。

【题 解】

在唐人赠别诗篇中，那些凄清缠绵、低回流连的作品，固然感人至深，但另外一种慷慨悲歌、出自肺腑的诗作，却又以它的真诚情谊，坚强信念，为灞桥柳色与渭城风雨涂上了另一种豪放健美的色彩。高适的《别董大》二首便是后一种风格的佳篇。这两首诗是高适与董大久别重逢，经过短暂的聚会以后，又各奔他方的赠别之作。

【注 释】

①董大：指董庭兰，是当时有名的音乐家。在其兄弟中排名第一，故称"董大"。

②翮（hé）：鸟的羽翼。飘飖（yáo）：飘动。六翮飘飖：比喻四处奔波而无结果。

其 二

千里黄云白日曛①，北风吹雁雪纷纷。
莫愁前路无知己，天下谁人不识君？

【题 解】

前一首作品勾勒了送别时晦暗寒冷的愁人景色，虽然诗人当时处在困顿不达的境遇之中，但他没有因此沮丧、沉沦。诗歌既表露出诗人对友人远行的依依惜别之情，也展现出诗人豪迈豁达的胸襟，历来为人们所传唱。

【注 释】

①曛（xūn）：本意为日落时的余光，引申为昏暗。白日曛：即太阳暗

淡无光。

【名句】

莫愁前路无知己，天下谁人不识君？

送李侍御赴安西

唐·高适

行子对飞蓬，金鞭指铁骢①。
功名万里外，心事一杯中。
虏障燕支北，秦城太白东②。
离魂莫惆怅，看取宝刀雄。

【题 解】

"侍御"即侍御史的简称，官名。"安西"，唐代设安西都护府，治所在今新疆维吾尔自治区的库车附近。作者为了送他的朋友李侍御到安西，写了这首诗。全诗写了依依惜别的心情，也写了举杯谈心、互相劝慰的场面，感情非常真挚，调子是高昂的。这正反映了盛唐诗歌中奋发图强、保卫祖国的积极精神。

【注 释】

① 铁骢（cōng）：披着铁甲的战马。

②燕支：即燕支山，也写作焉支山，在今甘肃省境内。秦城：指长安城。

送魏八

唐·高适

更沽①淇上酒，还泛驿前舟。
为惜故人去，复怜嘶马愁。
云山行处合，风雨兴中秋。
此路无知己，明珠莫暗投②。

【题解】

此诗写高适在淇水送别魏八时依依不舍之情。高适事先备好美酒，然后骑马到驿站，与魏八泛舟淇水。船行进在弯弯的淇河上，两岸山岭乌云密布，风雨大作，适逢中秋。诗人告诫魏八，若无知己，不要明珠暗投。

【注释】

①沽（gū）：买。
②这两句和《三国演义》"良禽择木而栖，贤臣择主而事"同义。

送前卫县李寀①少府

唐·高适

黄鸟翩翩杨柳垂，春风送客使人悲。

怨别自惊千里外，论交却忆十年时。

云开汶水②孤帆远，路绕梁山匹马迟。

此地从来可乘兴，留君不住益凄其。

【题解】

　　这首诗当作于高适在河西节度使哥舒翰幕府任掌书记时。少府，指县尉，是从八品。诗歌表明，李寀与作者交情十年。汶水表明他是作者浪游时的朋友，因为高适曾经在山东一带与李白、杜甫一同游历过。此诗锤炼动词、形容词颇见功力，"垂"、"悲"、"怨"、"惊"、"远"、"迟"等字，生动传神。诗歌以写景开篇，谈了两人的交情，也写了离别的场面。最后，诗人认为本来是可以乘兴的好地方，却因为要分别了，无法把朋友留下来而倍感凄凉。

【注释】

　　① 寀（cǎi）：古代指官。

　　② 汶（wèn）水：一条河的名字，和下句中的"梁山"都在今山东省境内。

宋中送族侄式颜，时张大夫贬括州，使人召式颜，遂有此作

唐·高适

大夫击东胡，胡尘不敢起。

胡人山下哭，胡马海边死。

部曲尽公侯，舆台亦朱紫。

当时有勋业，末路遭谗毁①。

转旆燕赵间②，剖符括苍里。

弟兄莫相见，亲族远枌梓③。

不改青云心，仍招布衣士。

平生怀感激，本欲候知己。

去矣难重陈，飘然自兹始。

游梁且未遇，适越今何以。

乡山西北愁，竹箭④东南美。

峥嵘缙云⑤外，苍莽几千里。

旅雁悲啾啾，朝昏孰云已。

登临多瘴疠⑥，动息在风水。

虽有贤主人，终为客行子。

我携一尊酒，满酌聊劝尔。

劝尔惟一言，家声勿沦滓⑦。

【题解】

这首诗大约作于开元二十七年（739）。张守珪被贬括州（今浙江丽水东南）后，遣人招纳高适的族侄式颜前去，高适遂作此诗送别。全诗先称赞张守珪业绩辉煌，多有溢美之词；随即叹其遭贬，言辞惋惜；又对他不坠青云之志十分称许；承此对族侄被招甚感艳羡，却又十分清

醒地看到前途多曲折，因而谆谆教诲，言辞恳切，令人感奋；最后挥酒劝别，一句"家声勿沦滓"，劝勉其努力治事以光耀门楣，在全篇曲折行文之末陡然提出，收煞有力，恰如一声惊雷，振聋发聩。

【注 释】

① 谗（chán）毁：污蔑、诋毁。事见《旧唐书·张守珪传》："二十七年，仙童事露伏法，守珪以旧功减罪，左迁括州刺史。"

② 旆（pèi）：旗帜，代指战事。转旆燕赵间：就是转战于燕赵各地的意思。

③ 枌梓（fén zǐ）：枌即白榆，梓即梓树，这里是用两种树木指代故乡。

④ 竹箭：典出《尔雅·释地》："东南之美者，有会稽之竹箭焉。"

⑤ 缙（jìn）云：山名，即仙都山，在今浙江缙云东。

⑥ 瘴疠（zhàng lì）：山川湿热郁蒸之气，人中之则病。

⑦ 滓（zǐ）：沉淀的杂质。沦滓：指沦落玷辱。

都下送辛大之鄂

唐·孟浩然

南国辛居士，言归旧竹林。
未逢调鼎①用，徒有济川心②。
余亦忘机者，田园在汉阴。
因君故乡去，遥寄式微吟③。

【题 解】

这首诗为孟浩然在长安送辛大回鄂州时所作，在表达辛大空有"济

川"之心，而没有发挥"调鼎"之用的同时，也表明了自己是忘却了一切求名求利、勾心斗角的机心之人。孟浩然是有出仕的心愿的，这里对朋友的劝说，只不过是他不得志时的自我安慰。

【注释】

① 调鼎：本来是宰相的职责，这里用来比喻做官。
② 济川：在这里也是求官的比喻。孟浩然在《望洞庭赠张丞相》一诗中也有"欲济无舟楫"的句子。
③ 式微：相当于现在的"没落"。式微吟：就是"没落之歌"。

送辛大之鄂渚不及

唐·孟浩然

送君不相见，日暮独愁绪。
江上空徘回①，天边迷处所。
郡邑经樊邓②，山河入嵩汝。
蒲轮去渐遥，石径徒延伫③。

【题解】

这首诗写诗人送朋友而没有赶上的惆怅与失落。诗人站在送别的地方，看着悠悠江水独自徘徊，想象着朋友路途所经之地，不知不觉就在那里停留了很久，可见诗人与朋友之间情谊的深厚。

【注释】

① 裴回：通"徘徊"（pái huái），在同一个地方不停地来回行走。

② 樊邓：指樊城、邓州。

③ 延伫：延颈伫望。《楚辞·离骚》："延伫乎吾将返。"

送杜十四之江南

唐·孟浩然

荆吴相接水为乡，君去春江正渺茫①。
日暮征帆何处泊②？天涯一望断人肠。

【题 解】

这首诗歌全篇用散行句式，如行云流水，近歌行体，写得颇富神韵，不独在谋篇造句上出格而已。这首诗表达了诗人的离别之痛以及送别友人时的依依不舍之情，耐人寻味。

【注 释】

① 渺（miǎo）茫：形容烟波浩瀚的样子。

② 泊（bó）：停船靠岸。

【名 句】

日暮征帆何处泊？天涯一望断人肠。

送陈七赴西军

唐·孟浩然

吾观非常者①，碌碌在目前。
君负鸿鹄志②，蹉跎书剑年③。
一闻边烽动，万里忽争先。
余亦赴京国，何当献凯还。

【题解】

陈七，未详，当为行七。西军，约指驻安西（今新疆一带）的军队。诗人认为陈七与只顾眼前的庸碌之辈不同，有着远大志向，并且文武双全，一旦国家有难，便挺身而出。最后诗人期盼陈七早日建功凯旋，并在京城和自己再次相聚。

【注释】

① 非常者：非凡的人。
② 鸿鹄志：语出《史记·陈涉世家》："陈涉少时，尝与人佣耕。辍耕之垄上，怅恨久之曰：'苟富贵，勿相忘！'庸者笑而应曰：'若为佣耕，何富贵也？'陈涉太息曰：'嗟乎，燕雀安知鸿鹄之志哉！'"此以有远大志向的鸿鹄比陈七。
③ 蹉跎（cuō tuó）：光阴白白地过去，光阴虚度，比喻失意。书剑年：指读书做官、仗剑从军的年月。书剑，指文武之事。

高阳池送朱二

唐·孟浩然

当昔襄阳雄盛时，山公常醉习家池。
池边钓女自相随，妆成照影竞来窥①。
澄波澹澹芙蓉发，绿岸毵毵杨柳垂②。
一朝物变人亦非，四面荒凉人住稀。
意气豪华何处在？空余草露湿罗衣。
此地朝来饯行者，翻向此中牧征马。
征马分飞日渐斜，见此空为人所嗟。
殷勤为访桃源路，予亦归来松子家③。

【题 解】

此诗写了习家池往日的绮丽繁华，与眼前的空寂冷落形成鲜明的对照，其实是孟浩然心中的理想和眼前的现实之间的矛盾写意。此诗当作于他的晚年，诗中也可见孟浩然仕途彻底无望之后，真正归隐的决绝之心。

【注 释】

① 窥（kuī）：偷看。
② 澹澹：水波摇荡的样子。毵毵：草木茂盛而又细长的样子。
③ 松子：赤松子，古代神话中的仙人。

送朱大入秦

唐·孟浩然

游人五陵^①去，宝剑^②值千金。
分手脱相赠，平生一片心。

【题 解】

这首小诗暗用延陵季子与徐君的典故，并非真的有宝剑之赠，但是表达了与朋友的诚挚友谊，气度非凡，含蓄隽永。

【注 释】

① 五陵：在长安，唐朝的时候是贵族聚居的地方。白居易《琵琶行并序》中有"五陵年少争缠头，一曲红绡不知数"之句。
② 这里指季札挂剑的典故。春秋时，吴国季札路过徐国，徐君爱他所佩宝剑，希望季札送给他，但是不好意思说出口。待季札出使完大国归来时，想把宝剑送给徐君。但当时徐君已经死去，季札便将宝剑挂在徐君的墓树上而去。

送刘昱

唐·李颀

八月寒苇花，秋江浪头白。
北风吹五两^①，谁是浔阳客。

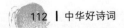

鸬鹚山头微雨晴，扬州郭里暮潮生。

行人夜宿金陵渚，试听沙边有雁声。

【题解】

李颀，赵郡（今河北赵县）人，家居颍阳（今河南登封），约开元末年进士及第，天宝中被任为新乡县尉，后退归家园，往返于洛阳、长安之间。殷璠说他"惜其伟才，只到黄绶"，可见他卒于《河岳英灵集》成书的天宝十二载（753）之前。从诗中的"浔阳"及"金陵"可以看出是诗人送刘昱到长江下游去。这首诗的前两联写景明丽，点明送别的环境，后两联是诗人想象朋友在路途中可能遇到的境况，情真意切。

【注释】

① 五两：古代的测风器，用鸡毛五两或八两系于高竿顶上，借以观测风向、风力。

送魏万①之京

唐·李颀

朝闻游子唱离歌，昨夜微霜初渡河。

鸿雁不堪愁里听，云山况是客中过。

关城树色催寒近，御苑砧声向晚多。

莫见长安行乐处，空令岁月易蹉跎。

【题解】

　　此诗意在抒发别离的情绪。首联点出出发前，微霜初落，深秋萧瑟；颔联写离秋，写游子面对云山，黯然伤神；颈联介绍长安秋色，暗寓此地不可长留；尾联以长者风度嘱咐魏万，长安虽乐，不要虚掷光阴，要抓紧成就一番事业。诗人把叙事、写景、抒情融合在一起，以自己的心情来设想、体会友人跋涉的艰辛，表现了诗人与友人之间深切的友情，抒发了诗人的感慨，并及时对友人进行劝勉。全诗自然真切，情深意长，遣词炼句尤为后人所称道。

【注释】

　　① 魏万：又名颢，曾隐居王屋山，自号王屋山人。李白有《送王屋山人魏万还王屋》诗。

武陵桃源送人

唐·包融

　　武陵川径入幽遐①，中有鸡犬秦人家。
　　先时见者为谁耶，源水今流桃复花。

【题解】

　　包融，润州人（一云湖州人）。生卒年不详。与于休烈、贺朝、万齐融为“文词之友”。开元初，与贺知章、张旭、张若虚皆有名，号“吴中四士”。包融诗今存八首。本诗所引武陵，自然是陶渊明名篇《桃花

源记》中的武陵源。可以说整首诗都是从其中化出。

【注 释】

　　①遐（xiá）：远。此句是说五陵是一个曲径通幽的地方。

送友人

唐·薛涛

　　水国蒹葭①夜有霜，月寒山色共苍苍。
　　谁言千里自今夕，离梦杳②如关塞长。

【题 解】

　　在唐代女诗人中，薛涛和李冶、鱼玄机最为著名。薛涛的诗，不仅有如世人所传诵的《送友人》、《题竹郎庙》等篇，以清词丽句见长，还有一些具有思想深度的关怀现实的作品。这首诗就是以清词丽句见长，同时又不乏真情至性。

【注 释】

　　①蒹葭（jiān jiā）：蒹又称荻，细长的水草，长成后又称萑（huán）。葭是初生的芦苇。
　　②杳（yǎo）：远得看不见踪影。

饯别王十一南游

唐·刘长卿

望君烟水阔，挥手泪沾巾。

飞鸟没何处，青山空向人。

长江一帆远，落日五湖春^①。

谁见汀洲^②上，相思愁白蘋^③。

【题 解】

此诗抒发诗人对友人的真挚情意，描写了诗人挥手远望直到陷入思念，愁肠百结，写得动人心弦。全诗没有"别离"二字，只写离别后的美景，然而浓浓的离情别绪已完全融入景中，曲折婉转，首尾呼应，手法新颖，别具匠心，离思深情，悠然不尽。

【注 释】

① 落日：指王十一到南方后，当可看到夕照下的五湖春色。五湖：这里指太湖。此句与下面"谁见"两句均出自梁朝柳恽《江南曲》："汀洲采白蘋，落日江南春。洞庭有归客，潇湘逢故人。故人何不返，春花复应晚。不道新知乐，只言行路远。"

② 汀洲：水边或水中平地。

③ 白蘋：水中浮草，花白色，故名。

送灵澈上人

唐·刘长卿

苍苍竹林寺①，杳杳②钟声晚。
荷笠③带斜阳，青山独归远。

【题解】

这首诗前两句写灵澈上人欲回竹林寺的情景，后两句写诗人目送灵澈上人辞别归去，抒发了对灵澈上人的深厚情意，也表现了灵澈上人清寂的风度。全诗借景抒情，构思精致，语言精炼，素朴秀美，意境闲淡，是一首感情深沉的送别诗，也是一幅构图美妙的景物画，为唐代山水诗的名篇。

【注释】

①竹林寺：在现在江苏丹徒南。
②杳杳（yǎo）：深远的样子。
③荷（hè）笠：背着斗笠。荷，背着。

【名句】

荷笠带斜阳，青山独归远。

送上人

唐·刘长卿

孤云将野鹤^①，岂向人间住。
莫买沃洲山^②，时人已知处。

【题 解】

这是一首送行诗，诗中的上人即灵澈。诗意在说明沃洲是世人熟悉的名山，既然要归隐，就别往这样的俗地。隐含揶揄灵澈之入山不深。

【注 释】

① 孤云、野鹤：都用来比喻方外上人。将：与共。
② 沃洲山：在浙江新昌县东，上有支遁岭、放鹤峰、养马坡，相传为晋代名僧支遁放鹤、养马之地。

重送裴郎中贬吉州

唐·刘长卿

猿啼^①客散暮江头，人自伤心水自流。
同作逐臣君更远，青山万里一孤舟。

【题 解】

　　诗题"重送",是因为诗人已经写过一首同题的五言律诗。刘、裴曾一起被召回长安又同遭贬谪,同病相怜,发为歌吟,感情真挚动人。

【注 释】

　　① 猿啼:猿猴的叫声。老猿的这种凄凉的哀叫为全诗奠定了淡淡忧伤的情调,盛唐时期的慷慨之气已经远去,惨淡笼罩了大多数诗人的心灵。

别严士元

唐·刘长卿

春风倚棹①阖闾城,水国春寒阴复晴。
细雨湿衣看不见,闲花落地听无声。
日斜江上孤帆影,草绿湖南万里情。
东道若逢相识问,青袍②今已误儒生。

【题 解】

　　这首诗为诗人被贬赴任临行时所作,与前来送行的友人严士元话别。诗人借此诗感慨怀才不遇,依依惜别旧相识,更想到宦海沉浮,前途渺茫,心中不甚寂寥、惆怅。诗的前三联都是在写景,春风、春水、细雨和闲花看似信手拈来,实则匠心独具。这是典型的以乐景写哀情,本来是大好春光,诗人却无心欣赏。江上的孤帆与绿草也一样令诗人感到伤

情。最后一联则直接抒发出诗人胸中的郁闷与悔恨。

【注 释】

① 倚棹（zhào）：停船。
② 青袍：唐三品官以上服紫，五品以上服绯，六七品服绿，八九品服青。

送李端

唐·卢纶

故关衰草①遍，离别自堪悲。
路出寒云外，人归暮雪时。
少孤为客早，多难识君迟。
掩泪空相向，风尘何处期②？

【题 解】

此诗抒写乱离中的离别之情。前两联写诗人在故乡衰草遍地的严冬送别友人，友人从高山寒云的小路离去，自己在日暮飞雪时归来；后两联记叙与友人离别之后，诗人在孤独寂寞中感叹自己少年孤苦飘零，与友人相识太晚，如今一别，深感在这时世纷乱中与友人后会无期。故乡衰草，寒云暮雪，阴郁笼罩，这些描写把作者与友人的离别之情衬得凄楚悲切。全诗情文并茂，哀婉感人。

【注 释】

　① 故关：故乡。衰草：冬草枯黄，故曰衰草。
　② 风尘：指社会动乱。此句谓在动乱年代，不知后会何期。

送畅当

唐·卢纶

四望无极路，千里流大河①。
秋风满离袂，唯老事唯多。

【题 解】

　　这首诗简短明快，应该是在一个开阔的地方，大约是黄河的某个渡口，秋风瑟瑟，卢纶送畅当离去。他们都是当时的知名文人，因而成了朋友。从最后一句看，作者这时的心情不好，两个"唯"字道出了心中的苦闷，年老了，而且烦心的事情特别多，与好朋友不得不分别或许就是其中的一件吧。

【注 释】

　① 大河：指黄河。黄河在古书中往往简称为河，有时又被称为大河，洪河。

送郎士元使君赴郢州

唐·卢纶

赐衣兼授节，行日郢中闻。
花发登山庙，天晴阅水军。
渔商三楚^①接，郡邑九江分。
高兴^②应难逐，元戎有大勋。

【题解】

这是卢纶送郎士元去郢州赴任时所作的一首诗。首联点题，颔联写送行时的自然和人文环境，颈联是想象之词，是对郎士元将要赴任地方的设想和描述，尾联承接颈联，希望郎士元能够发挥自己的才干，在楚地建立功勋。

【注释】

①三楚：楚地在古代被分为西楚、东楚和南楚，合称为三楚，郢州属于南楚。
②高兴：与今天的"高兴"一词含义不同，这里指清雅高逸的兴致。

送万巨

唐·卢纶

把酒留君听琴，难堪岁暮离心。

霜叶无风自落，秋云不雨^①空阴。

人愁荒村路细，马怯寒溪水深。

望断青山独立，更知何处相寻^②。

【题 解】

这是《卢纶集》中唯一的一首六言诗。起句破题，言明送别，奠定了全诗怅然的基调。因为是岁暮时候，天本多阴，叶自合落，这些本属常情，但在离人眼中，无疑会加重心头的愁绪。三、四句中，"霜"、"风"、"落"，"秋"、"雨"、"阴"等一连串灰暗的字眼，更为这凄凉的景物蒙上了一层厚厚的阴霾。如果说以上景物描写权且可以视为写实的话，五、六两句则明显已将主观情感加诸自然之上："村"乃因"人愁"而"荒"，"路"乃因"人愁"而"细"，"溪"乃因"人愁"而"寒"，"水"乃因"人愁"而"深"，而所谓马之怯，其实也是人依依不舍之情的转嫁。在不惜笔墨进行了浓重的渲染和铺垫之后，末二句道出离愁如此深重的缘由：只因此去再难相见！同样采用的是"望断"、"独立"，"更知"、"何处"等极富主观色彩和悲观色彩的词语。

【注 释】

① 雨（yù）：下雨。

② 最末两句与李白《送孟浩然之广陵》中"孤帆远影碧空尽，唯见长江天际流"异曲同工，不同之处在于这里送别之地为山路，而李白送别之地是水路。

【名 句】

人愁荒村路细，马怯寒溪水深。

送魏广下第归扬州

唐·卢纶

楚乡云水内，春日众山开。
淮浪①参差起，江帆次第来。
独归初失桂②，共醉忽停杯。
汉诏年年有，何愁掩上才。

【题解】

这首诗是卢纶送一个名叫魏广的落第朋友回扬州而作的。首联写朋友的家乡和时令。颔联是写送别时的环境，水面上波浪参差，帆船来来往往。颈联是写朋友不幸落第，他们一同喝酒，既是对朋友的劝说，也是为他送行。因为都喝醉了，所以才不得不停了下来。尾联诗人安慰魏广，每一年都可以应考，今年虽然落第了，但是明天可以再来，你有如此高的才华，又何愁来年不能金榜题名呢。

【注 释】

①淮浪：扬州属淮南道，且其地临近长江，故云。
②失桂：落第。旧时称科举中第为蟾宫折桂。

喜见外弟又言别①

唐·李益

十年离乱②后，长大一相逢。

问姓惊初见，称名忆旧容。

别来沧海事，语罢暮天钟。

明日巴陵^③道，秋山又几重？

【题 解】

李益（748—829），唐代诗人。字君虞。陇西姑臧（今甘肃武威）人。公元769年登进士第，公元783年登书判拔萃科。初因仕途失意，客游燕赵间。后官至礼部尚书。其诗音律和美，为当时乐工所传唱。长于七绝，以写边塞诗知名。今存《李益集》二卷，《李君虞诗集》二卷。这首诗艺术地再现了诗人同表弟（外弟）久别重逢又匆匆话别的情景。在以人生聚散为题材的小诗中，它历来引人注目。这首诗不以奇特警俗取胜，而以朴素自然见长。诗中的情景和细节，似曾人人经历过，这就使人们读起来感觉十分亲切。诗用凝练的语言，白描的手法，生动的细节，典型的场景，层次分明地再现了社会动乱中人生聚散的独特一幕，委婉蕴藉地抒发了真挚的至亲情谊和深重的动乱之感。

【注 释】

①外弟：表弟。言别：话别。

②十年离乱：在社会大动乱中离别了十年。离乱，一作"乱离"。

③巴陵：即岳州（今湖南省岳阳市），即诗中外弟将去的地方。

【名 句】

别来沧海事，语罢暮天钟。

贼平后送人北归

唐·司空曙

世乱同南去，时清独北还。
他乡生白发，旧国见青山①。
晓月过残垒②，繁星宿故关。
寒禽与衰草，处处伴愁颜。

【题 解】

　　这首诗当是于唐代宗广德元年（763）"安史之乱"刚结束不久写的。"安史之乱"持续了八年，致使百姓流离失所、苦不堪言。司空曙于"安史之乱"爆发不久到南方避难，战乱刚平，诗人送同来避难的友人北归，写下了这首诗。这首诗写出"旧国残垒"、"寒禽衰草"的乱后荒败之景，由送别的感伤推及时代的感伤、民族的感伤，这就使诗人的故乡之愁上升到了家国之忧的高度。

【注 释】

　　①"旧国"句：意谓你到故乡，所见者也唯有青山如故。旧国，指故乡。
　　②残垒：战争留下的军事壁垒。

云阳馆与韩绅宿别①

唐·司空曙

故人江海②别，几度③隔山川。

乍见翻疑梦^④，相悲各问年^⑤。

孤灯寒照雨，深竹暗浮烟。

更有明朝恨，离杯惜共传^⑥。

【题解】

这是首惜别诗。诗写乍见又别之情，不胜黯然。诗一开端由上次别离说起，接着写此次相会，然后写叙谈，最后写惜别，波澜曲折，富有情致。"乍见翻疑梦，相悲各问年"乃久别重逢之绝唱，与李益的"问姓惊初见，称名忆旧容"有异曲同工之妙。

【注释】

① 云阳：县名，县治在今陕西泾阳县西北。

② 江海：指上次的分别地，也可理解为泛指江海天涯，相隔遥远。

③ 几度：几次，此处犹言几年。

④ 乍：骤，突然。翻：反而。这句说多年不见，乍一相逢，反而怀疑这是梦境。

⑤ 年：年时光景。

⑥ 离杯：饯别之酒。杯：酒杯，此代指酒。共传：互相举杯。

【名句】

乍见翻疑梦，相悲各问年。

赋得暮雨送李曹

唐·韦应物

楚江微雨里，建业暮钟时。

漠漠帆来重，冥冥鸟去迟。

海门①深不见，浦树远含滋②。

相送情无限，沾襟比散丝③。

【题 解】

韦应物，京兆长安（今陕西西安）人。望族出身，少为皇帝侍卫，后入太学，折节读书。代宗朝入仕途，历任洛阳丞、滁州刺史、江州刺史、苏州刺史，罢官后，闲居苏州诸佛寺，直至终年。其诗多写山水田园，高雅闲淡，平和之中时露忧愤之情。反映民间疾苦的诗，颇富于同情心。韦应物是中唐著名诗人。这是一首雨中送别友人远行的诗，全诗紧扣暮雨，描写暮雨中的景象，手法妙绝，读后如见一幅薄暮烟雨送客图。近处船帆沾雨沉重，小鸟难飞。远处天色昏冥望不见海门，浦树含烟。描写景物，动静结合，近景与远景互相映衬。末联用一"比"字，将别泪和雨丝融成一体，离别之情与暮雨之景相比拟，恰到好处。作者分题赋诗，能够做到不流于斧凿，写景抒情皆信手拈来，佳句天成，足见其大家风范。

【注 释】

①海门：长江入海处，在今江苏省海门市。

②含滋：湿润，带着水汽。

③沾襟：打湿衣襟。此处为双关语，兼指雨、泪。散丝：指细雨，这里喻流泪。

【名句】

相送情无限，沾襟比散丝。

赋得沙际路送从叔象①

唐·韦应物

独树沙边人迹稀，欲行愁远暮钟时。
野泉几处侵欲尽②，不遇山僧知问谁。

【题解】

　　这首诗描写的是诗人送别其叔父时的情景，全诗基调悲楚凄凉，表达了诗人心中离别的惆怅和对渺茫前途的忧虑之情。孤零零的树木，易变易逝的沙滩，人迹稀少的水边路。在这样一个僻静孤寂的境界，心中充满了离别的惆怅和对渺茫前途的忧虑。晚钟声中，似乎身与心都迷失了，何去何从，他只有将解脱的希望寄托在山僧身上：山僧既熟悉世间路，亦熟悉出世路；既能指点迷津，亦能指点迷人。

【注 释】

① 从叔象：据《新唐书·宰相世系表》，韦氏逍遥公房有韦象先，为韦希仲子，乃韦应物之上一辈。疑"从叔象"指韦象先，诗题中漏"先"字（参考傅璇琮先生考证）。
② 这句大意是说东奔西走，山上的几处泉水都走遍了，也可能是一处泉水，绕来绕去地从旁边经过。形容诗人迷路的样子，一语双关，

表面是征途，实际上则是在说世路。

送赞律师归嵩山

唐·清江

禅客归心急，山深定易安。
清贫修道苦，孝友^①别家难。
雪路侵溪转，花宫^②映岳看。
到时瞻塔暮，松月向人寒。

【题 解】

清江，生卒年、俗姓均不详，唐代会稽（今浙江省绍兴市）人，唐大历、贞元年间诗僧，善篇章。与清昼齐名，时人称之为"会稽二清"。该诗描写的是一位艰难地迈向禅门的僧人，表达了诗人对他的赠别与祝愿之情。

【注 释】

① 孝友：善事父母为孝，善事兄弟为友。
② 花宫：佛教中，花为六种供物之一。花皆可开敷结实，以譬万行之因皆有成就佛果之能。花之形色相好，可以之庄严法身。花又从慈悲生义，花有柔软之德。花之取义甚丰，因此，寺院多以花装饰，诗中称之为"花宫"。

送婆罗门

唐·清江

雪岭金河^①独向东，吴山楚泽意无穷。
如今白首乡心尽，万里归程在梦中^②。

【题解】

唐代佛教盛行，东西方宗教文化交流频繁，故此在中国各地，深目卷发之"胡僧"并不鲜见，他们往往与华僧结为知交，互相学习，共同修持，清江与婆罗门僧也是这种情况。这首对婆罗门僧的送别诗，言简意赅，让人回味无穷。

【注释】

① 雪岭：即大雪山，一名蓬婆山，主峰名贡嘎山，在今四川西部康定县境内，其支脉绵延于四川西部，称为大雪山脉。唐时为唐与吐蕃边境。杜甫《岁暮》："烟尘犯雪岭，鼓角动江城。"又《严公厅宴同咏蜀道画图得空字》："剑阁星桥北，松州雪岭东。"李商隐《杜工部蜀中离席》诗："雪岭未归天外使，松州犹驻殿前军。"金河：指雅鲁藏布江，河向东流，内多金沙。
② 梦中：意谓返乡无望，唯梦中可到。

【名句】

如今白首乡心尽，万里归程在梦中。

送夏侯审校书东归

唐·钱起

楚乡^①飞鸟没，独与碧云还。
破镜^②催归客，残阳见旧山。
诗成流水上，梦尽落花间。
傥寄相思字，愁人定解颜。

【题 解】

这首诗在艺术上有两大特色：一是形式上，对仗精工奇巧。"诗"对"梦"，"成"对"尽"，"流水"对"落花"，"上"对"间"。二是内容上，转换自然贴切。颈联由上文绘眼前景转至写手中诗，聚集"诗"与"梦"。如果说作者用此诗来表达对友人离别的相思之意，可算是一种自我安慰的话，那么，他与友人分手后只能相见于流水、落花之间的夜梦中，则是一种挥之不去的长久痛苦。此联景情相生，意象互映，自然令人产生惜别的强烈共鸣。该诗对仗工整，情景转换贴切，表达了诗人与故交离别的相思之情。

【注 释】

①楚乡：指夏侯审的故乡安徽亳州谯县，该县旧属楚地，故称。
②破镜：指半圆的月亮。

【名 句】

诗成流水上，梦尽落花间。

送外甥怀素上人归乡侍奉

唐·钱起

释子吾家宝，神清慧有余。
能翻梵王字，妙尽伯英①书。
远鹤无前侣，孤云寄太虚。
狂来轻世界，醉里得真如。
飞锡②离乡久，宁亲喜腊初。
故池残雪满，寒柳霁烟③疏。
寿酒还尝药，晨餐不荐鱼。
遥知禅诵外，健笔赋闲居。

【题 解】

此诗通篇赞誉之词，却无奉承之嫌，洋溢着浓浓深情。全诗使用了很多佛家用语，十分切合怀素上人的身份。第一联是总领句，下面是分说。怀素为僧人，所以懂得梵语。怀素书法风格与张旭不同，清新秀丽，犹如铁线蛇一般。第三四两联写他的孤傲和天真。紧接着则是写他回乡省亲并想象他回去后的生活状态。

【注 释】

①伯英：即张旭，其字伯英，是早于怀素的大书法家。
②飞锡：佛家语，和尚外出游历称为飞锡（使所用的锡杖飞舞，是一种颇具豪迈情调的说法）。
③霁烟：雨后的烟气。

【名句】

狂来轻世界，醉里得真如。

送李将军赴定州

唐·郎士元

双旌汉飞将①，万里独横戈。
春色临关尽，黄云出塞多。
鼓鼙悲绝漠②，烽戍隔长河。
莫断阴山路，天骄③已请和。

【题 解】

　　此诗是作者送人奉命出镇边疆之作，虽是应酬诗，却把李将军出镇边塞写得有声有色，其声威到处，敌人望风请和。命意措辞，不落俗套。

【注 释】

　　① 双旌：仪仗用的旌旗。汉飞将：指李广。
　　② 鼙：军中所用小鼓。悲：形容鼓声紧急，有酣畅之意。绝漠：遥远的沙漠之地。
　　③ 天骄：原意指匈奴，此处泛指强敌。

送沈亚之歌（并序）

唐·李贺

文人沈亚之①，元和七年以书不中第，返归于吴江。吾悲其行，无钱酒以劳，又感沈之勤请，乃歌一解以送之。

> 吴兴才人怨春风，桃花满陌千里红。
> 紫丝竹断骢马②小，家住钱塘东复东。
> 白藤交穿织书笈③，短策齐裁如梵夹④。
> 雄光宝矿献春卿，烟底蓦波乘一叶⑤。
> 春卿⑥拾才白日下，掷置黄金解龙马。
> 携笈归江重入门，劳劳谁是怜君者。
> 吾闻壮夫重心骨，古人三走无摧捽⑦。
> 请君待旦事长鞭，他日还辕及秋律。

【题 解】

友人沈亚之落第，准备回家，李贺写诗送行。诗歌首先对沈亚之作了简单介绍，称赞他的文章如"雄光宝矿"，可是主考官却在光天化日之下，"掷置黄金解龙马"。于是诗人严厉地指责了主考官的失职，并对朋友的不幸遭遇表示了深切的同情。最后，诗人勉励沈亚之不要灰心，以后再去应试。

【注 释】

① 沈亚之：字下贤，吴兴人。元和十年（815）进士。以文辞得名，尝游韩愈门，为当时名辈所称许。著有《沈下贤集》。
② 骢（cōng）马：青白色的马。

③ 书笈（jí）：书箱。

④ 梵（fàn）夹：佛经。

⑤ 蓦（mò）：越过。这句诗的意思是说沈亚之乘一叶扁舟，越过波涛而到达家乡。

⑥ 春卿：礼部亦称春卿。

⑦ 古人三走：据《史记·管晏列传》记载，管仲三次为官，三次罢免；三次打仗，三次失败。后来辅助齐桓公成为一代名相。摧摔（zuó）：挫折。

送天台僧

唐·贾岛

远梦归华顶，扁舟背岳阳。
寒蔬①修静食，夜浪动禅床②。
雁过孤峰晓，猿啼一树霜。
身心无别念，余习在诗章。

【题解】

该诗刻画了一个孤寒清寂、超凡脱俗的僧人，表达了诗人对其的送别之情以及对其清高品质的赞美。这首诗的前三联写送别之地并想象天台僧路上的生活和见闻，尾联赞美他的诗才。

【注释】

① 寒蔬：寒天生长的蔬菜；冬天食用的蔬菜。南朝梁沉约《休沐寄怀》

诗："爨（cuàn）熟寒蔬翦，宾来春蚁浮。"

② 禅床：坐禅之床。宋张元幹《喜迁莺令》词："悬知洗盏径开尝，
谁醉伴禅床。"

【名句】

雁过孤峰晓，猿啼一树霜。

送远曲

唐·张籍

戏马台南山簇簇，山边饮酒歌别曲。
行人醉后起登车，席上回樽向僮仆。
青天漫漫覆长路，远游无家安得住。
愿君到处自题名，他日①知君从此去。

【题 解】

这首诗前半部分叙事，后半部分转入抒情。张籍突破藩篱，不仅写
出别离当时，更悬设别离之后，寻踪追忆。从眼前到未来，精心延展了
时间长度，否定了"人间别久不成悲"，以突出友情之真挚深沉。行人
上路，远游无家，固是一悲，张籍他日追寻题名，则本身也难免远游，
更是一悲。诗人两面落笔，将送人之悲融入自行之悲，离愁别恨，顿时
倍加浓郁。

送元暠师诗

唐·柳宗元

侯门辞必服①，忍位取悲增。
去鲁②心犹在，从周力未能。
家山③余五柳，人世遍千灯。
莫让金钱施，无生④道自弘。

【题 解】

这首诗内容丰富，短短八句，从一个侧面概括了作者的心路历程，让后人看到了中国古代进步知识分子的痛苦心灵。诗中引用了大量典故来叙事、抒情，如"去鲁心犹在，从周力未能。"作者用孔子的故事来影射自己不得志和受贬斥的遭遇，抒发了自己空怀壮志的感慨。这些牢骚很深的话，由于用了典故，表现得非常委婉、含蓄。

【注 释】

① 侯门：指显贵之家。借代朝廷。辞：责备。服：顺服。
② 去鲁：指孔子离开鲁国。
③ 家山：家乡。
④ 无生：佛教语，指万物的实体无生无灭。

送桂州严大夫同用南字

唐·韩愈

苍苍森八桂，兹地在湘南。
江作青罗带，山如碧玉篸①。
户多输翠羽，家自种黄甘。
远胜登仙去，飞鸾不假骖②。

【题解】

　　韩愈未到桂林，有咏桂林的诗，这就是长庆二年（822）为送严谟出任桂管观察使所作的《送桂州严大夫》。可见在唐代，桂林山水也已名闻遐迩，令人向往。诗一起便紧扣桂林之得名，以其地多桂树而设想："苍苍森八桂。"八桂而成林，真是既贴切又新颖。把那个具有异国情调的南方胜地的魅力点染出来。"兹地在湘南"，表面上只是客观叙述地理方位，说桂林在湘水之南。言外之意却是那个偏远的地方，却多么令人神往，启人遐思！以下分写山川物产之美异。韩诗一般以雄奇见长，但有两种不同作风。一种以奇崛见称，一种则文从字顺。这首诗属于后一类。写景只从大处落笔，不事雕饰；行文起承转合分明，悉如文句。

【注释】

　　① 篸（zān）：同"簪"，用来别住发髻的条状物，用金属、骨头、玉石等制成。

　　② 假：借助，利用。骖（cān）：古代指驾在车辕两旁的马。

左迁至蓝关示侄孙湘①

唐·韩愈

一封朝奏九重天②，夕贬潮州路八千。

欲为圣朝除弊事，肯将衰朽惜残年！

云横秦岭家何在？雪拥蓝关③马不前。

知汝远来应有意，好收吾骨瘴江边④。

【题 解】

元和十四年（819）正月，唐宪宗命宦官从凤翔府法门寺塔中将所谓的释迦文佛的一节指骨迎入宫廷供奉，并送往各寺庙，要官民敬香礼拜。韩愈看到这种信佛行为，便写了一篇《谏迎佛骨表》，劝谏阻止唐宪宗。指出信佛对国家无益，而且自东汉以来信佛的皇帝都短命，结果触怒了唐宪宗，韩愈几乎要被处死。经裴度等人说情，最后韩愈被贬为潮州刺史，责求即日上道。潮州在广东东部，距离当时的京师长安有千里之遥。韩愈只身一人，仓促上路，走到蓝田关口时，他的妻儿还没有跟上来，只有他的侄孙韩湘跟了上来，所以他写下了这首诗。抒发了作者内心郁愤以及前途未卜的感伤情绪。感情真挚婉曲，诗风沉郁。

【注 释】

①侄孙湘：韩愈的侄孙，名叫韩湘。

②封：这里指谏书。一封：指韩愈《谏迎佛骨表》。朝（zhāo）奏：早晨送呈谏书。九重天：皇帝的宫阙，这里代指皇帝。

③蓝关：即蓝田关，在今陕西省蓝田县东南。

④瘴江边：充满瘴气的江边，指贬所潮州。

【名句】

云横秦岭家何在？雪拥蓝关马不前。

送卢戡

唐·元稹

红树①蝉声满夕阳，白头相送倍相伤。

老嗟去日光阴促，病觉今年昼夜长。

顾我亲情皆远道，念君兄弟欲他乡。

红旗满眼襄州路，此别泪流千万行。

【题解】

　　这次的送别时间是在秋季，地点在襄阳。元稹有两首诗歌写给卢戡，一首为《诮卢戡与予数约游三寺戡独沉醉而不行》，第二首就是这一首，这时候两人的年纪都已经不小了，都是头生白发的人了。深秋时节，听着蝉鸣，看着夕阳和夕阳映照下的红旗，虽是美景，可因为是分别，作者无心去欣赏，只是默默地流泪，足见二人交情之深。

【注释】

　　①红树：一种树，属于热带亚热带乔木或灌木，不大可能出现在襄阳。这里诗人所说的红树有可能就是指梧桐树，或者是枫树。

赋得①古原草送别

唐·白居易

离离②原上草，一岁一枯荣。

野火烧不尽，春风吹又生。

远芳侵③古道，晴翠④接荒城。

又送王孙⑤去，萋萋⑥满别情。

【题 解】

《赋得古原草送别》是唐代诗人白居易的成名作。此诗通过对古原上野草的描绘，抒发送别友人时的依依惜别之情。它可以看成是一曲野草颂，进而是生命的颂歌。诗的前四句侧重表现野草生命的历时之美，后四句侧重表现其共时之美。全诗章法谨严，用语自然流畅，对仗工整，写景抒情水乳交融，意境浑成，是"赋得体"中的绝唱。

【注 释】

①赋得：借古人诗句或成语命题作诗。诗题前一般都冠以"赋得"二字。

②离离：青草茂盛的样子。

③芳：指野草那浓郁的香气。远芳：草香远播。侵：侵占，长满。

④晴翠：草原明丽翠绿。

⑤王孙：本指贵族后代，此指王维。

⑥萋萋：形容草木长得茂盛的样子。

【名 句】

野火烧不尽，春风吹又生。

青门柳①

唐·白居易

青青一树伤心色，曾入几人离恨中。
为近都门多送别，长条折尽减春风。

【题 解】

这是一首折柳赠别诗，因"柳"与"留"谐音，离别赠柳表达难分难离、不忍相别、恋恋不舍的心意，所以，这里的柳是别离之柳，表达了诗人伤春叹别之情。

【注 释】

① 古长安东灞城门，俗称青门，青门外有桥名灞桥，汉人送行至此，折柳赠别。后因以"青门柳"为赠别送行的典故。

南浦①别

唐·白居易

南浦凄凄别，西风袅袅秋。
一看肠一断，好去莫回头。

【题解】

　　这首送别小诗，清淡如水，款款地流泻出依依惜别的深情。这首小诗短短二十个字，诗人精心刻画了送别过程中最传情的细节，其中的描写又似乎"人人心中所有"，如离人惜别的眼神，送别者亲切而又悲凉的话语，一般人都会有亲身体验，因而能牵动读者的心弦，产生强烈的共鸣和丰富的联想，给人以深刻难忘的印象。

【注释】

　　① 南浦（pǔ）：南面的水滨。古人常在南浦送别亲友。《楚辞·九歌·河泊》："送美人兮南浦。"

淮上与友人别

唐·郑谷

扬子江头杨柳春，杨花愁杀渡江人①。
数声风笛离亭晚，君向潇湘我向秦。

【题解】

　　晚唐绝句自杜牧、李商隐以后，单纯议论之风渐炽，抒情性、形象性和音乐性都大为减弱。而郑谷的七绝则仍然保持了长于抒情、富于风韵的特点。这首诗是诗人在扬州（即题中所称"淮上"）和友人分别时所作。和通常的送行不同，这是一次各赴前程的握别：友人渡江南往潇湘（今湖南一带），自己则北向长安。

【注释】

① 这两句中"扬子江头"、"杨柳春"、"杨花"等同音字的有意重复，构成了一种既清爽流利，又回环往复，富于情韵美的风调，使人读来既感到感情的深永，又不显得过于沉重与伤感。

【名句】

扬子江头杨柳春，杨花愁杀渡江人。

别 离

唐·陆龟蒙

丈夫非无泪，不洒离别间。
杖剑对尊酒，耻为游子颜。
蝮蛇一螫①手，壮士即解腕②。
所志在功名，离别何足叹。

【题解】

在晚唐的诗歌普遍气格低迷的情况下，陆龟蒙的这首慷慨激昂的别离诗歌独具一格，给人以振奋心胸的力量。

【注释】

① 螫（shì）：蛰（zhē）。

② 解：分开。解腕：就是把手砍掉。

谢亭送别

唐·许浑

劳歌^①一曲解行舟，红叶青山水急流^②。

日暮酒醒人已远，满天风雨下西楼^③。

【题解】

　　这是许浑在宣城送别友人后写的一首诗。谢亭，又叫谢公亭，在宣城北面，南齐诗人谢朓任宣城太守时所建。他曾在这里送别朋友范云，后来谢亭就成为宣城著名的送别之地。李白《谢公亭》诗说："谢亭离别处，风景每生愁。客散青天月，山空碧水流。"反复不断的离别，使优美的谢亭风景也染上一层离愁了。

【注释】

① 劳歌：本指在劳劳亭送客时唱的歌，泛指送别歌。劳劳亭，在今南京市南面，李白诗有"天下伤心处，劳劳送客亭"。

② 水急流：暗指行舟远去，与"日暮酒醒"、"满天风雨"共同渲染无限别意。

③ 西楼：即指送别的谢亭，古代诗词中"南浦"、"西楼"都常指送别之处。

春送僧

唐·贯休

蜀魄关关花雨深，送师冲雨到江浔^①。
不能更折江头柳，自有青青松柏心^②。

【题解】

贯休终生为诗，以诗著名，其送赠诗写得很好，其中尤以送同道僧友之诗为佳。这首七绝诗，把潇潇春雨中赠别友人之景、之情描摹得非常生动，景为主体，情寓其中，文笔生动流畅，委婉含蓄，感染力很强。

【注释】

① 蜀魄：传说战国时蜀王杜宇称帝，号望帝，死后魂魄化为子规（杜鹃鸟）。关关：拟声词，拟鸟啼声。此处则拟杜鹃鸟的啼声。冲雨：冒雨。浔：水边之地，江浔即江边。
② 松柏心：指坚定不移修持佛道的志愿。松树与柏树，枝叶繁茂，经冬不凋。人们诗文中常以松柏作为志操坚贞的象征。

送迁客

唐·虚中

倏忽堕鹓行，天南去路长^①。
片言曾不谄，获罪亦何伤^②！

象恋藏牙浦，人贪卖子乡 ③。
此心终合雪，去已莫思量 ④。

【题解】

　　虚中是唐末诗僧。工诗，与齐己、尚颜、栖蟾等为诗友。迁客指流迁或被贬谪到外地的官员。这是一首为朋友送行的诗。这位朋友究竟因犯何罪而遭流贬，不得而知，但诗中明白地介绍了这位朋友为人正直无私，纵被不公正地处罪也不是可耻的事，早晚会得到昭雪。临别之际，朋友的心情自然沉郁暗淡。作者便通过自己的诗句语重心长地勉励朋友要重新振作，忘怀旧事，充满希望，勉励朋友珍惜前程。

【注释】

　　① 倏（shū）：突然，很快地。鹓（yuān）：传说中鸾凤一类的神鸟，它们飞行时整齐有序，因而用"鹓行"比喻朝官们秩序井然的行列，而"堕鹓行"则比喻失去朝廷官员要职。天南：南方的天边，南方极远处。

　　② 伤：此处有耻辱、不光彩的意思。

　　③ 藏牙浦：人们认为象爱惜自己的长牙，不愿被猎人于其死后拔去，故躲往山洞将牙藏起来。这种象藏牙待死的地方便被叫做藏牙浦。卖子乡：佛教认为世俗生活本质是"苦"，而人生最凄苦的事莫过于出卖骨肉子女，因以卖子乡比喻痛苦的人生。以上两句均指责世人对危险而又痛苦的人生不知醒悟，沉迷太深。

　　④ 雪：洗雪、昭雪。去已：去吧。思量：本意为考虑，此处有回想、懊悔之意。

送迁客

唐·栖蟾

谏频甘得罪，一骑入南深。
若顺吾皇意，即无臣子心。
织花蛮^①市布，捣月象州^②砧。
蒙雪知何日，凭楼望北吟。

【题解】

从诗歌的内容来看，应该是和上述虚中的诗歌同时所作。诗歌首先是为朋友的信而见疑、忠而被谤的不幸遭遇感到愤慨和不平，同时又认为忠言直谏是人臣的本分。诗歌的后半部分想象朋友在南方的生活状况，并且以无奈的口吻道出冤屈得雪不知道要等到什么时候，恐怕只有凭楼北望以寄忠心。

【注释】

① 蛮：古代称南方少数民族为南蛮。
② 象州：唐代地名，在今天的广西壮族自治区境内。秦朝开辟岭南三郡时，属桂林郡，三国置武安县，隋置象州，民国改象县。

送从兄郜

唐·方干

道路本无限，又应何处逢。

流年莫虚掷，华发不相容。

野渡波摇月，空城雨翡①钟。

此心随去马，迢递②过千峰。

【题解】

　　方干（809—888），字雄飞，号玄英，唐代诗人。睦州青溪（今淳安）人。为人质野，喜凌侮。每见人设三拜，曰礼数有三，时人呼为"方三拜"。爱吟咏，深得师长徐凝的器重。诗歌首联感慨人生道路多而漫长，天下之大，不知何时才能与堂兄再次相见。颔联希望珍惜时间，千万不要虚度，不然头发花白也难再相见，表达了岁月不等人，与从兄不知何时能相逢的伤感。颈联是名句，注意炼词炼句，"摇"即摇动、晃动，月亮的倒影在水中随波荡漾，以动衬静，描绘出诗人送别从兄时环境的凄清冷寂。"雨"是诗眼，空城细雨绵绵，掩挡了钟声。尾联写自己心随从兄而去，想象自己随从兄跨越万水千山，表达了强烈的不舍之情。

【注释】

　　①翡：遮蔽，覆盖。

　　②迢递（tiáo dì）：遥远的样子。

【名句】

　　野渡波摇月，空城雨翡钟。

别薛岩宾

唐·李商隐

曙爽行将拂，晨清坐欲凌。
别离真不那^①，风物正相仍。
漫水任谁照，衰花浅自矜。
还将两袖泪，同向一窗灯。
桂树乖真隐^②，芸香是小惩^③。
清规无以况，且用玉壶冰^④。

【题 解】

这首诗大约作于开成四年（839）诗人由秘书省调补弘农尉时。凌晨作别，风物依旧，而人事错忤，故云"别离真不那"。"漫水"、"衰花"写风物；"任谁照"、"浅自矜"，写人之无心观赏景物。"还将"二句，进一步写人之"不那"。"桂树"二句，谓己登第释褐，已乖真隐；秘省谪外，又遭小惩，仕隐两失。"清规"二句，谓己之清规亮节，唯以玉壶冰比之，即少伯（王昌龄字）"洛阳亲友如相问，一片冰心在玉壶"之意，义山由清职降为俗吏，故有此白。

【注 释】

① 不那：无奈。
② 本句化用《文选·招隐士》："桂树丛生兮山之幽。"
③ 芸香：指秘书省。句谓由秘省调补县尉，是遭小惩。
④ 玉壶冰：语出鲍照《白头吟》："清如玉壶冰。"

赠别前蔚州契苾①使君

唐·李商隐

何年部落到阴陵，奕世勤王②国史称。
夜卷牙旗千帐雪，朝飞羽骑一河冰。
蕃儿襁负来青冢，狄女壶浆出白登。
日晚鸊鹈泉③畔猎，路人遥识郅都鹰。

【题 解】

会昌三年（843），大唐军队破回鹘于黑山。契苾通奉诏赴天德（现在的河套地区），故义山由诗送之。称"前蔚州契苾使君"者，或赴天德时另外有所授职务。诗歌以"奕世勤王"一语为中心，历数了契苾部落内附以来，与唐王朝的良好关系，表彰该家族历代"勤王"功绩，及其促进北方少数民族和睦相处之作用。这首诗首联赞颂契苾部落，颔联、颈联是对契苾通的夸赞，尾联是对他回到天德后受欢迎的场面及打猎生活场景的想象。

【注 释】

① 契苾：复姓，唐代有契苾何力等，这首诗中的使君为契苾通。
② 奕（yì）世：累世。勤王：效忠朝廷，为朝廷效力。
③ 鸊鹈（pì tī）泉：《唐书》载"西受降城北三百里有鸊鹈泉"。

送崔珏往西川①

唐·李商隐

年少因何有旅愁，欲为东下更西游。
一条雪浪吼巫峡，千里火云烧益州②。
卜肆至今多寂寞③，酒垆从古擅风流④。
浣花笺纸桃花色⑤，好好题诗咏玉钩⑥。

【题 解】

这首诗不同于一般的送别诗，没有恋恋不舍抒发对友人的深深眷恋之情，而是着重畅想了一路的壮阔景观和内心澎湃的情绪。年少旅愁，既有漂泊不定的纷乱心情，又有满眼江涛水、天边烈火云的大气之叹。深深的祝福和挥别全部涌现，却没有寂寥悲凉的情绪。桃红灼灼，夭夭美妙。纸上的绯红桃花色妙在似露不露之间，写来全不吃力，却情谊毕现。

【注 释】

① 崔珏（jué）：字梦之，唐朝人。尝寄家荆州，登大中进士第，由幕府拜秘书郎，为淇县县令，有惠政，官至侍御。西川：指成都，为西川节度使府所在地。诗作于大中元年（847）闰三月，商隐赴桂林途经江陵时。

② 火云：夏日之云。益州：泛指今四川境，包括唐之东、西川。

③《汉书·王贡两龚鲍传》：“严君平卜筮于成都市，以为卜筮贱业而可以惠众人，一日阅数人，得百钱足自养，则闭肆下帘而授《老子》。”

④《史记·司马相如列传》：“相如与俱之临邛，尽卖其车骑，买一酒舍酤酒，而令文君当垆。相如身自着犊鼻裈（dú bí kūn），与保佣杂作，涤器于市中。”

⑤《太平寰宇记》：“浣花溪在成都西郭外，……薛涛家其旁，以（百花）潭水造纸为十色笺。”

⑥玉钩：酒钩。《汉武故事》：钩弋夫人手拳曲，武帝掰开其手，得一玉钩，手得以展。后人效之，别有酒钩，当饮者以钩引杯。

送郑大台文①南觐

唐·李商隐

黎辟滩声五月寒②，南风无处附平安。
君怀一匹胡威绢③，争拭酬恩泪得干。

【题 解】

李商隐曾经做过郑亚的幕僚，而所送之人正是幕主的儿子。首句想象郑亚已南迁，唯余黎辟滩声，犹带寒意。诗歌虽然短小，但是十分精悍有力，感情真挚深切，表达了对郑畋深深的关心，对其父的感激之情也不言而喻，溢于言表。郑亚对郑畋有养育之恩，而对李商隐有知遇之恩，所以才有争着擦泪的举动。因为这时郑亚由于党争被从桂林贬到了更远的循州，对世事的感慨都暗含在这个争着擦干眼泪的细微举动之中。

【注 释】

①台文：郑畋字，郑亚之子，排行老大。

②黎辟滩：昭州平乐江中有黎辟滩。

③《晋书·胡威传》：威父质以忠清著称，任荆州刺史时，威自京都定省，告归，父赐绢一匹为装，曰：“是吾捧禄之余，以为汝粮耳。”

此以胡威喻畋，兼美亚之清操。

饯席重送从叔余之梓州

唐·李商隐

莫叹万重山，君还我未还。

武关^①犹怅望，何况百牢关^②。

【题 解】

梓州相对于诗人所在之处距离长安更近，所以诗人劝从叔不要感慨，因为我比你离京城更远些呢。后边两句同样是安慰他的从叔，武关离长安那么近，回不了京城就是回不了，你在百牢关和武关也没有本质的区别，所以也就不要太在意。句句是安慰之语，可见叔侄情深。

【注 释】

① 武关：位于陕西省丹凤县东武关河的北岸，与函谷关、萧关、大散关称为"秦之四塞"。武关历史悠久，远在春秋时即以建置，名曰"少习关"，战国时改为"武关"。

② 百牢关：也是一个重要的关隘，在汉中。

杜工部蜀中离席

唐·李商隐

人生何处不离群①？世路干戈惜暂分。

雪岭②未归天外使，松州③犹驻殿前军。

座中醉客延醒客，江上晴云杂雨云。

美酒成都堪送老，当垆仍是卓文君。

【题 解】

宣宗大中五年（851），东川节度使柳仲郢辟李商隐为节度使府书记、检校工部郎中。不久，他又奉差赴西川推狱。这诗是留别僚友之作。题意本是"蜀中离席"，因为诗的风格模仿杜甫，所以加"杜工部"三字。此诗拟杜诗，既得其诗法，又得其精神。诗中深寓忧时伤乱之感。

【注 释】

① 离群：语出《礼记·檀弓上》："吾离群而索居，亦已久矣。"

② 雪岭：即大雪山，一名蓬婆山，主峰名贡嘎山，在今四川西部康定县境内，其支脉绵延于四川西部，称为大雪山脉。唐时为唐与吐蕃边境。杜甫《岁暮》："烟尘犯雪岭，鼓角动江城。"又《严公厅宴同咏蜀道画图得空字》："剑阁星桥北，松州雪岭东。"李商隐《杜工部蜀中离席》诗："雪岭未归天外使，松州犹驻殿前军。"

③ 松州：唐设松州都督府，属剑南道，治下所辖地面颇广，治所在今四川省阿坝藏族自治州内。

送薛种游湖南

唐·杜牧

贾傅松醪酒^①，秋来美更香。
怜君片云思，一棹^②去潇湘。

【题 解】

杜牧（803—约852），字牧之，号樊川居士，汉族，京兆万年（今陕西西安）人，唐代诗人。杜牧人称"小杜"，以别于杜甫。与李商隐并称"小李杜"。因晚年居长安南樊川别墅，故后世称"杜樊川"，著有《樊川文集》。此诗中第一句用贾谊怀才不遇之典，第二句点明送别时令：秋天。第三、四句用"片云思"、"一棹去"，寄托了诗人对贾谊命运多舛的同情和自己身处晚唐混乱时世，饱尝宦海沉浮之苦，顿生归隐之想的情怀。

【注 释】

① 贾傅：西汉贾谊，曾任长沙王太傅。松：用瘦肉鱼虾等做成的碎末形的食品。醪（láo）酒：浊酒。
② 棹：划船的一种工具，引申为划（船）。

赠别 二首

唐·杜牧

其 一

娉娉袅袅十三余，豆蔻①梢头二月初。
春风十里扬州路，卷上珠帘总不如。

【题 解】

　　当时诗人正要离开扬州，"赠别"的对象就是他在失意的幕僚生活中结识的一位扬州的歌妓。诗歌重在赞颂对方的美丽，引起惜别之意。诗人用精炼流畅、清爽俊逸的语言，表达了悱恻缠绵的情思，风流蕴藉，意境深远，余韵不尽。就诗而论，表现的感情还是很深沉、很真挚的。杜牧为人刚直有节，敢论列大事，却也不拘小节，好歌舞，风情颇张，此诗亦可见此意。

【注 释】

　　① 豆蔻（kòu）：有草本、木本两种，可作药。其花生于叶间，南人取其未大开者，叫做含胎花，故常用以比方处女。花开于春初，故云"二月初"。

其 二

多情却似总无情，唯觉樽前笑不成。
蜡烛有心还惜别，替人垂泪到天明。

【题解】

这一首紧承前一首抒发别情，真挚深沉。看到自己喜欢的人，情意绵绵，想要欢笑，可是离别在即，又不免惆怅，所以笑不出来。诗人巧妙地运用了蜡烛的意象，用拟人的手法写出了蜡烛似乎都在为他们的离别伤心。无情之物尚且如此，何况是多情的诗人和他的心上人，他们的伤心程度就更不必说了。

【名句】

多情却似总无情，唯觉樽前笑不成。

送人东游

唐·温庭筠

荒戍①落黄叶，浩然②离故关。
高风汉阳渡，初日郢门山③。
江上几人在，天涯孤棹还。
何当重相见？樽酒慰离颜④。

【题解】

这是一首送别诗，所送何人不详（或为鱼玄机，鱼有《送别》相和）。诗中地名都在今湖北省，可知这是温庭筠唐宣宗大中十三年（859）贬隋县尉之后、唐懿宗咸通三年（862）离江陵东下之前的作品，很可能作于江陵，诗人时年五十岁左右。这首诗逢秋而不悲秋，送别而不伤别。

如此离别，在友人，在诗人，都不曾引起更深的愁苦。诗人只在首句稍事点染深秋的苍凉气氛，便大笔挥洒，造成一个山高水长、扬帆万里的辽阔深远的意境，于依依惜别的深情之中，回应上文"浩然"，前后紧密配合，情调一致。结尾处又突然闪出日后重逢的遐想。诗人也说不清何时能够再见，于是就劝朋友还是先饮了眼前这杯酒吧，毕竟一醉解千愁。

【注 释】

①荒戍：荒废的边塞营垒。
②浩然：意气充沛、豪迈坚定的样子，指远游之志甚坚。
③郢门山：位于今湖北宜都县西北长江南岸，即荆门山。
④樽酒：犹杯酒。樽，古代盛酒的器具。离颜：离别的愁颜。

更漏子

唐·温庭筠

玉炉①香，红蜡泪，偏照画堂秋思。眉翠薄，鬓云残，夜长衾②枕寒。梧桐树，三更雨，不道离情正苦。一叶叶，一声声，空阶滴到明。

【题 解】

这首小词上片写别后一个人独寝的状况，从"眉翠"和"鬓云"的描写看，主人公应该是一位女性。画堂中女主人公的秋思与玉炉中升起的香气一同缭绕，红蜡烛的光芒又如何能够照见主人公的秋思，也许是蜡泪与主人公的相思泪相映成趣，勾起了她的情思吧。下片直接点出"离

情正苦",而且将这种无法排遣的别情融入那滴答滴答的雨声中,浑然无迹,然而感人至深。

【注 释】

① 玉炉:用玉做成的香炉。

② 衾(qīn):被子。

【名 句】

一叶叶,一声声,空阶滴到明。

菩萨蛮

唐·温庭筠

玉楼明月长相忆,柳丝袅娜春无力。门外草萋萋,送君闻马嘶。画罗金翡翠,香烛销成泪。花落子规①啼,绿窗残梦迷。

【题 解】

这是作者代为女性的口吻所写的一首夜晚送别情郎的词,这是词中比较普遍的一种言说方式。上片写送别,下片写相思。从整体上看,是由眼前的玉楼明月想起曾经的送别。但也只能是想想,毕竟已经人去楼空,剩下的还是一个人的残梦,在杜鹃的叫声中恍恍惚惚。

①子规：即杜鹃鸟，春末出现，啼声哀怨。

【名句】

花落子规啼，绿窗残梦迷。

菩萨蛮

唐·温庭筠

宝函钿雀金鸂鶒①，沉香阁上吴山②碧。杨柳又如丝，驿桥春雨时。画楼音信断，芳草③江南岸。鸾镜④与花枝，此情谁得知？

【题 解】

这首词上片写缠绵与分别，下片写别后女主人公的思念与寂寞。词人没有直接写男女如何欢会，只是通过典型的生活物件的描写，才子佳人耳鬓厮磨的惬意可以想象得到。下片直言没有爱人的音信，纵有美景却没有心情欣赏，这样的苦闷心情又有谁能够体会。

【注 释】

①宝函：华贵的枕头。钿雀、金鸂鶒（xī chì）：枕头上的装饰。

②吴山：泛指江南一带的群山。

③芳草：化用《楚辞·招隐士》："王孙游兮不归，春草生兮萋萋"，

后世常用"芳草萋萋"喻远人不归，音信断绝。

④ 鸾镜：南朝刘敬叔《异苑》载："罽(jì)宾王有鸾，三年不鸣。夫人曰：'闻鸾见影则鸣。'乃悬镜照之，中宵一奋而绝。故后世称为鸾镜。"故鸾镜有恨别之意。

河渎神

唐·温庭筠

河上望丛祠，庙前春雨来时。楚山^①无限鸟飞迟，兰棹^②空伤别离。

何处杜鹃啼不歇？艳红开尽如血。蝉鬓美人愁绝，百花芳草佳节。

【题解】

这首词写的是在楚地的河边送别，上片写送别时的景色，下片写送别后的愁闷与绝望。送别之时正下着春雨，楚山绵绵，在烟雨中显得朦胧，鸟儿的飞行也显得迟缓。本来是美丽的春天景色，可是在离别之后，因为美人心里忧愁，没有情绪欣赏，在她的眼里，杜鹃的叫声更加悲凉，红花如血色凄冷。

【注释】

① 楚山：古楚地之山。

② 兰棹：兰桨，此系船的美称。

河渎神

唐·温庭筠

孤庙对寒潮，西陵①风雨萧萧。谢娘惆怅倚兰桡，泪流玉箸②千条。暮天愁听思归乐③，早梅香满山郭。回首两情萧索，离魂何处飘泊？

【题解】

这一首和上一首相类似，同样在水边送别。女子流着泪，偎依着船桨，希望郎君多留片刻。下片用疑问的语气，表达了对别后生活不确定性的无奈，和柳永《雨霖铃》中"此去经年，应是良辰好景虚设。便纵有千种风情，更与何人说"有异曲同工之妙。

【注释】

①西陵：疑指西陵峡。

②玉箸：眼泪。

③思归乐：杜鹃鸟之别称，俗谓其鸣声近似"不如归去"，故名；亦指《思归行》之曲名。

送日本国僧敬龙归

唐·韦庄

扶桑①已在渺茫中，家在扶桑东更东。
此去与师②谁共到？一船明月一帆风。

【题解】

　　韦庄（836—910）字端己，长安杜陵（今陕西省西安市东南）人。早年屡试不第，直至年近六十才中进士，后仕蜀，官至吏部侍郎兼平章事，卒谥文靖。这是一首诗意盎然的送别诗，语言清丽，意趣高雅。首二句层层推进，描述乡关路途遥远，简直远得难以抵达。将诗人的挽留之情、难舍之意尽展其中。于是诗人的关切之情在第三句中跃然纸上：那么远的路程，谁来跟你做伴呢？哎呀，真是多虑！"一船明月一帆风"不是最好的伴侣吗？这句诗表达了诗人愿友人平安抵达的祝愿。

【注 释】

　　① 扶桑：唐代称日本为扶桑，即传说中日出的地方。
　　② 师：题目中提到的僧人敬龙。

菩萨蛮

唐·韦庄

　　红楼别夜① 堪惆怅，香灯② 半卷流苏帐。残月出门时，美人和泪辞。

　　琵琶金翠羽③，弦上黄莺语④。劝我早归家，绿窗人似花。

【题解】

　　韦庄的词语言清丽，多用白描手法写闺情离愁和游乐生活。这首词就体现了他的这种独特风格。这首词是写他眠花卧柳的经历，上片写离

别时的不舍，下片写出不舍离去的原因，是对他与风尘女子短暂而美好生活的追忆。这位风尘女子劝他早点回去，因为家里的妻子如花似玉，也在等着他。只言片语，千年之后，仍旧令人动容，这位送别的风尘女子，有泪，有情，有爱。她虽然流落在烟花巷，失去了身体的自由却仍旧呵护着内心的善良与真诚。

【注释】

① 红楼：古诗中常见，指女子所居之楼。别夜：离别之夜。
② 香灯：用香料调油点的灯。
③ 金翠羽：指琵琶面上的捍拨。捍拨为一金属片，或涂金点翠，嵌于拨弦处的面上，防止金属拨子挥拨时伤损乐器表面。
④ 黄莺语：形容琵琶弦上弹奏出的乐声如莺啼一般婉转动听。

菩萨蛮

唐·韦庄

劝君今夜须沈①醉，尊前②莫话明朝事。珍重主人心，酒深情亦深。

须愁春漏短③，莫诉④金杯满。遇酒且呵呵⑤，人生能几何！

【题解】

根据中国古典文学专家叶嘉莹教授的研究，韦庄的《菩萨蛮》五首词中的"江南"，都是确指的江南之地，并非指蜀地。这组词的写作时间是在韦庄离开江南之后，当是韦庄晚年的追忆之作，而写作地点则很

可能是其晚年羁身之蜀地。这首词头两句说"劝君今夜须沈醉，尊前莫话明朝事"，下半首又说"须愁春漏短，莫诉金杯满"，四句之中竟有两个"须"字，两个"莫"字，口吻的重叠成为这首词的特色所在，也是佳处所在，下面写"遇酒且呵呵，人生能几何"，又表现得冷漠空泛。有的选本因为这重叠和空泛而删去了这首词，叶嘉莹教授认为这实际上等于割裂了一个完整的生命进程，都是未能体会出这首词真正好处的缘故。

【注 释】

① 沈：同"沉"。
② 尊前：酒席前。尊同"樽"，古代盛酒器具。《淮南子》："圣人之道，犹中衢而设樽耶，过者斟酌，各得其宜。"
③ "须愁"句意谓应愁时光短促。漏：刻漏，指代时间。
④ 莫诉：不要推辞。
⑤ 呵呵：笑声。这里是指"得过且过"，勉强作乐。

【名 句】

遇酒且呵呵，人生能几何！

清平乐

唐·韦庄

莺啼残月，绣阁香灯灭。门外马嘶郎欲别，正是落花时节。
妆成不画蛾眉①，含愁独倚金扉。去路香尘莫扫，扫即郎去归迟。

【题解】

　　这首词上片写夜晚在残月的映照下，听着夜莺的啼叫，送郎君出行。下片写别后心情，这种微妙的情绪有一半是对曾经欢会的依恋，现在变成了独自遐想，就不免惆怅；另一半是对前一半的自然延伸，女子希望能够再次与意中人相会，所以不愿意将路上的香尘扫掉，害怕自己的情人因此回来得晚了，情思细腻婉转。

【注 释】

　　① 蛾眉：蚕蛾的触须，细长而曲，借以形容女子细长而美的眉毛。

望远行

唐·韦庄

　　欲别无言倚画屏，含恨暗伤情。谢家庭树锦鸡①鸣，残月落边城。人欲别，马频嘶②，绿槐千里长堤。出门芳草路萋萋，云雨别来易东西。不忍别君后，却入③旧香闺。

【题 解】

　　这首词上片写女子临别时的情状：无言倚屏，含恨伤情。"残月"、"鸣鸡"，既是分别的时刻，又有渲染分别时的凄清气氛的作用。下片先写马嘶人去，只留下绿槐长堤、芳草萋萋；后写女子的感叹，云飞雨散，别易会难，不忍回房，免得空闺伤人。全词情感真切，末二句语浅意深，多情之人都有此种感觉。

① 锦鸡：公鸡，或指山鸡。
② 马频嘶：马连续嘶叫。
③ 却入：又进到。却，还、又。

江城子

唐·韦庄

　　恩重娇多情易伤，漏更长，解鸳鸯。朱唇未动，先觉口脂香。缓揭绣衾抽皓腕，移凤枕，枕檀郎。

　　髻鬟狼藉①黛眉长，出兰房②，别檀郎。角声呜咽，星斗渐微茫③。露冷月残人未起，留不住，泪千行。

【题 解】

　　这首词写男女欢会后的离别。开头三句写得很平庸，后边几句写得倒比较清丽。角声呜咽，星斗微茫，露冷月残，这是晓别光景，与主人公因离别而伤心落泪融成一片。两人情意缱绻，躺在床上，尚未有起床的意思。但是想到情郎是留不住的，早晚要离开，禁不住泪流千行。

【注 释】

① 狼藉：散乱不整的样子。
② 兰房：香闺绣阁。
③ 微茫：稀疏而模糊。

露冷月残人未起，留不住，泪千行。

上行杯

唐·韦庄

芳草灞陵①春岸，柳烟深。满楼弦管②，一曲离声肠寸断。今日送君千万③，红缕④玉盘金镂盏。须劝，珍重意，莫辞满。

白马玉鞭金辔，少年郎。离别容易，迢递⑤去程千万里。惆怅异乡云水，满酌一杯劝和泪。须愧，珍重意，莫辞醉。

【题解】

这首词写与情人灞陵相别。上片以景言情。时间是春天，地点是灞陵楼头，"芳草"、"柳烟"，是呈现的迷茫景象，也最能惹起人的愁绪，在这样的环境里相别，更显得别情凄切，所以有管弦而不忍听，只觉声声断肠；对金杯而不能饮，滴滴伤心。词的下片，推进一层，代女方劝酒。"今日"以下，设想真切，送行时的和泪相劝，将行时的肠断凄楚，形成了一幅生动的离别图。

【注释】

①灞陵：或作霸陵，在陕西长安东郊，为汉文帝的陵墓，附近有灞桥，汉唐人送客远行，常在此处折柳道别。

②弦管：借代为音乐声。"弦管"又可称"丝竹"，古代弦乐器多以

丝为弦，管乐器多以竹为管。

③ 千万：指去程遥远，千里万里之外。又解："千万"指情深意厚，
   千番嘱咐，万般叮咛。

④ 红缕：形容玉盘所盛菜肴的色红，细如丝。

⑤ 迢递：形容路途遥远。

浣溪沙

唐·薛昭蕴

握手河桥柳似金，蜂须轻惹百花心 ①，蕙风兰思寄清琴 ②。
意满便同春水满，情深还似酒杯深，楚烟湘月两沈沈 ③。

【题 解】

　　这首词写男女的欢会与分别。上片先从分别写起，河桥垂柳，蜂惹百花，喻其分别时的留念，并兴起相见之迟，相别之速。"蕙风"句是从弦管之间写女子的风度、情怀。下片写临流饯别，以春水之满状心意之满足，以酒杯之深喻感情厚挚，用语自然而深婉。末句以景结情，楚烟湘水，皆已寂寞，纯是分别时的感情外射。

【注 释】

① 花心：花蕊。

② 蕙风兰思：形容美人的思绪和风度。蕙，香草名。《离骚》："岂维纫夫蕙茝。"兰，亦香草。《离骚》："纫秋兰以为佩。"寄清琴：将情思寄于清越的琴声之中。

③楚烟湘月：回忆往日游宴时的意境幽静、凄迷。沈沈：也写作"沉沉"。

浣溪沙

唐·薛昭蕴

江馆清秋缆客船①，故人相送夜开筵，麝烟兰焰簇花钿②。
正是断魂迷楚雨，不堪离恨咽湘弦，月高霜白水连天。

【题 解】

这首词写江馆相别，上片起首句点出题旨，地点是"江馆"，时节是"清秋"，"缆客船"是停舟待发。接着写故人设宴相送，兰焰明灭，麝烟缭绕，足见离筵之盛。下片首二句写离人的感受，以烟雨迷蒙喻离魂茫然，以管弦的呜咽状恨别不堪。结尾以月明霜白、水天一色的凄清境界，突出离别的惆怅。

【注 释】

①缆：缆绳，这里作动词用，意思是用缆绳将客船系好。
②簇花钿：聚集着盛装的女子。

离别难

唐·薛昭蕴

宝马晓鞴①雕鞍，罗帷②乍别情难。那堪春景媚，送君千万里，半妆③珠翠落，露华④寒。红蜡烛，青丝曲⑤，偏能钩引泪阑干⑥。

良夜促，香尘绿⑦，魂欲迷，檀眉⑧半敛愁低。未别，心先咽，欲语情难说出，芳草路东西。摇袖立，春风急，樱花杨柳雨凄凄。

【题解】

这首词上片"宝马"句写情人备马远行，言将别。这一起句关系全篇。以下则深入写别情。"罗帷"句写两人感情深挚，"那堪"四句深入一层，春光明丽之时，送人远行，悲痛难忍，在己是无心妆扮，在物则花露寒凝，全由情至。"红烛"句以下，为话别的场面，别曲难尽，红烛亦为之落泪。下片"良夜"四句，言其相处之短，欲去之速，梦魂迷离，愁眉低垂。"未别"三句写尽分别一瞬间的内心世界。"芳草路东西"写行者，"摇袖立"写送者，用"春风急"状离别之情。这是《花间集》中字数最多的一首词，写得婉转而流畅，层次井然。情感真切。汤显祖评道："咽心之别愈惨，难说之情转迫；平生无泪落，不洒别离间，应是好话。"

【注 释】

① 鞴（bèi）：把鞍辔等套在马上，动词。

② 罗帷：指闺阁之中。

③ 半妆：妆饰散乱，不完备。据《南史·后妃传》载：梁元帝徐妃以元帝眇一目，每知帝将至，必为半面妆以俟，帝见则大怒而去，这里指送行后回来卸下残妆。

④ 露华：露凝结而成雪花状。

⑤青丝曲：弦琴所弹的曲调。

⑥泪阑干：泪纵横。

⑦香尘绿：月光下大地一派浅绿色。

⑧檀眉：香眉。又解：檀为颜色一种，浅红色，形容眉色。

【名 句】

未别，心先咽，欲语情难说出，芳草路东西。

应天长

唐·牛峤

双眉淡薄藏心事，清夜背灯①娇又醉。玉钗横，山枕腻，宝帐鸳鸯春睡美。

别经时②，无限意，虚道③相思憔悴。莫信彩笺书里，赚④人肠断字。

【题 解】

这首词写一被欺骗女子的觉醒，寄予了词人对弱女的同情。上片写女主人公与男子的欢会。"鸳鸯"，借代用法。下片，用"别经时，无限意"与"虚道相思憔悴"、"赚人肠断字"对比，指责了男子对女主人公真情的玩弄，"莫信"二字完全写出女主人公的觉醒和对男子虚情假意的憎恨。

【注 释】

①背灯：掩灯。

②别经时：别后所经历的一段日子。

③虚道：说假话。

④赚：诳骗。

望江怨

唐·牛峤

东风急，惜别花时手频执^①，罗帷愁独入。马嘶残雨春芜^②湿。
倚门立，寄语薄情郎：粉香和泪泣。

【题 解】

　　这首词是女子对薄情郎分别时的寄语。开头三句写分别时的凄苦。
"马嘶"二句写行者远去，送者伫立。最后是女主人公对薄情郎的寄语，
意在以痴情感动男子。这写出了封建时代被侮辱的女子的共同心理与命
运。整首词正如《餐樱庑词话》所评，"文情往复"，"节奏紧迫，有
急弦促柱之妙"。

【注 释】

①手频执：多次执手，表示惜别依依之情。

②春芜：春草。芜的本意是草长得多而乱，双关离人心情纠结。

酒泉子

唐·牛峤

记得去年，烟暖杏园①花正发，雪飘香。江草绿，柳丝长。

钿车②纤手卷帘望，眉学春山样③。凤钗低袅翠鬟上④，落梅妆⑤。

【题 解】

这首词写男子对女子的追恋。上片"记得"一句，领起全篇，以下皆为追忆之辞。"烟暖"四句写地点、环境。下片也是紧接"记得"写出，点明追恋的女子及妆扮，引起怀想。去年的别离变成了今日的美好回忆，这种美好的送别在短暂的人生中为数不多，值得回味。

【注 释】

① 杏园：古代园名，在今陕西西安市郊大雁塔南。秦时为宜春下苑地。

② 钿车：用金玉装饰的车子。

③ "眉学"句：眉仿佛春山一样。学，仿照。

④ "凤钗"句：凤钗斜插在翠鬟上。袅，绕。

⑤ 落梅妆：古代妇女的一种面部妆饰，又称"梅花妆"或"寿阳妆"。

江城子

唐·牛峤

鵁鶄①飞起郡城东，碧江空，半滩风。越王宫殿，蘋叶藕花中。

帘卷水楼鱼浪起，千片雪，雨濛濛。

极浦^②烟消水鸟飞。离筵分首时，送金卮^③。渡口杨花，狂雪任风吹。日暮天空波浪急，芳草岸，雨如丝。

【题解】

这首词写渡口饯行。先从渡口鸟飞写起，既是眼前景，又包含分别之意，有兴起的作用。"离筵"句明点送行。诗人又拈出"渡口"、"杨花"，以隐喻在生活的道路上奔波，如杨花任风狂吹，饱含对友人的同情。结尾放开一笔，写渡口日暮景象，天阔波涌，雨迷芳草，又渗透了分别时的迷茫依念之情。全词以写景胜，然笔笔带情，字字藏意。

【注释】

① 鸡鹊（jiāo jīng）：古书上说的一种水鸟。
② 极浦：远浦。
③ 金卮：金酒杯。古代盛酒的器皿。

生查子

五代·牛希济

春山烟^①欲收，天澹稀星小。残月脸边明，别泪临清晓。
语已多，情未了，回首犹重道：记得绿罗裙，处处怜芳草！

【题解】

这首小词上阕写送别时的"春山"、"澹天"、"残月"等景物，在这样的初晓，两位相互依偎缠绵了一夜的恋人无可奈何地要分别了。他们说了一夜情话，虽然很多，但是对彼此的深情却好像还没有表达清楚。最后这位女主人告诫他的情人："记得绿罗裙，处处怜芳草！"含蓄隽永，意味深长，虽然缠绵悱恻，然而不落窠臼，深深暗合《诗经》"温柔敦厚"之宗旨。

【注释】

① 烟：此指春晨弥漫于山前的薄雾。

浣溪沙

五代·张泌

钿毂①香车过柳堤，桦②烟分处马频嘶，为他沉醉不成泥。
花满驿亭香露细，杜鹃声断玉蟾③低，含情无语倚楼西。

【题解】

这首词写驱车送别。上片写车过柳堤，马嘶桦烟，人已远去。"为他沉醉不成泥"一句，表现了女子对男子的依恋之情，如"成泥"，岂不是可以不走了吗？下片前两句写驿亭环境，用以表现女主人公送走情人后"含情无语"的淡淡哀愁。

【注释】

① 钿毂（gǔ）：金饰的车轮轴承，有眼可插轴的部分。

② 桦：落叶乔木，皮厚而轻软，可卷蜡为烛，谓之"桦烛"。

③ 玉蟾：月亮。古时传说月中有蟾蜍，所以文人们常以蟾指代月亮。

河 传

五代·张泌

渺莽①云水，惆怅暮帆，去程迢递。夕阳芳草千里，万里，雁声无限起。

梦魂悄断②烟波里，心如醉，相见何处是？锦屏香冷，无睡，被头多少泪！

【题解】

这首词写傍晚离情。上片全是写景，苍茫、空阔、悲凉。只"去程"二字，点出送行，景是送行人所见，渺茫云水，一片空阔，行者已去，暮帆不见，惆怅自生。"去程"承"暮帆"，"迢递"接"夕阳"而下，景由情出，苍凉悲咽。下片全写情，情由景生。"烟波"紧承上片"云水"，行者从烟波中消失，送者的梦魂也被烟波带去，无限凄然。最后两句是别后的孤苦生涯，只有锦屏香冷、夜夜无眠、泪水沾被了。

【注释】

① 渺莽：辽阔而迷茫。

② 悄断：暗暗地结束了。

送郝郎中为浙西判官

北宋·徐铉

大藩从事本优贤^①，幕府仍当北固前^②。
花绕楼台山倚郭^③，寺临江海水连天。
恐君到即忘归日，忆我游曾历二年。
若许他时作闲伴，殷勤为买钓鱼船。

【题 解】

徐铉（916—991），字鼎臣，广陵（今江苏扬州）人。早岁与韩熙载齐名，江东谓之"韩徐"，又与弟锴并称"二徐"。这首诗从赞美郝郎中的才华开始，接着点明他将入幕的地点。颔联是对环境的描写，颇有情调与气魄。颈联是诗人对朋友入幕生活的设想和对自己游历生活的追忆。尾联想象朋友和自己功成身退，一起享受生活的宁静。全诗一气贯注，起承转合，井井有条。

【注 释】

① 大藩（fān）：古代指比较重要的州郡一级的行政区。
② 幕府：本指将帅在外的营帐，后亦泛指军政大吏的府署。北固：北固山，在今江苏省镇江市东北。
③ 郭：城外围的墙。

送王四十五归东都

北宋·徐铉

海内兵方起，离筵^①泪易垂。
怜君负米^②去，惜此落花时。
想忆看来信，相宽指后期。
殷勤^③手中柳，此是向南枝^④。

【题 解】

此诗表达了朋友间的真挚情谊，抒写了离别时的缠绵情思，但伤别之中有劝慰，并不一味消沉。诗的语言平易朴实，颇能感人，在送别诗中是一首上乘之作。这首诗从国家大事谈到家庭琐事，也兼及了朋友间的情谊，算得上是国事家事天下事，事事关情。

【注 释】

① 筵（yán）：酒席。

② 负米：事见《孔子家语·致思》"子路见孔子曰：'由也，事二亲之时，常食藜藿之实，为亲负米百里之外。'"后来就把"负米"用作孝养父母的故事。

③ 殷勤：情意恳切。

④ 向南枝：东都江都在江北，江宁在江南，友人虽北去，然而思念朋友之时，必定会翘首南望。故说柳枝是"向南枝"。

送凌侍郎还宣州

北宋·晏殊

日南藩郡古宣城，碧落神仙拥使旌。
津吏戒船东下稳，县僚负弩昼归荣。
江山谢守^①高吟地，风月朱公^②故里情。
曾预汉庭三独坐^③，府中谁敢伴飞觥。

【题 解】

晏殊（991—1055），字同叔，抚州临川文港乡人。官至宰相，性刚简，自奉清俭，能荐拔人才，范仲淹、欧阳修均出其门下。主要作品有《珠玉词》。凌策（957—1018），字子奇，宣州泾凌湾（安徽泾县）人，北宋名臣。李顺起义，川陕许多选官都不愿意上任，凌策自动请示出任，大中祥符九年（1016），凌策从蜀地回来，皇上有意擢用，但凌策得病。这首七律就是晏殊送凌策回乡时写的。这首诗首联介绍古宣城是块圣地，碧霞满空，神仙都要摇动旌旗在这里聚集。宣城人杰地灵，所以有凌侍郎这样的人才。颔联追叙凌策的功绩。颈联将凌策比作谢朓和陶朱公，赞美他的文韬和经世之才。尾联是说凌策受到皇帝的礼遇，这是极大的荣耀，哪里有人敢和他坐在一起喝酒。这首诗十分平实，是一首典型的应酬之作。

【注 释】

① 谢守：指谢朓，曾在宣城任太守。
② 朱公：指陶朱公，即范蠡，字少伯，春秋末著名的政治家、军事家和实业家。辅佐越国勾践灭吴国，功成名就之后急流勇退。
③ 三独坐：又叫汉庭三独坐，光武特诏御史中丞与司隶校尉、尚书令

会同并专席而坐，故京师号曰"三独坐"。

东城送运判马察院

北宋·梅尧臣

春风骋巧如翦刀^①，先裁杨柳后杏桃。
圆尖作瓣得疏密，颜色又染燕脂牢。
黄鹂未鸣鸠欲雨，深园静墅声嗷嗷。
役徒开汴^②前日放，亦将决水归河槽。
都人倾望若焦渴，寒食^③已近沟已淘。
何当黄流与雨至，雨深一尺水一篙。
都水御史亦即喜，日夜顺疾回轻舠^④。
频年吴楚岁苦旱，一稔^⑤未足生脂膏。
吾愿取之勿求羡，穷鸟困兽易遁逃^⑥。
我今出城勤送子，沽酒不惜典弊袍。
数途必向睢阳去，太傅大尹^⑦皆英豪。
试乞二公评我说，万分岂不益一毛。
国给民苏^⑧自有暇，东园乃可资游遨。

【题解】

梅尧臣（1002—1060），字圣俞，宣州宣城（今属安徽）人。宣城古名宛陵，世称梅宛陵。这是诗人在汴京（今河南开封）东城送别友人之作。运判马察院，指马遵，字仲涂，饶州乐平（今属江西）人，当时以监察御史为江淮六路发运判官，是诗人的好友。这首诗前三联写春天的景色，接着的四联写与水利相关的人事活动，第八联表达了作者的

忧国爱民之情。作者这样说与马察院的身份有关，因为他是江淮六路发运判官。在做完这些铺垫之后，诗人的笔触转到送别上来，希望马察院为国家效力，造福百姓。作者对朋友的才华充满信心，认为他在做好本职工作之余还能够遨游东园。此诗通篇都以国计民生为意，而将朋友深情融贯其中，一韵到底，情调轻快，在送别诗中，别具一格。

【注 释】

① 翦（jiǎn）刀：即剪刀。

② 开汴：指疏浚汴河河口和汴河上游，以便引黄河水顺畅地注入汴河。

③ 寒食：寒食，即寒食节，亦称"禁烟节"、"冷节"、"百五节"，每年四月四日，清明节的前一天。

④ 舠（dāo）：小船。

⑤ 稔（rěn）：庄稼成熟。

⑥ 遁（dùn）逃：逃跑。

⑦ 太傅大尹：太傅指杜衍，当时以太子太傅退居南京。大尹指欧阳修，当时任应天府知府兼南京留守事，汉唐时京师地区行政长官称尹，诗中即沿此例尊称其为"大尹"。

⑧ 民苏：指人民得到休养生息。

踏莎行

北宋·欧阳修

候馆①梅残，溪桥柳细，草薰风暖摇征辔②。离愁渐远渐无穷，迢迢③不断如春水。

寸寸柔肠④，盈盈粉泪⑤，楼高莫近危阑⑥倚。平芜⑦尽处是春山，

行人更在春山外。

【题 解】

　　欧阳修（1007—1072），字永叔，号醉翁，晚号"六一居士"，庐陵（今江西吉安）人，谥号文忠，世称欧阳文忠公。在婉约派词人抒写离情的小令中，这是一首情深意远、柔婉优美的代表性作品。上片写离家远行的人在旅途中的所见所感。开头三句是一幅洋溢着春天气息的溪山行旅图：旅舍旁的梅花已经开过了，只剩下几朵残英，溪桥边的柳树刚抽出细嫩的枝叶。暖风吹送着春草的芳香，远行的人就在这美好的环境中摇动马缰，赶马行路。梅残、柳细、草薰、风暖，暗示时令正当仲春。这正是最易使人动情的季节。从"摇征辔"的"摇"字中可以想象行人骑着马儿顾盼徐行的情景。下片写闺中少妇对陌上游子的深切思念，由陌上行人转笔写楼头思妇。"柔肠"而说"寸寸"，"粉泪"而说"盈盈"，显示出女子思绪的缠绵深切。从"迢迢春水"到"寸寸肠"、"盈盈泪"，其间又有一种自然的联系。接下来一句"楼高莫近危阑倚"，是行人心里对泪眼盈盈的闺中人深情的体贴和嘱咐，也是思妇既希望登高眺望游子踪影又明知徒然的内心挣扎。

【注 释】

　　①候馆：迎宾候客之馆舍。《周礼·地官·遗人》："五十里有市，市有候馆。"

　　②草薰（xūn）：小草散发的清香。薰，香气侵袭。征辔：行人坐骑的缰绳。辔，缰绳。此句化用南朝梁江淹《别赋》"闺中风暖，陌上草薰"而成。

　　③迢迢：形容遥远的样子。

　　④寸寸柔肠：柔肠寸断，形容愁苦到极点。

　　⑤盈盈：泪水充溢眼眶之状。粉泪：泪水流到脸上，与粉妆和在一起。

⑥危阑：也作"危栏"，高楼上的栏杆。

⑦平芜：平坦地向前延伸的草地。芜，草地。

【名句】

离愁渐远渐无穷，迢迢不断如春水。

玉楼春

北宋·欧阳修

尊前①拟把归期说，欲语春容先惨咽。人生自是有情痴②，此恨不关风与月。

离歌且莫翻新阕，一曲能教肠寸结。直须看尽洛城花，始共春风容易别。

【题 解】

这是欧阳修离开洛阳时所写的惜别词。上片落笔即写离别的凄怆情怀。在酒宴前，本为告别，却先谈归期，正要对朋友们说出他的心中所想，但话还没说，本来舒展的面容立刻愁云笼罩，声音哽咽。离别之所以如此痛苦，并非留恋风月繁华，而是感情的执著、真诚和美好，是心灵的默契，是痴情的写照。下片"离歌"二句，劝止那些唱离歌的人不要再换新的曲子了，仅只一曲离歌，就使人肝肠寸断。"且莫"二字，叮咛得如此恳切，目的是反衬后句"肠寸结"的哀痛伤心。至此，作者对离别无常之悲哀感慨、低回婉转已至极限。惜别之情，俱已说完。结尾"直须"二句，笔锋一转，抛开一切悲哀伤感，要去"看尽洛城花"，

然后再同洛阳告别，表现出一种豪宕的意兴，当然豪宕之中也隐含着沉重的悲慨。

【注释】

① 尊前：即樽前，饯行的酒席前。
② 情痴：对感情执著坚定，至死不渝。

【名句】

人生自是有情痴，此恨不关风与月。

送谢希深学士北使

北宋·欧阳修

汉使入幽燕①，风烟两国间。
山河持节远，亭障出疆闲。
征马闻笳②跃，雕弓向月弯。
御寒低便面，赠客解刀环。
鼓角云中垒，牛羊雪外山。
穹庐③鸣朔吹④，冻酒发朱颜。
塞草生侵碛⑤，春榆绿满关。
应须雁北向，方值使南还。

【题 解】

这首送别诗流露出难得的盛唐之气。诗歌集中描写了塞外军旅生活和边关苦寒环境，衬托出友人毅然出使北方的可贵，有铮铮金石之气。结句想象来年春天榆树发芽之时，友人就会归来，表达了对友人的难舍。

【注 释】

①幽燕：泛指河北北部及辽宁部分地区，因唐代以前属幽州、战国时期属燕国，故有幽燕之称。

②筬：中国古代北方民族的一种乐器，类似笛子。

③穹庐: 穹庐是指蒙古人所住的毡帐，用毡子做成，中央隆起，四周下垂，形状似天，因而称为穹庐。后泛指北方少数民族。

④朔吹：指北风。

⑤碛（qì）：不生草木的沙石地。

送吴先生谒惠州苏副使

北宋·陈师道

闻名欣识面，异好^①有同功。
我亦惭吾子，人谁恕此公。
百年双白鬓，万里一秋风。
为说任安^②在，依然一秃翁。

【题 解】

　　陈师道（1053—1102），字履常，一字无己，号后山居士，彭城（今江苏徐州）人。陈师道中年受知于苏轼，由苏轼推荐为徐州教授。两年后，苏轼因党祸被贬杭州；陈师道不避流俗横议，不顾上官阻拦，托病请假，送苏轼直到南京（今河南商丘）。五年之后，苏轼再贬为宁海军节度副使，惠州安置，栖身岭南，陈师道也被定为苏门余党，撤销了颖州教职。就在他们一人身处海疆、潦倒穷愁之际，有一位苏轼的崇拜者吴远游，准备到惠州看望苏轼，陈师道作此诗以寄意。诗是送吴远游的，话却是说给苏轼听的。

【注 释】

　　① 异好：吴远游是方外之士，与陈师道坚守儒术异趣。
　　② 任安：卫青之君恩日衰，任安终不肯离卫青之门改事他人。作者以任安自比，言苏轼虽被权势排挤，但自己始终会站在苏轼这一边。

【名 句】

　　百年双白鬓，万里一秋风。

送董达元

北宋·谢逸

　　读书不作儒生酸，跃马西入金城关①。
　　塞垣②苦寒风气恶，归来面皱须眉斑。

先皇召见延和殿^③，议论慷慨天开颜。
谤书盈箧^④不复辩，脱身来看江南山。
长江滚滚蛟龙怒，扁舟此去何当还？
大梁城里定相见，玉川^⑤破屋应数间。

【题解】

谢逸（1068—1113），字无逸，号溪堂。谢逸一生清贫，不附权贵，以作诗文自娱。诗中的董达元是作者的友人，是一位慷慨负气、傲骨铮铮的志士。这首诗先追叙了董达元过去到边关的经历，从边塞的苦寒和他归来时面皱眉斑可知，为了出使朋友付出了巨大的牺牲。令人欣慰的是，这种付出并没有白费，董达元受到了先皇的礼遇。为了离开朝廷这个是非之地，董达元选择了功成身退。作者在抒发离别之情的同时寄予劝慰，约定双方都不改变自己清高的操守。

【注释】

①金城关：金城，地名，故城在今甘肃皋兰西南。宋时为边关。
②塞垣（yuán）：关塞。这里指西北边防地带。
③延和殿：宋代宫殿名。
④谤书盈箧（qiè）：箧，筐。此处比喻诽谤他的奏章很多，都装满了一筐。
⑤玉川：唐卢仝（tóng），号玉川子，家中贫穷。

西江月·送朱泮英

北宋·谢逸

青锦缠条佩剑，紫丝络辔飞骢①。入关意气喜生风，年少胸吞云梦②。

金阙日高露泫③，东华④尘软香红。争看荀氏第三龙⑤，春暖桃花浪涌。

【题 解】

谢逸词是以轻倩婉媚为风格特色的，但此词例外，显得豪迈飘逸，朝气勃勃。上片抒发风华正茂的旺盛意气，下片想象科考及第的金色美梦。前两句表现作者少时既好读书，又重仗剑交游，颇有李白那种傲岸不群的自由解放精神。接着的两句作者显系化用《子虚赋》之语，来表达自己的凌云壮志，气概不凡。下片是说朱泮英将来赴宫阙廷试高中，宴开琼林，那时空中红日朗照，花枝树叶上的露滴也辉耀着五彩，何等惬意；新进士们骑马进入东华门，出游天街，红尘软绣，又何等荣光，简直可以和东汉荀淑的儿子相媲美了。虽是送别词，却尽情抒写了作者的壮怀宏愿。

【注 释】

①络辔（pèi）飞骢（cōng）：配有紫色丝绦做成的缰绳的骏马。
②云梦：古大泽名，在湖北安陆县南，本二泽，合称云梦。
③泫（xuàn）：水珠下滴。谢灵运诗有"花上露犹泫"句。
④东华：东华门，为宋东京宫城东面之门的名称。
⑤荀氏第三龙：东汉荀淑有子八人，皆备德业，时称八龙。

烛影摇红·送会宗

北宋·毛滂

老景萧条，送君归去添凄断。赠君明月满前溪，直到西湖畔。
门掩绿苔应遍，为黄花^①、频开醉眼。橘奴^②无恙，蝶子相迎，寒窗日短。

【题 解】

毛滂（约 1056—1124），字泽民，衢州江山人。宋哲宗元祐年间为杭州法曹，苏轼曾加荐举，晚年与蔡京亦有交往。会宗名沈蔚，吴兴人，是词人的老朋友，也是当时有名的词人。本来送别就是一件令人倍感凄凉的事情，萧条的环境又使得伤心更多了几分。词人突发浪漫之想，希望明月能帮自己送朋友，一直送到西湖边上。下阕中的一个"应"字表明是词人的想象，他设想朋友到家后的生活情形，有菊花，有橘树，也有蝴蝶飞舞。相应地，时令也应该由深秋进入了初冬。

【注 释】

① 黄花：菊花。
② 橘奴：斋前橘树。三国时丹阳太守李衡于武陵氾洲上种橘千株，
　称"千头木奴"，谓种橘如蓄奴，后因称橘为橘奴。

琴调相思引·送范殿监赴黄岗

北宋·贺铸

终日怀归翻①送客，春风祖席②南城陌。便莫惜离觞频卷白③。动管色④，催行色；动管色，催行色。

何处投鞍风雨夕？临水驿，空山驿；临水驿，空山驿。纵明月相思千里隔。梦咫尺，勤书尺⑤；梦咫尺，勤书尺。

【题 解】

贺铸（1052—1125），字方回，自号庆湖遗老。这首词是词人为送朋友赴黄岗做官而写的一首赠别词，词中充分地发挥词的声情美，巧妙地利用叠句的回环往复，造成形式上的错落有致，一咏三叹，以参差不齐之句，写郁勃难状之情，使人恬吟密咏之中，更强烈地体会到词人低回缥缈的别离情绪。

【注 释】

① 翻：因离别引起的种种复杂心情。

② 祖席：本是古代出行时祭祀路神的一种仪式，这里便指饯行的酒宴。

③ 觞（shāng）：酒杯。卷白：卷白波，所谓卷白波者，盖卷白上之酒波耳，言其饮酒之快也。这句是在劝酒。

④ 管色：指离别时奏起的音乐。

⑤ 书尺：书信。

送云卿知卫州

北宋 · 司马光

汗简^①成新令，褰帷^②刺剧州^③。
韦平^④家法在，邵杜^⑤治声优。
野竹交淇水，秋瓜蔓帝邱^⑥。
三年归奉计，肯顾石渠游。

【题 解】

　　司马光（1019—1086），字君实，号迂叟，陕州夏县（今山西夏县）涑水乡人，世称涑水先生，生于河南省光山县。作者的朋友贾云卿要到卫州任知州，作者写此诗送行。此诗是临别赠语。首句是说贾云卿多年寒窗终于熬出头当了知州。次句诗人以古代的贤人为榜样，劝勉对方勤于政务，体验淇水卫地风情，希望三年任满之后再见。

【注 释】

　　① 汗简：意同汗青，青竹烤干以写简。
　　② 褰（qiān）帷：掀开车上帷幔。
　　③ 剧州：政务繁重的州府。
　　④ 韦平：西汉韦贤与平当都是父子相继为相。
　　⑤ 邵杜：两位有政绩的地方官姓氏。
　　⑥ 帝邱：濮阳古称帝丘，据传五帝之一的颛顼曾以此为都。

送张寺丞觐知富顺监

北宋·司马光

汉家五尺道，置吏抚南夷^①。
欲使文翁教，兼令孟获知^②。
盘馐蒟酱实，歌杂竹枝辞^③。
取酒须勤醉，乡关不可思。

【题解】

自古以来，以送别为题的作品，多有悲凄缠绵之作，常囿于个人感情圈子之内。司马光的这首送别诗却能俯瞰九州，追溯千古，将历史、现实、希望结合起来，以诗的美启迪友人的沉思，用历史的光辉照耀前进的道路。尾联二句劝友人在途中开怀畅饮，切莫频起乡思之情。言外之意是南中之事大有可为，不可因忧思而自伤心神。全诗感情深挚而不浮露，境界高远。

【注释】

① 南夷：在古代，包括云南、贵州及四川西南的广大地区，称为"西南夷"。

② 西汉的文翁在汉景帝末期任蜀郡太守，在成都设立学校，入学得免徭役。三国时期的诸葛亮，对南中大姓的叛乱，并不单纯以武力征服，而是采取"攻心为上"的策略，对其首领孟获"七擒七纵"，使其心悦诚服。

③ 蒟（jǔ）酱：一作枸酱，一种胡椒科植物做的酱，味辛辣。竹枝辞：含思婉转，色彩明丽，唱时以鼓笛伴奏，同时起舞。

送龚章判官之卫州·新及第

北宋·司马光

几^①砚昔年游，于今成十秋。
松坚终发石^②，鱼变^③即辞流。
近郡无飞檄，清时不借筹^④。
淇园春竹美，军宴日椎^⑤牛。

【题解】

这是诗人送十年前的学友龚章赴卫州做判官所作。诗中先忆同窗之谊；再赞其苦学成才不易；紧接着渲染了时代太平，所以朋友有优游卒岁的闲暇；最后写赴任地风物之胜。诗歌虽然篇幅不大，但是秩序井然，抒发的同窗情谊也十分真切。

【注释】

①几（jī）：此处指书案。
②发石：剖开石头。
③鱼变：鱼变化为龙，即鲤鱼跃龙门。
④借筹：代人策划。
⑤椎（chuí）：用木槌砸。

昭君怨 · 金山送柳子玉

北宋 · 苏轼

谁作桓伊三弄^①，惊破绿窗^②幽梦？新月与愁烟，满江天。
欲去又还不去，明日落花飞絮。飞絮送行舟，水东流。

【题解】

这首词作于熙宁七年（1074），苏轼在杭州任通判，去常州、润州一带赈饥，子玉赴怀守之灵仙观，二人结伴而行。安子玉名瑾，润州丹徒（今江苏镇江）人，其子仲远为苏轼亲堂妹婿，两人是谊兼戚友的。词的上片写送别的宴会上，有美妙的音乐，明亮的新月，只是因为是送别，连烟雾也带上了忧愁的色调。从"欲去又还不去"可知他们难舍难分，柳子玉就多住了一晚，第二天才离去。苏轼于是想象他走的时候乘着落花飞絮，一路向东去了。

【注释】

① 桓伊三弄：桓伊，字叔夏，小字子野。东晋时音乐家，善筝笛。《世说新语·任诞》载"王子猷（徽之）出都，尚在渚下。旧闻桓子野善吹笛，而不相识。遇桓于岸上过，王在船中，客有识之者云：'是桓子野。'王便令人与相闻云'闻君善吹笛，试为我一奏。'桓时已贵显，素闻王名，即便回，下车，踞胡床，为作三调。弄毕，便上车去，客主不交一言。"
② 绿窗：碧纱窗。

送顿起

北宋·苏轼

客路相逢难，为乐常不足。
临行挽衫袖，更尝折残菊。
酒阑①不忍去，共接一寸烛。
留君终无穷，归驾不免促。
岱宗②已在眼，一往继前躅③。
佳人亦何念，凄断阳关曲。
天门四十里，夜看扶桑浴④。
回头望彭城，大海浮一粟。
故人在其下，尘土相豗蹴⑤。
惟有黄楼诗⑥，千古配淇澳⑦。

【题 解】

　　此诗作于作者四十三岁时。诗人叹息人生难逢易离，抒发与老朋友不忍分离之情。古人称不在家为客，两个漂泊异地的朋友相遇，很不容易，纵使相遇也少有快乐可言。于是他们就挽起袖子攀折残败的菊花，寻找乐趣。他们还一同饮酒，即便酒喝好了，还是不忍分别，不得不把蜡烛再接得更长一些。分别在即，诗人想象顿起就要到泰山去，而他自己在彭城，如果朋友回望自己，就会如一粒飘荡的尘土那样渺小。诗末是对顿起诗才的赞美，认为可以和《诗经》相媲美。

【注 释】

　　①酒阑（lán）：谓酒筵将尽。
　　②岱宗：泰山。下文"天门"为泰山一险要处。

③ 前躅（zhú）：先前的游踪。

④ 扶桑浴：太阳出浴于扶桑。

⑤ 豗蹴（huī cù）：豗指撞击，蹴指踢踏。

⑥ 黄楼诗：顿起有诗记黄楼本末。

⑦ 淇澳（qí yù）：代指《诗经》。《诗经·卫风》有《淇澳》一诗。

鹊桥仙·七夕送陈令举

北宋·苏轼

　　缑山①仙子，高情云渺，不学痴牛騃女②。凤箫③声断月明中，举手谢时人欲去。

　　客槎④曾犯，银河波浪，尚带天风海雨。相逢一醉是前缘⑤，风雨散，飘然何处？

【题 解】

　　作者与几位反对王安石新法的朋友一起欢聚，喝酒喝得很高兴，这首词就是为其中一位而作。此词是咏调名本意，即所写内容与词牌内涵相合，而且是这一题目中词作的千古名篇，很有创新之意，极受后人推崇。

【注 释】

　　① 缑（gōu）山：地名，是周灵王太子王子乔成仙后乘鹤而去的地方。

　　② 痴牛騃（ái）女：痴牛指牛郎，騃女指织女。"騃"是"呆"的异体字。

　　③ 凤箫：王子乔吹笙时喜欢模仿凤的叫声。

　　④ 槎（chá）：用竹或木编成的筏子。

⑤ 前缘：前世的因缘。

临江仙·送王缄

北宋·苏轼

忘却成都来十载，因君未免思量①。凭将清泪洒江阳。故山②知好在，孤客自悲凉。

坐上别愁君未见，归来欲断无肠。殷勤且更尽离觞。此身如传舍③，何处是吾乡！

【题 解】

此词将送别的惆怅、悼亡的悲痛、政治的失意、乡思的愁闷交织在一起，表达了词人极度伤感悲苦的心绪。词的上片写悲苦的由来、发展和不能自已的情状，下片写送别的情怀及内心的自我排遣。

【注 释】

① "忘却"二句：指作者十年来对亡妻王弗的彻骨相思。从王弗归葬眉山至妻弟王缄到钱塘看望苏轼，其间相隔正好十年，王缄的到来勾起了作者的往日回忆，日渐平复的感情创伤又陷入了极度的痛楚之中。

② 故山：指家乡的山。

③ "此身"句：将整个人生看破之意。《汉书·盖宽饶传》云："富贵无常，忽则易人。此如传舍，阅人多矣。""此身如传舍"句即借用上述典故略加变通，以寓"人生如寄"之意。

送欧阳推官赴华州监酒

北宋·苏轼

我观文忠公^①，四子^②皆超越。

仲也珠径寸，照夜光如月。

好诗真脱兔，下笔先落鹘^③。

知音如周郎^④，议论亦英发。

文章乃余事，学道探玄窟。

死为长白主，名字书绛阙。

伤心清颍尾，已伴白鸥没。

喜见三少年，俱有千里骨^⑤。

千里不难到，莫遣历块蹶^⑥。

临分出苦语，愿子书之笏^⑦。

【题 解】

　　这首诗是苏轼送欧阳修的孙子去华州监酒税而作。欧阳修对苏轼有知遇之恩，嘉祐二年（1057）正月，苏轼中进士后，欧阳修见了苏轼的《刑赏忠厚之至论》，非常欣赏，兴奋地写信给梅尧臣说："快哉快哉！老夫当避路，放他出一头地也。可喜可喜。"苏轼本来是送欧阳修的孙子，却从欧阳修写起，可见他对老师的感激之情有多深。第二至五联是夸赞欧阳推官的父亲欧阳仲纯，依次谈到他有诗情，懂音律，议论英发，善写文章，通晓道术。因为仲纯早卒，所以苏轼有"伤心清颍尾，已伴白鸥没"的感叹。苏轼是他的长辈，苦口婆心地对他讲了许多劝诫和勉励的话，并且希望欧阳推官能够牢记教训，有所建树。

【注释】

① 文忠公：指北宋文坛领袖欧阳修，文忠是他的谥号。

② 四子：欧阳修有四子，依次为发、奕、棐、辩。欧阳奕字仲纯，早卒，题目中的欧阳推官是他的儿子。

③ 鹘（hú）：鸷鸟名。这两句是说好诗轻脱自然，如同脱逃之兔、将落之鹘。

④ 周郎：三国东吴都督周瑜，周郎是美称。

⑤ 千里骨：指燕昭王以千金买千里马骨头的典故，这里是说三少年如千里马一样杰出。按诗意"三少年"当时指欧阳推官兄弟三人。

⑥ 蹶（jué）：跌倒。这句是说要做不羁之才，不能受局限。

⑦ 笏（hù）：古代大臣上朝拿着的手板，用玉、象牙或竹片制成，上面可以记事。

青玉案·送伯固归吴中

北宋·苏轼

三年枕上吴中路，遣黄犬①，随君去。若到松江呼小渡，莫惊鸳鹭，四桥尽是、老子经行处。

《辋川图》②上看春暮，常记高人右丞句③。作个归期天定许，春衫犹是，小蛮④针线，曾湿西湖雨。

【题解】

伯固是苏轼诗友苏坚，随苏轼在杭州三年，这是作者送别诗友的词作。词的上片写作者对苏坚归吴的羡慕和自己对吴中旧游的系念，下片使用虚笔，以王维诗画赞美吴中山水，抒发自己欲归不得的惜惋，间接

地表现他对宦海浮沉的厌倦。

【注 释】

① 黄犬：狗名。据《晋书·陆机传》载，陆机有犬名黄耳，陆机在洛阳时，曾将书信系在黄耳颈上，黄耳不但送到松江陆机家中，还带回了回信。这里用此典表示希望常通音信。

②《辋川图》：唐王维于蓝田清凉寺壁上曾画《辋川图》。

③ 右丞句：指王维的诗。王维终于尚书右丞之职，故世称"王右丞"。

④ 小蛮：歌妓名。这里指苏轼侍妾朝云。

更漏子·送孙巨源

北宋·苏轼

水涵空，山照市，西汉二疏①乡里。新白发，旧黄金，故人恩义深②。

海东头，山尽处，自古客槎来去。槎有信，赴秋期，使君行不归③。

【题 解】

此词为宋神宗熙宁七年（1074）初冬，作者在楚州别孙洙（字巨源）时所作。在仕途上，作者与孙洙均与王安石政见不合，又有着共同的政治遭遇。为了从政治斗争的漩涡中解脱出来，二人皆乞外任。此时，孙洙即将回朝任起居注知制诰，这自然会引起作者的思想波动。在词中，作者将仕途中的无穷忧患情思与自己的身世感慨融合在一起，表达了极为复杂的心绪。

【注 释】

① 二疏：指西汉的疏广、疏受叔侄。叔侄皆东海（海州）人，广为太
子太傅，受为少傅，官居要职而同时请退归乡里，得到世人景仰。
这里是用二疏的典故赞扬孙洙。

② "新白发"三句：二疏请归，宣帝赐黄金二十斤，太子赠五十斤，
公卿大夫、故人邑子设祖道，供帐东都门外，举行盛大欢送会。孙
洙海州一任，白发新添，博得州人殷勤相送，这是老友在此邦留下
的深恩厚意所致。将二疏与孙洙联系对比。

③ "槎有信"三句：自古以来，客槎有来有往，每年秋八月一定准时
来到海上，孙洙则未有归期。此句一方面用浮海通天河说孙洙应召
回京，一方面以归期无定抒写不忍相别之情。

武昌酌^①菩萨泉送王子立

北宋·苏轼

送行无酒亦无钱，劝尔一杯菩萨泉。
何处低头不见我？四方^②同此水中天。

【题 解】

这是苏东坡所作的一首送别诗。该诗描写的是诗人在武昌送别侄女
婿王子立时的情形，表达对王子立的赠别之情和美好祝愿。结句寓含禅
意，《楞严经》说："有佛出世，名为水天，教诸菩萨，修习水观，入
三摩地。"作者由菩萨泉之名联想到水天之佛，由泉水映出自己的影子
联想到"修习水观"，此处泉水可以照见"我"，别处的泉水不也是同
样可以照见"我"吗？四方之水，如菩萨泉一样，水中映人，水中映天。

末尾两句正是劝告人们"修习水观，入三摩地"，进入禅悟之境。

【注 释】

① 酌（zhuó）：斟酒，饮酒，这里是以泉水代酒。
② 四方：指各处，全天下。

送贾讷倅眉

北宋·苏轼

老翁山 ^① 下玉渊 ^② 回，手植青松三万栽。
父老得书知我在，小轩 ^③ 临水为君开。
试看一一龙蛇 ^④ 活，更听萧萧风雨哀。
便与甘棠同不剪 ^⑤，苍髯白甲待归来。

【题 解】

元祐元年（1086），苏轼知登州任，到官五日，调回京师。一年之间，三迁要职，当上翰林学士。贾讷这时将到作者故乡眉州做官，作者故作诗相送。这首诗是作者委托贾讷看顾父母坟园和问候家乡父老，对故土的眷恋之情跃然纸上。

【注 释】

① 老翁山：在今眉山市东坡区土地乡，苏轼父母和其妻王弗的坟墓皆

在此山。

② 玉渊：指老翁山下的"老翁井"泉。

③ 小轩：有窗的小屋。

④ 龙蛇：形容枝干盘曲。

⑤ "便与"句：周代召伯下乡，憩息过一棠树下，以后这棵树便被当
地百姓特意地保存、爱护，因为他们永远纪念着他们的召伯。《诗经》
中有《甘棠》篇："蔽芾甘棠，勿剪勿伐，召伯所茇。"作者引用
这个故事，说青松当和甘棠一样受到百姓的保护。因为预想到贾讷
要去那里，所以这样称誉他。

减字木兰花·送东武令赵昶失官归海州

北宋·苏轼

贤哉令伊，三仕已之无喜愠①。我独何人，犹把虚名玷②搢绅③。
不如归去，二顷良田无觅处。归去来兮④，待有良田是几时？

【题解】

宋神宗熙宁八年（1075），东武（即密州治所诸城县，诸城在隋
代以前称东武）县令赵昶被罢官，归海州，苏轼作此词相赠。词的上阕
赞美赵昶不为仕途的得失而或喜或悲，相形之下，自己就有些惭愧，虽
然有些虚名，也玷污了自己的职位。下阕表达了坚决的归去之心，而且
毫不犹豫。词人心想，即使无田，又有何妨。如果一定要等到有良田的
时候再归隐，那要等到什么时候呢？

【注 释】

① 愠（yùn）：怒，怨恨。

② 玷：玷污。

③ 搢绅（jìn shēn）：插笏于绅，后用作士大夫的别称。绅，古代仕宦者和儒者围于腰际的大带。

④ 归去来兮：出自陶渊明《归去来兮辞》："归去来兮，田园将芜胡不归？"

江城子·别徐州

北宋·苏轼

天涯流落思无穷！既相逢，却匆匆。携手佳人，和泪折残红。为问东风余几许？春纵在，与谁同！

隋堤^①三月水溶溶。背归鸿，去吴中。回首彭城^②，清泗与淮通^③。欲寄相思千点泪，流不到，楚江东。

【题 解】

这首词化用李商隐《无题》诗中"相见时难别亦难，东风无力百花残。春蚕到死丝方尽，蜡炬成灰泪始干"的诗意，将积郁的愁思注入景物之中，抒发了作者对徐州风物人情无限留恋之情，并在离愁别绪中融入了深沉的身世之感。

【注 释】

① 隋堤：隋炀帝时沿通济渠、邗沟河岸修筑的御道，道旁植杨柳，后人谓之隋堤。

② 彭城：即徐州城。

③ 清泗与淮通：泗水由西北而东南，流向淮水。

南乡子·和杨元素时移守密州

北宋·苏轼

东武^①望余杭^②，云海天涯两渺茫。何日功成名遂了，还乡，醉笑陪公三万场。

不用诉离觞^③，痛饮从来别有肠。今夜送归灯火冷，河塘，堕泪羊公却姓杨^④。

【题 解】

杨元素，即杨绘，熙宁七年（1074）七月接替陈襄为杭州知州。九月，苏轼由杭州通判调为密州知府，杨元素再为饯别于西湖上，唱和此词。词上片想象两地相望的情景以及功成还乡的愿望，以表达别后思念之情，下片表示不以世俗的方式来表达离情别绪，并写出了对友人的赞赏之情。

【注 释】

① 东武：密州治所，今山东诸城。

② 余杭：杭州。

③觞（shāng）：古代酒器。

④"堕泪"句：《晋书·羊祜传》："羊祜为荆州督。其后襄阳百姓在岘山上，羊祜游息之处建庙立碑，岁时享祭，望其碑者，莫不流涕。杜预因名之为'堕泪碑'"。这里以杨绘比羊祜，"羊"、"杨"音近。

南乡子·送述古

北宋·苏轼

回首乱山横，不见居人只见城。谁似临平山上塔，亭亭①，迎客西来送客行。

归路晚风清，一枕初寒梦不成。今夜残灯斜照处，荧荧②，秋雨晴时泪不晴。

【题解】

据史料记载，北宋熙宁七年（1074）七月，苏轼任杭州通判时的同僚与好友陈襄（字述古）移守南都（今河南商丘），苏轼追送其至临平（余杭），写下了这首情真意切的送别词。这首词艺术上的特色首先是将山塔、秋雨拟人化，赋予作者自身的感情和心绪，将无生命的景物写活。其次是衬托，上片"谁似临平山上塔，亭亭，迎客西来送客行"以塔之无情衬托人之有情，下片"秋雨晴时泪不晴"，用秋雨停衬托泪不停。

【注释】

①亭亭：耸立，高貌。

②荧荧：光闪烁的样子。

蝶恋花·暮春别李公择

北宋·苏轼

簌簌无风花自亸①。寂寞园林，柳老樱桃过②。落日有情还照坐，山青一点横云破。

路尽河回人转舵。系缆渔村，月暗孤灯火。凭仗飞魂招楚些，我思君处君思我。

【题 解】

这首词是写给东坡老友李公择的送别词，两人都因反对新法遭贬，同病相怜，交情更笃。该词上片主要写暮春景色，柳絮快要落完了，樱桃也已经开过了，虽然没有风，但是花期将尽，所以花儿都垂着。词人说园林寂寞，实际上是他内心落寞的外在投影。落日有情，青山隐隐，暮云横斜，万千离别的话语都蕴藏在这幅暮景之中。下片写送别，从转舵可知是在水边送别。等朋友离去，月亮已经出来了，水面上偶尔会有一点渔火。最后词人用《楚辞·招魂》中天帝遣巫阳招屈原离散之魂的典故，表达希望朝廷召他回去的愿望。词人多情地想，我思念你的地方也正是你思念我的地方，也就是心心相印，志同道合，共同对美好信念的坚持让他们彼此思念不已。

【注 释】

① 亸（duǒ）：下垂。
② 柳老：柳絮快要落尽。樱桃过：樱桃花期已过。

临江仙·送钱穆父

北宋·苏轼

一别都门三改火①，天涯踏尽红尘。依然一笑作春温。无波真古井，有节是秋筠②。

惆怅孤帆连夜发，送行淡月微云。樽前不用翠眉颦。人生如逆旅，我亦是行人③。

【题 解】

这首词是宋哲宗元祐六年（1091）春苏轼知杭州时，为送别自越州（今浙江绍兴）北徙途经杭州的老友钱穆父（名勰）而作。全词一改以往送别词缠绵感伤、哀怨愁苦或慷慨悲凉的格调，创新意于法度之中，寄妙理于豪放之外。议论风生，直抒性情，写得既有情韵，又富理趣，充分体现了作者旷达洒脱的个性风貌。词人对老友的眷眷惜别之情，写得深沉细腻，婉转回互，一波三折，动人心弦。全词以对友人的慰勉和开释胸怀总收，既动之以情，又揭示出得失两忘、万物齐一的人生观念。

【注 释】

① 三改火：三年。每年寒食节冷灶重新生火，故称一年一改火。这里是说距上次与友人分别已经三年了。

② "无波"二句：化用白居易《赠元稹》诗"无波古井水，有节秋竹竿"，称赞友人能以道自守，保持耿介风节。

③ "人生"二句：化用李白《春夜宴从弟桃花园序》"夫天地者，万物之逆旅；光阴者，百代之过客"，言既然人人都是天地间的过客，又何必计较眼前的聚散呢？

江城子·孤山竹阁送述古

北宋·苏轼

翠蛾羞黛①怯人看。掩霜纨②，泪偷弹。且尽一尊，收泪唱《阳关》③。漫道帝城天样远，天易见，见君难。

画堂新构④近孤山。曲栏干，为谁安？飞絮落花，春色属明年。欲棹⑤小舟寻旧事，无处问，水连天。

【题 解】

这首词作于宋神宗熙宁七年（1074），是苏轼早期送别词中的佳作。词中传神地描摹歌妓的口气，代她向即将由杭州调知应天府（今河南商丘南）的僚友陈襄（字述古）表示惜别之意。此词风格柔婉却又哀而不伤，艳而不俗。作者对于歌妓的情态和心理描摹得细致入微，栩栩如生，令人读来感叹不已。

【注 释】

① 翠蛾羞黛：指眉目含羞的女子。翠蛾，蛾眉，借指妇女。黛，一种黑色颜料，古代女子用来画眉，这里借指眉。
② 霜纨：洁白如霜的纨扇。
③《阳关》：即唐代诗人王维《送元二使安西》诗谱入乐府后所称，亦名《渭城曲》，用于送别场合。
④ 新构：新建成。
⑤ 棹（zhào）：本意为船桨，这里用为动词，指划船。

正月二十日往岐亭，郡人潘古郭三人送余于女王城东禅庄院

北宋·苏轼

十日春寒不出门，不知江柳已摇^①村。
稍闻决决^②流冰谷，尽放青青没烧痕。
数亩荒园^③留我住，半瓶浊酒待君温。
去年今日关山路，细雨梅花正断魂。

【题 解】

　　岐亭在今湖北麻城西北，苏轼的好友陈慥（季常）隐居于此。苏轼贬官黄州期间，他们经常互访，苏轼这次往岐亭也是为访陈慥。潘、古、郭三人是苏轼到黄州后新结识的友人，潘指潘丙，字彦明，诗人潘大临之叔。古指古耕道，通音律。郭指郭遘，喜好写挽歌。他们三人对贬谪中的苏轼帮助颇大。苏轼《东坡八首》之七说："潘子久不调，沽酒江南村。郭生本将种，卖药西市垣。古生亦好事，恐是押牙孙（古时押牙指侠客）。家有一亩竹，无时客叩门。我穷旧交绝，三子独见存。从我于东坡，劳饷同一飧。"女王城在黄州城东十五里。苏轼于元丰三年(1080)赴黄州贬所途中，过春风岭，正是梅花凋谢的时候，曾作《梅花二首》，过岐亭，遇故友陈慥。这次去岐亭访陈慥，正好时隔一年，景色依旧，想到前一年的凄凉境况，苏轼感慨万端，写下了这首著名的诗篇。

【注 释】

　　① 摇：形容春风荡漾、江柳轻拂的神态。
　　② 决决：流水声。
　　③ 数亩荒园：指女王城东禅庄院。

送范德孺知庆州

北宋·黄庭坚

乃翁知国如知兵，塞垣草木识威名。

敌人开户玩处女^①，掩耳不及惊雷霆。

平生端有活国计，百不一试薶^②九京。

阿兄两持庆州节，十年骐骥^③地上行。

潭潭大度如卧虎，边头耕桑长儿女^④。

折冲^⑤千里虽有余，论道经邦正要渠。

妙年出补父兄处，公自才力应时须。

春风旆旗拥万夫，幕下诸将思草枯^⑥。

智名勇功不入眼，可用折箠^⑦笞羌胡。

【题 解】

黄庭坚（1045—1105），字鲁直，自号山谷道人，晚号涪翁，又称豫章黄先生，洪州分宁（今江西修水）人。为盛极一时的"江西诗派"开山之祖，与杜甫、陈师道和陈与义有"一祖三宗"之称。这是一篇送人之作。范德孺是范仲淹的第四子，名范纯粹，在元丰八年（1085）被任命为庆州（治所在今甘肃庆阳）知事。庆州当时为边防重镇，是北宋与西夏对峙的前哨，范仲淹和他的第二子范纯仁都曾知庆州，主持边防军政大事。所以此诗先写范仲淹和范纯仁的雄才大略，作为范德孺的陪衬，然后正面写范德孺知庆州，揭出送别之意。全诗共十八句，每段六句，章法井然。

【注 释】

① "敌人"句：用《孙子·九地》语："是故始如处女，敌人开户，

后如脱兔，敌不及拒。"以此形容宋军镇静自若，不露声色。

② 薶（mái）：埋葬。这句是说范仲淹还未来得及全面施展才略，就溘然长逝、沉埋九泉了。

③ 骐骥（qí lín）：是一种良马，这里比喻范纯仁。

④ "潭潭"二句：写范纯仁戍边卫国的雄姿和惠政。一方面如卧虎镇边，令敌人望而生畏，不敢轻举妄动；另一方面劝民耕桑，抚循百姓，使他们生儿育女，安居乐业。

⑤ 折冲：活用成语，《晏子春秋》："夫不出尊俎之间，而折冲于千里之外，晏子之谓也。"原指在杯酒言谈之间就能御敌制胜于千里之外，此处用以指范纯仁在边陲远地折冲御侮，应付自如。

⑥ "春风"二句：旍旗，即旌旗。此处描写仪仗之盛、军容之壮，幕下诸将士气高昂，期待着秋日草枯，好崭露锋芒。

⑦ 箠（chuí）：短木棍。这句是说不要追求智名勇功，只需对进犯的少数民族略施教训即可。

送舅氏野夫之宣城

北宋·黄庭坚

试说宣城郡，停杯且细听。
晚楼明宛水^①，春骑簇昭亭^②。
罢稏丰圩户^③，桁杨卧讼庭^④。
谢公^⑤歌舞处，时对换鹅经^⑥。

【题解】

嘉祐六年（1061），黄庭坚十六岁时，他的舅舅李常到淮南做官，他便跟随舅父李常读书。李常家藏书上万卷，李常耳提面命，使他学业日进。黄庭坚幼年警悟，文思敏捷，读书过目成诵，舅李公择过其家，取架上书问之，无不通，惊以为一日千里。有一次，李常要去宣城，黄庭坚就写了这首五律告诉他宣城的情况。他说宣城景色秀美；民风淳朴，秩序良好，枷锁都闲置在公堂上；人文气息也十分浓厚。

【注释】

① 宛水：指绕宣城而流的宛溪河。

② 昭亭：敬亭山，原名昭亭山，晋初为避晋文帝司马昭名讳，改称敬亭山。

③ 罢秗（yà）：稻名。圩（wéi）户：耕种圩田的农户。

④ 桁（héng）杨：古代用于套在囚犯脚或颈的一种枷。讼庭：公堂法庭。

⑤ 谢公：谢朓，有诗名，时与谢灵运对举，亦称"小谢"。

⑥ 换鹅经：指《黄庭经》，或谓《道德经》，王羲之曾写以换鹅，故称。

送王郎

北宋·黄庭坚

酌君以蒲城桑落之酒，泛君以湘累秋菊之英。
赠君以黟川点漆之墨，送君以阳关堕泪之声。
酒浇胸次之磊块 ①，菊制短世之颓龄。
墨以传万古文章之印，歌以写一家兄弟之情。
江山千里俱头白，骨肉十年终眼青 ②。
连床夜语鸡戒晓，书囊无底谈未了。
有功翰墨乃如此，何恨远别音书少。

炒沙作糜 ③ 终不饱，镂冰文章 ④ 费工巧。

要须心地收汗马，孔孟行世目杲杲 ⑤。

有弟有弟力持家，妇能养姑供珍鲑 ⑥。

儿大诗书女丝麻，公但读书煮春茶。

【题解】

　　这首诗作于元丰七年（1084），当时黄庭坚四十岁，从知太和县（今属江西）调监德州德平镇（今山东德平）。王郎，王纯亮，字世弼，是作者的妹夫，亦能诗。这时黄庭坚初到德州，王纯亮去看他，临别之前，作此诗送王纯亮。这首诗是典型的以文为诗，再加上七言、九言相杂，这一特点就更加明显了。诗的内容是显豁的，前四联写饮酒送别，并且赠送徽墨；后五联写他们的亲情和友谊；最后两联是诗人对妹夫家庭生活的想象和祝愿。

【注释】

①磊块：块垒，形容心中的不平之意。

②眼青：青眼，眼睛正视时，眼球居中，故青眼表示对人喜爱或尊重。

③炒沙作糜（mí）：出自《楞严经》："若不断淫，修禅定者，如蒸沙石欲成其饭，经百千劫，只名热沙。何以故？此非饭，本沙石故。"这里是说追求写工巧的文章像炒沙作糜，无法填饱肚子。

④镂冰：出自《盐铁论》："内无其质而学其文，若画脂镂冰，费日损力。"这里是说追求写工巧的文章像镂刻冰块，不能持久。

⑤杲杲：明亮，光明。

⑥鲑（xié）：古书上鱼类菜肴的总称。

青玉案·和贺方回韵送山谷弟贬宜州

北宋·黄大临

千峰百嶂宜州路。天黯淡、知人去。晓别吾家黄叔度①。弟兄华发，远山修水，异日同归处。

樽罍②饮散长亭暮。别语缠绵不成句。已断离肠能几许？水村山馆，夜阑③无寐，听尽空阶雨。

【题 解】

黄大临，生卒年不详，宋代词人，字元明，号寅庵，洪州分宁（今江西修水）人。黄庭坚之兄，绍圣间为萍乡令。贺方回即贺铸，是一位豪放任侠之士，又富有才情，诗词精绝，名重一时，与山谷为莫逆之交。据《山谷诗集》注，黄庭坚在黔州与戎州度过了六年漫长的谪居岁月，好不容易在崇宁元年被任命领太平州事，但到官仅九日即罢。次年又被人摘录《承天院塔记》中片言只语，锻炼出"幸灾谤国"的罪名，构成冤狱，远谪瘴疠之地宜州。这首小令作于崇宁二年（1103），具体地点是鄂州（今湖北武汉市武昌）至汉阳途中。上阕中的"异日同归处"将黄庭坚的两次贬谪联系起来了，虽然时间不同，但是都是被贬谪到荒原之地，况且是在已生华发的时候，更加苦不堪言。下阕写离别前伤心得连话都说得断断续续。离别后词人夜不能寐，只听着滴答滴答的雨声，直到雨停，可见手足情深。

【注 释】

①黄叔度：魏晋时期名士，饱学高洁，这里将黄庭坚与黄叔度作比。
②樽罍（léi）：盛酒的容器。
③夜阑（lán）：夜将尽的时候。

送和甫至龙安微雨因寄吴氏女子①

北宋·王安石

荒烟凉雨助人悲，泪染衣襟不自知②。
除却春风沙际绿，一如看汝过江时③。

【题 解】

元丰五年（1082），王安石送弟王安礼赴京任尚书左丞，从熙宁九年（1076）罢相返金陵至此时，王安石已七年未与长女相见，此番送弟，触景生情，更为思念远方的女儿。诗人饱含深情，融情入景，写下这首七绝寄予她，表达了父女之间的骨肉至情。

【注 释】

① 和甫：王安石之弟王安礼，字和甫。龙安：即龙安津，在江宁城西二十里。吴氏女子：指王安石长女，适浦城人吴充之子吴安持。因古代女子出嫁后从夫姓，故称吴氏女子。

② "荒烟"二句：野外烟气冰冷的雨水令人更加悲伤，泪水浸湿了衣领我都浑然不知。

③ "除却"二句：没有了春风，河岸的芦苇依旧碧绿，就好像（我）当初送你过江的时候一样。

雨霖铃·寒蝉凄切

北宋·柳永

寒蝉凄切，对长亭晚，骤雨初歇。都门①帐饮无绪②，留恋处、兰舟催发。执手相看泪眼，竟无语凝噎③。念去去④、千里烟波，暮霭⑤沉沉楚天阔。

多情自古伤离别，更那堪冷落清秋节！今宵酒醒何处？杨柳岸、晓风残月。此去经年⑥，应是良辰好景虚设。便纵有千种风情，更与何人说！

【题解】

此词上片细腻刻画了情人诀别的场景，抒发离情别绪，下片着重摹写想象中别后的凄楚情状。全词遣词造句不着痕迹，绘景直白自然，场面栩栩如生，起承转合优雅从容，情景交融，蕴藉深沉，将情人惜别时的真情实感表达得缠绵悱恻，凄婉动人，堪称抒写别情的千古名篇。

【注释】

①都门：指汴京城门。
②无绪：没有心情。
③凝噎：喉咙哽塞，欲语不出的样子。
④去去：重复言之，表路途之远。
⑤暮霭（ǎi）：傍晚的云气。
⑥经年：经过一年又一年。

【名句】

多情自古伤离别，更那堪冷落清秋节！

夜飞鹊·河桥送人处

北宋·周邦彦

河桥送人处，凉夜何其。斜月远堕余辉，铜盘烛泪已流尽，霏霏凉露沾衣。相将散离会，探风前津鼓，树杪参旗^①。花骢会意，纵扬鞭，亦自行迟。

迢递^②路回清野，人语渐无闻，空带愁归。何意重经前地，遗钿^③不见，斜径都迷。兔葵燕麦^④，向斜阳，影与人齐。但徘徊班草^⑤，欹歔^⑥酹酒^⑦，极望天西。

【题解】

周邦彦（1056—1121），字美成，号清真居士，汉族，钱塘（今浙江杭州）人。作品多写闺情、羁旅，也有咏物之作。为后来格律派词人所宗。旧时词论称他为"词家之冠"。有《清真集》传世。词上片写送别，下片写别后之思。词中运用陪衬、反衬、融情入景、化用前人诗文之语等多种手法，细腻曲折地写出了送别怀人的悲凄与深情。全词所表现的惜别、怀旧之情，显得极为蕴藉，只于写景、叙事、托物上见之，而不直接流露。

【注释】

① 树杪（miǎo）参（shēn）旗：树杪，树梢。参旗，星辰名，初秋时于黎明前出现。树杪参旗，指树梢上的夜空中散布着点点繁星。

② 迢递：遥远貌。

③ 遗钿：遗失的金银珠宝等制成的首饰，指在游玩时纵情欢乐的景象。

④ 兔葵燕麦：野葵和野麦。

⑤ 班草：布草而坐。

⑥ 欷歔（xī xū）：叹息声。

⑦ 酹酒：以酒洒地面祭。

送人归京师

南宋·陈与义

门外子规^①啼未休，山村落日梦悠悠。

故园便是无兵马，犹有归时一段愁^②。

【题解】

陈与义（1090—1138），字去非，号简斋，河南洛阳人，是北宋末、南宋初的杰出诗人，著有《简斋集》。他的诗歌创作可以金兵入侵中原为界限，分为前后两个时期。前期主要是表现个人生活情趣的流连光景之作，南迁之后，因国破家亡，颠沛流离，诗风有了改变，把自己的遭遇和国家的命运融合在了一起。这首诗是南宋建立之前的作品，诗中有寄托、感慨、讽喻之意，有伤离感乱之情，同时对于现实表现了强烈的不满。送友归京，触景生情，心生忧国之愁。

【注 释】

① 子规：杜鹃鸟，俗称布谷，又名子规、杜宇、子鹃。

② "故园"二句：虽然家乡已经停止了战乱，但已被金人占领，作为
亡国奴即使回到故乡也是愁怨难解。

卜算子·风雨送人来

南宋·游次公

风雨送人来，风雨留人住。草草杯柈①话别离，风雨催人去。
泪眼不曾晴，眉黛②愁还聚。明日相思莫上楼，楼上多风雨。

【题 解】

　　游次公，字子明，号西池，又号寒岩，建安（今福建建瓯）人。这
是一首写男女相聚又相别的词。作者巧妙地将"风雨"贯穿全篇，让它
起着联系人、事、情的枢纽作用，并以风雨比喻女主人公的心情。小词
浅白直露，跌宕多姿，韵味无穷。

【注 释】

① 杯柈（pán）：杯盘，借指饮食。"草草杯柈"，指急匆匆地饮食。

② 眉黛：黛是青黑色的颜料，古代女子用黛画眉，所以称眉为眉黛。

临江仙·送光州曾使君

南宋·周紫芝

记得武陵^①相见日，六年往事堪惊。回头双鬓已星星^②。谁知江上酒，还与故人倾。

铁马红旗寒日暮，使君^③犹寄边城。只愁飞诏下青冥^④。不应^⑤霜塞晚，横槊^⑥看诗成。

【题 解】

周紫芝（1082—1155），字少隐，号竹坡居士，宣城（今安徽宣州市）人，南宋文学家。词的上片由此番离别，回忆上次分别后六年阔别的情景，自然地将眼前的伤离情绪反映出来。下片运用想象手法，拟写友人边地的生活情状，委婉曲折地表达了鼓励他边塞建功立业的心意。全词表情达意十分熨帖动人，表现手法别具一格，堪称送别词中的佳作。

【注 释】

① 武陵：地名，今湖南常德市。

② 星星：指头发花白。

③ 使君：汉唐以来，称州郡的长官为使君，此沿袭旧称。

④ 青冥：青色的天空，这里代指朝廷。

⑤ 不应：不顾。

⑥ 槊（shuò）：古代的一种兵器。

卜算子·席上送王彦猷

南宋·周紫芝

江北上归舟，再见江南岸①。江北江南几度秋，梦里朱颜换②。
人是岭头云，聚散天谁管。君似孤云何处归，我似离群雁。

【题 解】

在送别友人王彦猷的酒席上，作者写了这首词。上片写依依惜别，下片发人生感喟。值得注意的是，这种感喟是作为带有普遍性的人生规律来认识的，认为漂泊无依是与生俱来的宿命，孤独是无法改变的常态。

【注 释】

① "江北"二句：是对友人归程的预测，从江北登舟，再见陆地时已是江南了。
② 朱颜换：指人变得衰老，面色不再红润。

鹧鸪天·一点残红欲尽时

南宋·周紫芝

一点残红①欲尽时，乍凉秋气满屏帏。梧桐叶上三更雨，叶叶声声是别离。

调宝瑟，拨金猊②，那时同唱鹧鸪词。如今风雨西楼③夜，不听清歌也泪垂。

【题 解】

　　孙竞称周紫芝的《竹坡词》"清丽婉曲"，这首《鹧鸪天》正是如此。词中以今昔对比、悲喜交杂、委婉曲折而又缠绵含蓄的手法写雨夜怀人的别情。这首词是词人在雨夜独坐西楼，回想起以前的送别，原因是送别时也是一个雨夜。想到这里，虽然没有送别时所唱的曲子，作者也忍不住流下泪来。词人想要叩问苍天，可是天也无语，颇有屈原创作《天问》的遗意。

【注 释】

　　① 残红：此指将熄灭的灯焰。
　　② 金猊（ní）：狮形的铜制香炉。这句指拨去炉中之香灰。
　　③ 西楼：作者住处。

【名 句】

　　梧桐叶上三更雨，叶叶声声是别离。

满江红·送李御带珙①

南宋·吴潜

　　红玉阶②前，问何事、翩然引去？湖海上、一汀鸥鹭，半帆烟雨。报国无门空自怨，济时有策从谁吐？过垂虹③、亭下系扁舟，鲈堪煮。
　　拼一醉，留君住。歌一曲，送君路。遍江南江北，欲归何处？世事悠悠浑未了，年光冉冉今如许！试举头、一笑问青天，天无语。

【题 解】

　　吴潜（1195—1262），字毅夫，号履斋，宣州宁国（今属安徽）人。官至参知政事，拜右丞相兼枢密使，封崇国公。次年罢相，开庆元年(1259)元兵南侵攻鄂州，被任为左丞相，封庆国公，后改许国公。被贾似道等人排挤，罢相贬谪。这首词写得悲郁慷慨，表达了作者对友人报国无门的深切理解与同情，同时也对统治者的昏聩表示了强烈的愤慨。

【注 释】

　　① 李珙：字开伯，吴郡人，历官御带国子司业。
　　② 红玉阶：代指朝廷。
　　③ 垂虹：垂虹亭，在今江苏吴江县。

沁园春·饯税巽甫

南宋·李曾伯

　　唐人以处士辟幕府如石、温辈甚多。税君巽甫以命士来淮幕三年矣，略不能挽之以寸。巽甫虽安之，如某歉何！临别，赋《沁园春》以饯。

　　水北洛南，未尝无人，不同者时。赖交情兰臭①，绸缪②相好；宦情云薄，得失何知？夜观论兵，春原吊古③，慷慨事功千载期。萧如也，料行囊如水，只有新诗。
　　归兮，归去来兮，我亦办征帆非晚归。正姑苏台畔，米廉酒好；吴松江上，莼嫩鱼肥④。我住孤村，相连一水，载月不妨时过之。

长亭路，又何须回首，折柳依依。

【题解】

　　李曾伯（1198—？）南宋词人，字长孺，号可斋。曾伯以文臣主军，长于边事。他为贾似道所嫉，于度宗咸淳元年（1265）褫职。寻卒。这首词是作者任淮东制置使兼知扬州时所作，小序所谓"淮幕"当指淮东制置使司幕府。词是为友人幕僚税巽甫饯行而作。小序的大意是：唐代士子由幕府征召而授官的很多，而税君以一个在籍的士人身份，来我这三年了，我却一点也不能使他得到提拔。他虽然处之泰然，可我多么歉疚！临别之际，写这首词为他送行。但从这首送别词中，人们读到的，不仅仅是那种浅层次的惜别，同时，也表达了词人对有才干的友人不受重用而怅惘、自责的感情。首句便为税巽甫鸣不平，说并非没有人才，只是时代不同了。机遇好了，则人才辈出；机遇不好时，则命士如巽甫终是尘土消磨。接着作者觉得自己与朋友友情甚笃，可是自己却不能帮他找到一个施展才华的平台，自责之意十分明显。下面接着写税巽甫关心国家大事的慷慨情怀。虽然没有施展抱负的机会，但是诗人与朋友都保持了自身的高洁，绝不同流合污，而且以诗歌相互激励。下阕与上阕一脉相承，写了词人对归隐的打算，决心十分坚定，设想也很具体。这既是他对田园生活的向往，又是对南宋黑暗官场的控诉。结尾充满豪情，不以物喜、不以己悲的胸襟寓于对朋友的劝慰之中。

【注 释】

　　①兰臭（xiù）：兰花的香气。
　　②绸缪：缠绵，情意深厚。
　　③吊古：对着古迹怀念古人古事。
　　④莼（chún）嫩鱼肥：鲈脍莼羹是古来为人盛称的风味。

念奴娇·感怀呈洪守

南宋·刘仙伦

吴山^①青处，恨长安^②路断，黄尘^③如雾。荆楚西来行堑^④远，北过淮堧严扈^⑤。九塞貔貅^⑥，三关虎豹^⑦，空作陪京^⑧固。天高难叫，若为得诉忠语。

追念江左英雄，中兴事业，枉被奸臣误^⑨。不见翠华移跸处，枉负吾皇神武^⑩。击楫^⑪凭谁，问筹^⑫无计，何日宽忧顾^⑬。倚筇^⑭长叹，满怀清泪如雨。

【题 解】

刘仙伦（生卒年不详），一名儗，字叔儗，号招山，庐陵（今江西吉安）人。与刘过齐名，称为"庐陵二布衣"。著有《招山小集》一卷。本篇是一首爱国词章，借送别抒发中原沦丧、报国无门之痛，并慨叹权奸误国，没有祖逖一样的北伐英雄。作者忧思难平，清泪如雨，体现出恢复中原的渴望与对现实的无奈。

【注 释】

① 吴山：指江南的山峰。

② 长安：这里借指故宫汴京。

③ 黄尘：形容烽烟不断。这两句是说从江南北望，烽烟弥漫，到汴京去的道路已经不通。

④ 堑（qiàn）：防御用的壕沟，护城河。

⑤ 堧（ruán）：河边之地。严扈（hù）：戒备森严。这里指淮河宋金边界戒备森严。

⑥ 九塞：本为古代九个要塞，这里泛指宋金边界的要塞。貔貅（pí xiū）：

古书上说的一种猛兽，这里指勇猛的军队。

⑦ 三关：泛指宋金边界的关口。虎豹：借指壮士。

⑧ 陪京：陪都，指建康。这句是承上面边界防守严密而进一步说不能光是防守，还要进取中原。

⑨ "追念"三句：是指中兴名将岳飞被害，韩世忠投闲置散，北伐大计被秦桧等奸臣所阻挠。

⑩ 翠华：皇帝的旗子，上面以翠羽作为装饰，这里用作帝王的代称。跸（bì）：皇帝出宫时，禁止通行，这里指帝王的车辆。这两句是说不见徽、钦二宗移跸的所在（汴京），不恢复中原，当今皇帝就称不上英明神武。

⑪ 击楫：指祖狄击楫中流、恢复中原。这句是设问谁能担当北伐重任。

⑫ 问筹：谋划。《史记·留侯世家》："臣请借前箸为大王筹之。"这句是说对恢复事业又拿不出计划和措施。

⑬ 宽忧顾：宽解自己的忧念顾虑。这句是说哪一天能兴师北上，收复失地，不再为国事而焦虑。

⑭ 筇（qióng）：即筇竹杖。筇本竹名，出四川西昌县，节高中实，可做手杖。

一剪梅

南宋·刘仙伦

唱到阳关第四声①。香带轻分，罗带轻分。杏花时节雨纷纷。山绕孤村，水绕孤村。

更没心情共酒尊。春衫香满，空有啼痕。一般离思两销魂②。马上黄昏，楼上黄昏。

【题 解】

这首词写男女送别，巧妙地化用了王维和杜牧的诗句，但是却丝毫不显得呆板，反而给人一种灵动的感觉，原因在于用得恰到好处，抒情十分真切，几处叠字的运用也相映成趣。

【注 释】

① 阳关：即《阳关曲》，又称《阳关三叠》。送别时离歌。

② 离思：离别后的思绪。销魂：这里形容极其哀愁。

贺新郎·送胡邦衡待制赴新州

南宋·张元幹

梦绕神州路。怅秋风、连营画角，故宫离黍①。底事昆仑倾砥柱②，九地黄流③乱注。聚万落千村狐兔④。天意从来高难问，况人情老易悲难诉。更南浦，送君去。

凉生岸柳催残暑。耿斜河⑤，疏星淡月，断云微度。万里江山知何处？回首对床夜语。雁不到，书成谁与？目尽青天怀今古，肯儿曹恩怨相尔汝⑥！举大白，听《金缕》⑦。

【题 解】

张元幹（1091—？），字仲宗，号芦川居士，永福（今福建永泰）人。北宋政和初，为太学上舍生，宣和七年（1125），任陈留县丞。靖康元年（1126），金兵围汴，入李纲行营使幕府，李纲罢，亦遭贬逐。

此词作于绍兴十二年（1142），胡铨因谏议和而被贬至福州，张元幹作此词为胡铨壮行，后被秦桧得知被捕下狱。上片前四句写金兵军营相望，军号凄厉，形象地概括了北宋灭亡的历史事实。"天意从来高难问，况人情老易悲难诉"是化用杜甫的"天意高难问，人情老易悲"诗句而来。紧接着用了一个"更"字，愤慨之情呼之欲出，因为南宋本来就是偏安江南，这里用"更南浦"不独点出送别，也与前边的国破家亡的历史现实相呼应。下片写景如画，是一幅典型的秋夜星月图。词人劝慰朋友，即使音信不通，问候不便，那又有何妨，只要胸怀国家天下，个人的荣辱又算得了什么呢。此词慷慨愤激，忠义之气溢于字里行间。

【注 释】

① 离黍：代指故国之思。《诗经·王风·黍离》："彼黍离离，知我者谓我心忧，不知我者谓我何求。"

② 昆仑倾砥柱：传说昆仑山有铜柱，其高入天，称为天柱。此以天柱倒塌喻北宋沦亡。

③ 黄流：喻指金兵。此句形容金兵对中原的猖狂进攻。

④ "聚万落"句：指中原经金兵铁骑践踏后的荒凉景象。

⑤ 斜河：银河，这里指夜色已深。

⑥ "肯儿曹"句：言大丈夫不能为个人琐事烦扰，应心怀家国天下。

⑦ "举大白"二句：指举杯痛饮、听笙歌来排遣心中之痛。

鹧鸪天·送元济之归豫章

南宋·辛弃疾

敧①枕婆娑②两鬓霜。起听檐溜③碎喧江。那边云筯销啼粉④，

这里车轮转别肠。

诗酒社，水云乡。可堪醉墨几淋浪。画图恰似归家梦，千里河山寸许长。

【题 解】

词作主要是描述与元济之的离愁别绪。词中没有直接写送别，而是通过一系列意象表达哀怨心情。上片后两句说家人因思念自己而流泪冲掉了妆容，而自己思念家人的情绪像车轮一样旋转不停。下片的最后两句设想画图能把千里河山收入寸许长的画中，友人此次归家像画图一样能转瞬之间实现，从而表达出送其"归豫章"之意。全词情调深长，委婉动人。

【注 释】

① 欹（qī）：本意是倾斜，这里指当时斜靠着的意思。
② 婆娑（pó suō）：枝叶纷披的样子，这里形容头发凌乱。
③ 檐溜：檐上的滴水。这句是说檐上的滴水声细碎喧嚣。
④ 啼粉：与啼妆同意，指女子薄拭眉下若啼之妆。

江神子·送元济之归豫章

南宋·辛弃疾

乱云扰扰水潺潺。笑溪山。几时闲。更觉桃源①，人去隔仙凡。万壑千岩楼外雪，琼作树，玉为栏②。

倦游回首且加餐。短篷寒。画图间。见说娇鬟③，拥髻待君看④。

二月东湖湖上路，官柳嫩，野梅残。

【题 解】

这是辛弃疾送元济之回豫章的另一首词。与《鹧鸪天》相比，这首词情调更为闲适，意境更为幽远，没有了前一首"销啼粉"、"转别肠"的浓重哀愁。全词描写了送行路上世外桃源一般的美景，设想友人回家后与家人团聚的场面，只在结尾"官柳嫩，野梅残"二句微微透露出一些将要离别的伤感。

【注 释】

①桃源：作者自注"桃源乃王氏酒垆，与济之作别处"。此处一语三关，也说沿途景色如世外桃源，也说元济之归家如隐居世外桃源。

②"万壑千岩"句：指早春二月山上的积雪未消，山石树木如白玉一般。

③娇颦：颦，蹙眉含愁。这里指友人柔媚的妻妾。

④拥髻：捧着发髻。此句是设想友人归家后，妻妾梳好头发让他看的日常生活情境。

菩萨蛮·送曹君之庄所

南宋·辛弃疾

人间岁月堂堂去①。劝君快上青云路②。圣处一灯传③。工夫萤雪④边。

曲生⑤风味恶。辜负西窗⑥约。沙岸片帆开。寄书无雁来。

【题 解】

  "送曹君之庄所",即送他回田庄或别墅。全词苦口婆心劝曹君努力学习,不要贪酒荒废学业。结尾诙谐一句"你这一去就会忘了寄信给我",充满长辈对年轻后生的关心与喜爱。

【注 释】

①"人间"句:化用薛能"青春背我堂堂去,白发欺人故故生",言人间岁月不管愿意与否,都要堂而皇之地逝去。

②青云路:指考取功名。

③"圣处"句:意思是儒家思想的精华是由一代又一代的大师承传下来的。

④萤雪:指车胤用口袋装萤火虫来照书本、孙康利用雪的反光读书的典故。这里是劝曹君要像古人一样刻苦学习,传承儒家思想的精华。

⑤曲生:酒的别称。这里是说如果因饮酒耽误读书、贻误终身,那风味可是够受的。

⑥西窗:这里指妇人的居室,言不要辜负了家人待月西窗、望其成名的殷勤之意。

鹊桥仙·送粉卿行

南宋·辛弃疾

  轿儿排了,担儿装了,杜宇①一声催起。从今一步一回头,怎睚②得、一千余里。

  旧时行处,旧时歌处,空有燕泥香坠③。莫嫌白发不思量,也须有、思量去里④。

【题 解】

粉卿当为稼轩女侍之名。稼轩于庆元二年（1196）前后曾作《水调歌头》一词，词序云："时以病止酒，且遣去歌者。"此后陆续写有送女侍归去和思念已去女侍的词，此为其中之一。全词用方言口语，类通俗歌词，上片写离别时的情景，下片写离别后的惆怅与思念。

【注 释】

① 杜宇：杜鹃鸟，又名子规、催归。啼声哀切，引人思归。

② 睚（yá）：望。

③ 燕泥：燕子筑巢之泥。香：泥中带有残花的香气。此谓燕去楼空，言粉卿之去。

④ 去里：地方，方言口语。这句说虽然年老，粉卿也还有令他思念的地方。

上西平·送杜叔高

南宋·辛弃疾

恨如新，新恨了，又重新。看天上、多少浮云。江南好景，落花时节又逢君①。夜来风雨，春归似欲留人。

尊如海，人如玉，诗如锦，笔如神。能几字、尽殷勤。江天日暮，何时重与细论文②。绿杨阴里，听阳关③、门掩黄昏④。

【题解】

　　杜叔高，即杜斿（yóu），叔高为其字。孝宗淳熙十六年（1189），他从故乡金华到三百里之外的上饶，拜访罢官闲居的辛弃疾，两人一见如故，相处极为欢洽。宁宗庆元六年（1200），杜斿再次拜访辛弃疾，相得甚欢。此词上阕大笔濡染，写二人相会的时令与政治背景，下阕写送别，情真意切。辛弃疾与杜斿有着共同的爱国热忱与激情，这是他们相互欣赏的心理基础。这首词多处化用前人成句，用得比较恰当，恰似入盐着水，浑然无迹。

【注释】

　①"江南好景"二句：化用杜甫"正是江南好风景，落花时节又逢君"。

　②"江天"二句：化用杜甫《春日忆李白》："渭北春天树，江东日暮云。何时一尊酒，重与细论文？"

　③阳关：《阳关三叠》，是根据唐代诗人王维《送元二使安西》谱写的一首琴歌。

　④门掩黄昏：语出欧阳修《蝶恋花》（庭院深深）："雨横风狂三月暮，门掩黄昏，无计留春住。"

贺新郎·用前韵送杜叔高

南宋·辛弃疾

　　细把君诗说：恍余音、钧天浩荡，洞庭胶葛①。千丈阴崖尘不到，惟有层冰积雪。乍一见、寒生毛发。自昔佳人多薄命，对古来、一片伤心月。金屋冷②，夜调瑟。

去天尺五君家别。看乘空、鱼龙惨淡，风云开合。起望衣冠神州路，白日销残战骨。叹夷甫诸人清绝③！夜半狂歌悲风起，听铮铮、阵马檐间铁。南共北，正分裂！

【题 解】

宋孝宗淳熙十六年（1189）春，杜叔高从浙江金华到江西上饶探访作者，作者作此词送别。杜叔高是一位很有才气的诗人，陈亮曾在《复杜仲高书》中称其诗"如干戈森立，有吞虎食牛之气，而左右发春妍以辉映于其间"。只因鼓吹抗金，故遭到主和派的猜忌，虽有报国之心，但终无请缨之路。作者爱其才华，更爱其人品，词中蕴含着的深情厚谊即能反映出来。用前韵是指用词人寄给陈亮的两首《贺新郎》的韵。上阕首句是说杜叔高的诗气势磅礴，读之恍如听到传说中天帝和乐工们在广阔旷远的宇宙间演奏乐章的余韵，动人心魂。接着说高处不胜寒，虽然杜叔高很有才华，但是却怀才不遇。下阕首句隐括《三秦记》"城南韦杜，去天尺五"语，谓长安杜氏本强宗大族，门望极其尊崇，但叔高一家却有异于此，虽然兄弟五人皆有才学，但只因不善钻营而都未有所成就。词人对主和派谈空误国甚为不满，他夜中不能寐，听着呼呼的风声，似乎也在悲鸣，想的是国家的锦绣河山却正面临着分裂的现实，爱国之情强烈深沉，与朋友共勉。

【注 释】

①恍：宛若，仿佛。钩天：指神话中的《钩天广乐》。胶葛：深远广大貌。

②金屋冷：借汉武帝陈皇后失宠隐喻杜叔高怀才不遇。

③夷甫：即西晋宰相王衍，喜谈玄理，不理政事，清谈误国，后被石勒所杀。清绝：清谈到了极点。

【名句】

自昔佳人多薄命，对古来、一片伤心月。

鹧鸪天·送人

南宋·辛弃疾

唱彻《阳关》泪未干，功名余事且加餐①。浮天水送无穷树，带雨云埋一半山。

今古恨，几千般②，只应离合是悲欢？江头未是③风波恶，别有④人间行路难。

【题 解】

这首词是作者中年时的作品。这时的作者在仕途上已经历了不少挫折，因此词虽为送人而作，但是所表达的多是世路艰难之感。从作者的性格看，送别绝不会带给他这样的伤感，他平日对仕途、世事的感慨一直郁积胸中，恰巧遇上送别的触动，便一涌而发，故有此情状。作者和陆游一样，都重视为国家的恢复建功立业，而这首词却把功名看成身外事，乃是对朝廷向金屈膝求和的不满与自己壮志难酬、被迫退隐的愤激。

【注 释】

① 且加餐：化用《古诗十九首》"弃捐勿复道，努力加餐饭"句，意谓功名都是身外事，还是好好吃饭来得实际，表达自己不能建功立业的无奈。

② 般：种。

③ 未是：还不是，还不算。

④ 别有：另有，更有。

水调歌头·送杨民瞻

南宋·辛弃疾

日月如磨蚁①，万事且浮休。君看檐外江水，滚滚自东流。风雨瓢泉②夜半，花草雪楼春到，老子已菟裘③。岁晚问无恙，归计橘千头④。

梦连环，歌弹铗⑤，赋登楼。黄鸡白酒⑥，君去村社一番秋。长剑倚天谁问⑦，夷甫诸人堪笑，西北有神州。此事君自了，千古一扁舟。

【题 解】

这首词约作于淳熙末或绍熙初，辛弃疾正闲居带湖。杨民瞻，生平事迹不详，可能是作者的朋友。上片言己，宇宙无穷，人生有限，流光飞逝，时不我待，隐寄壮志难酬之慨。下片由己及友，正面切题，既同情其怀才不遇、怀乡思归，又以国事相勉，希其功成身退。

【注 释】

① 磨蚁：《晋书·天文志》载，有人以磨盘喻宇宙，以磨盘上的蚂蚁喻日月，磨盘飞快地向左旋转，蚂蚁虽向右爬去，但仍然不得不随着磨盘向左运行。

② 瓢泉：在江西铅山境内。稼轩在瓢泉附近当有便居，以供览胜小憩。

③ 菟裘：春秋时鲁地名，在今山东泰安东南。鲁隐公曾命人在菟裘建宅，以便隐退后居住。后人遂以此称隐退之所。

④ 橘千头：三国时丹阳太守李衡曾命人到武陵龙阳洲种橘千株，临终时对其儿说：我家有"千头木奴"，足够你岁岁使用。

⑤ 歌弹铗（jiá）：铗，剑。歌弹铗即一边唱歌一边敲剑伴奏。用冯谖的典故。

⑥ 黄鸡白酒：李白《南陵别儿童入京》："白酒新熟山中归，黄鸡啄黍秋正肥。"梅尧臣《寄洪州致仕李国博》："白酒黄鸡命里人。"

⑦ 本句化用宋玉《大言赋》："方地为车，圜（yuán，同圆）天为盖，长剑耿耿倚天外。"

定风波·席上送范廓之游建康

南宋·辛弃疾

听我尊前醉后歌，人生亡奈别离何。但使情亲千里近，须信，无情对面是山河。

寄语石头城①下水，居士②，而今浑③不怕风波。借使④未如鸥鸟惯，相伴，也应学得老渔蓑。

【题解】

这首词作于宋光宗绍熙元年（1190）。时作者闲居带湖，友人范廓之将去临安应试，作者在席间作此词送别。小词送行而不流于感伤，明快爽朗，开人心胸。开门见山，点明离宴，似悲实旷。"但使"三句，语意尤为拓展，既情深意厚，又胸次开阔。下片寄语建康故人，而今归退田园，当无宦海风波之虞。

【注 释】

① 石头城：故址在今南京市。
② 居士：时稼轩正罢官家居，故聊以自称。
③ 浑：全。
④ 借使：即使。

永遇乐·戏赋辛字，送茂嘉十二弟赴调

南宋·辛弃疾

烈日秋霜，忠肝义胆，千载家谱。得姓何年，细参①辛字，一笑君听取。艰辛做就，悲辛滋味，总是辛酸辛苦。更十分、向人辛辣，椒桂捣残堪吐②。

世间应有，芳甘浓美，不到吾家门户。比着儿曹，累累却有，金印光垂组③。付君此事，从今直上，休忆对床风雨④。但赢得、靴纹绉面⑤，记余戏语。

【题 解】

这首《永遇乐》是送茂嘉赴调。根据宋代的有关规定，地方官吏任期届满，都要进京听候调遣，如果没有特殊原因，另予调遣时都会升官使用。所以这是一件喜事，是一次愉快的分别。因为这是送同族兄弟出去做官，稼轩颇有感触，便说起他们辛家的千载家谱，从自己姓辛这一点大发感慨与议论，风趣诙谐的同时，流露出无限辛酸与无奈。茂嘉赴调，稼轩祝贺他高升，也讽劝官场有官场的一套，做大官就得扭曲辛家的刚直性格，那种逢人赔笑的日子也并不好过。历尽人间艰辛之后就会理解今天这场关于辛姓的谈话。

【注 释】

① 参：思考，琢磨。

② 《韩诗外传》："姜桂田地而生，不因地而辛。"苏轼《再和二首》（其一）："最后数篇君莫厌，捣残椒桂有余辛。"

③ 《汉书·佞幸传·石显》："显与中书仆射牢梁、少府五鹿充宗结为党友，诸附倚者皆得宠位。民歌之曰：'牢邪石邪，五鹿客邪！印何累累，绶若若邪！'"累累：连贯成串，众多貌。垂：挂。组：丝绸织成的宽带，古代用来系官印。

④ 对床风雨：韦应物《示全真元常》："宁知风雨夜，复此对床眠。"后人以"对床听风雨"作为朋友、兄弟相思的代用语。

⑤ 靴纹绉面：面容衰绉如靴纹，人老也。欧阳修《归田录》记载，田元均曾对人说："作三司使数年，强笑多矣，直笑得面似靴皮。"

木兰花慢·滁州送范倅

南宋·辛弃疾

老来情味减，对别酒，怯流年。况屈指中秋，十分好月，不照人圆。无情水都不管；共西风、只管送归船。秋晚莼① 鲈江上，夜深儿女灯前。

征衫，便好去朝天，玉殿正思贤。想夜半承明②，留教视草③，却遣筹边④。长安故人问我，道愁肠殢⑤ 酒只依然。目断秋霄落雁，醉来时响空弦。

【题 解】

这首词是宋孝宗乾道八年（1172）作者在滁州任上，为送他的同

事范倅赴临安而作。词中对友人寄予了殷切的期望，希望他能受到皇帝重用，并鼓励他到前方去筹划军事，充分发挥才能。作者借送别的机会倾吐自己的忧国深情，在激励友人奋进之时，宣泄自己壮志难酬的苦闷。慷慨悲凉之情、磊落不平之气层见叠出。

【注释】

① 莼：多年生水草，浮在水面，叶子椭圆形，开暗红色花，茎和叶背面都有黏液，可食。

② 承明：汉有承明庐，为朝官值宿之处。

③ 视草：古代词臣奉旨修正诏谕一类的公文，后指代皇帝起草诏书。

④ 筹边：筹划边防军务。

⑤ 殢（tì）：滞留。

满江红·江行和杨济翁韵

南宋·辛弃疾

过眼溪山，怪都似、旧时相识。还记得、梦中行遍，江南江北。佳处径须携杖去，能消几两平生屐①。笑尘劳、三十九年非，长为客。

吴楚地，东南坼②。英雄事，曹刘③敌。被西风吹尽，了无尘迹。楼观才成人已去，旌旗未卷头先白。叹人间、哀乐转相寻，今犹昔。

【题解】

此词是作者离开扬州溯江上行，应和朋友送别自己的词韵而作。词中一方面表示倦于宦游，另一方面又追怀古代英雄业绩，深以"旌旗未

卷头先白"为憾，反映出作者当时矛盾的心情。作者结合现实政治感慨与怀古之情，指点江山，纵横议论，抒胸中郁闷，颇觉笔力健峭，感情弥漫。

【注 释】

① 两：古代计算鞋的单位，相当于双。《世说新语·雅量》载阮孚好屐，尝曰："未知一生当着几量（两）屐？"意谓人生短暂无常。此处用来稍变其意，谓山川佳处常在险远，不免多穿几双鞋，这又算得了什么呢。
② 坼（chè）：裂开。指中国地形向东南塌陷。
③ 曹刘：曹操、刘备的并称。

送湖南部曲①

南宋·辛弃疾

青衫匹马万人呼，幕府当年急急符。
愧我明珠成薏苡②，负君赤手缚於菟③。
观书老眼明如镜，论事惊人胆满躯。
万里云霄送君去，不妨风雨破吾庐④。

【题 解】

这首诗作于南宋孝宗淳熙七年（1180）冬，当时作者由湖南安抚使调任至江西，一位部属小官前来送别，他赠了这首诗。全诗字里行间显露着关爱部属的强烈心情，展现出作者光明磊落的英雄本色。诗中用

典表达自然，既寄寓了自己壮志未酬、遭受谗谤的一腔忠愤，又显示出热情鼓励武勇有为的后进，使之为国效忠的情怀。

【注释】

① 部曲：即部属。古代大将的军营都设有各司其事的属官。

② 薏苡（yì yǐ）：《后汉书·马援传》，马援从交趾还，载一车薏米，有人告发他私载一车珍珠。后世用"薏苡明珠"指因涉嫌而受污谤的人。

③ 於菟（wū tú）：楚人对老虎的别称。这里夸赞部曲是能空手缚虎的勇士，却因身为主帅的自己遭受诬陷而不得施展才能。

④ "不妨"句：语出杜甫《茅屋为秋风所破歌》："吾庐独破受冻死亦足。"意思是只要有志之士有光明的前景，最后能够为国家效力，即使自己遭受重大挫折，忍受"风雨破吾庐"的困厄生活也心甘情愿。

贺新郎·送陈真州子华

南宋·刘克庄

北望神州路，试平章、这场公事，怎生分付？记得太行山百万，曾入宗爷①驾驭。今把作握蛇骑虎②。君去京东豪杰喜，想投戈下拜真吾父。谈笑里，定齐鲁③。

两淮萧瑟惟狐兔。问当年、祖生去后，有人来否？多少新亭挥泪客，谁梦中原块土？算事业须由人做。应笑书生心胆怯，向车中、闭置如新妇④。空目送，塞鸿去。

【题 解】

刘克庄（1187—1269），字潜夫，号后村，福建莆田人。宋末文坛领袖，辛派词人的重要代表，词风豪迈慷慨，在江湖诗人中年寿最长，官位最高，成就也最大。晚年致力于辞赋创作，提出了许多革新理论。这首送陈子华的词写法特别，既是勉友，又抒发自己延纳俊杰、收复河山的热切愿望。全词气势磅礴，一气贯之，酣畅乐观，富于豪情壮志。

【注 释】

① 宗爷：宗泽，曾任汴京留守。宗泽为抗击金军，招抚了义军首领王善、杨进等人，他敢于招抚被人视为"寇盗"的义军，有能力"驾驭"他们，依靠他们壮大抗金的力量。

② 握蛇骑虎：指朝廷不信任义军，把抗金民众武装看成是手上拿的蛇和胯下骑的虎。

③ "君去"四句：是作者希望陈子华到真州要效法宗泽，使京东路（指今山东一带）的豪杰，欢欣鼓舞，做到谈笑之间，能够收复、安定齐鲁北方失地。

④ "应笑"二句：用《梁书·曹景宗传》的典故嘲笑书生气短，言外之意，是希望陈子华要振作豪气勇于作为，似自嘲而实是勉励陈子华。

满江红·和王实之韵送郑伯昌

南宋·刘克庄

怪雨盲风，留不住江边行色。烦问讯、冥鸿①高士，钓鳌词客②。千百年传吾辈语，二三子系斯文脉③。听王郎一曲玉箫声，凄金石。

晞发④处，怡山碧；垂钓处，沧溟⑤白。笑而今拙宦，他年遗直⑥。

只愿常留相见面，未宜轻屈平生膝。有狂谈欲吐且休休，惊邻壁。

【题 解】

这首送别词写法脱俗，它既洋溢着个人情谊，又寄托了宏大的抱负。王实之、郑伯昌和作者是福建同乡，都有救国志向，因坚持正直操守而罢职闲居家乡。这时郑伯昌被征召做京城附近地方官，这首词就是作者送行时和王实之韵而作的。

【注 释】

① 冥鸿：高飞的鸿雁，形容才士高绝尘俗。

② 钓鳌词客：化用《列子·汤问》典故，喻指志士仁人的豪放胸襟和惊天动地的壮举。

③ "千百年"句：化用孔子困于匡时说的"天之未丧斯文也，匡人其如予何"的话，印证作者及其友人高远的行止虽不合于时但可以流传不朽。

④ 晞发：洗净晒干头发。出自屈原《九歌·少司命》"晞女发兮阳之阿"，形容闲居时期洒脱放浪的情趣。

⑤ 沧溟：大海。

⑥ 遗直：指直道而行，有古之遗风。《左传》昭公十四年："仲尼曰：叔向，古之遗直也。"注："言叔向之直，有古人遗风。"

柳梢青·送卢梅坡

南宋·刘过

泛菊杯深①，吹梅角远②，同在京城。聚散匆匆，云边孤雁，水

上浮萍。

教人怎不伤情？觉几度、魂飞梦惊。后夜相思，尘随马去，月逐舟行。

【题解】

刘过（1154—1206），字改之，号龙洲道人，吉州太和（今江西泰和县）人，长于庐陵（今江西吉安）。四次应举不中，流落江湖间，布衣终身。曾为陆游、辛弃疾所欣赏，亦与陈亮、岳珂友善。词风与辛弃疾相近，抒发抗金抱负狂逸俊致，与刘克庄、刘辰翁享有"辛派三刘"之誉，又与刘仙伦合称为"庐陵二布衣"。有《龙洲集》、《龙洲词》。卢梅坡是刘过在京城杭州交结的朋友，这首词是刘过为他送别时所写，描写了对友人魂牵梦萦的思念，情真意切，饶有余味。

【注释】

① 泛菊杯深：化用陶潜《饮酒》诗："秋菊有佳色，裛（yì）露掇其英。泛此忘忧物，远我遗世情。"写在重阳佳节，作者与友人共饮菊花酒，其乐陶陶的情景。
② 吹梅角远：角，这里指笛声。化用李清照《永遇乐》"染柳烟浓，吹梅笛怨"句，写春天的时候他们携手踏青、赏梅听笛的情景。

念奴娇·送陈正言

南宋·家铉翁

南来数骑，问征尘、正是江头风恶。耿耿孤忠磨不尽，唯有老天知得。短棹浮淮，轻毡渡汉 ①，回首觚棱 ② 泣。缄书欲上，惊传天外清跸 ③。

路人指示荒台，昔汉家使者，曾留行迹。我节君袍雪样明，俯仰都无愧色。送子先归，慈颜未老，三径有余乐。逢人问我，为说肝肠如昨。

【题 解】

家铉翁（约1213—1297），号则堂，眉州（今四川省眉山市东坡区）人。这首词是作者羁留北方，送陈正言南归时所作。宋恭帝德祐二年（1276）正月，临安被元军攻破，南宋被迫乞降。家铉翁以参知政事的身份，充元任祈请使，先后奔赴元大都，从此被扣留于北方，直至八十二岁高龄才被放归。破题点明政治环境险恶和自己的耿耿忠心。"短棹"二句是写元军渡淮，揭开了亡宋战争的序幕。元军在襄樊战役之后，立即潜兵入汉水，水陆并进，与渡淮元军互相呼应，势如破竹，于是在德祐二年正月，兵临临安城下。"路人"三句是说苏武曾留下行迹的荒台，如今正在作者眼前，此处是以苏武自比，表明自己的处境与坚贞。接着的两句说自己的节操如雪一样洁白，无愧于天地。最后几句是送别陈正言的话，意思有两层，一是说友人正可回去与家人团圆，共享三径余乐。三径，指隐居故园，是用蒋诩典故。西汉末，王莽专权，兖州刺史蒋诩辞官回归故里，院中辟有三径，只与求仲、羊仲往来。二是表示自己不易其节。作者送别友人，自己只能在北国羁留，心中的愁苦可谓至深，然而作者却并未伤悲沉沦，而是以此自励，鼓动起感动天地的忠节气概。

【注 释】

① 棹（zhào）：船桨，代指船。毡：元军戴毡笠，这里指代元军。
② 觚（gū）棱：本指殿堂屋角上的瓦脊形状，这里代指宫阙。
③ 清跸（bì）：皇帝出行时清道戒严，这里指宋三宫北迁。

送陆务观福建提仓

南宋·韩元吉

觥船①相对百分空，京口追随似梦中。
落纸云烟君似旧，盈巾霜雪我成翁②。
春来茗叶③还争白，腊尽梅梢尽放红。
领略溪山须妙语，小迂④旌节⑤上凌风⑥。

【题解】

韩元吉（1118—1187），字无咎，号南涧，开封雍邱（今河南开封市）人，一作许昌（今属河南）人。韩元吉词多抒发山林情趣，与张元幹、张孝祥、范成大、陆游、辛弃疾等有词唱和，著有《涧泉集》、《涧泉日记》、《南涧甲乙稿》、《南涧诗余》。这是一首赠别诗，作者通过追忆自己和陆游的往事，以及想象陆游远赴福建任官途中访胜的情形，表达自己与陆游分别的不舍。虽着笔不多，然语言真挚。

【注释】

① 觥（gōng）船：载酒的船。杜牧《题禅院》诗："觥船一棹百分空，十岁青春不负公。"这里是说在船上依依话别，对饮离杯，回首当年，有百事成空之感。

② "落纸"二句：称誉陆游虽入蜀多年，而诗风慷慨，挥毫染翰，气魄雄劲不殊昔日。而自己满头霜雪，在国事艰虞之秋，未能多为国家宣劳，已经成为老翁了。

③ 茗叶：茶叶。福建武夷山产白叶茶。

④ 小迂：稍作迂回、绕路。

⑤ 旌节：古代使者所持之节。宋制，镇守一方的军政长官，必须拥旌持节。

⑥凌风：亭名，在福建建安，韩元吉有登凌风亭题名录。

上西平·送陈舍人

南宋·吴泳

跨征鞍，横战槊①，上襄州②。便匹马、蹴踏高秋。芙蓉未折，笛声吹起塞云愁。男儿若欲树功名，须向前头。

凤雏③寒，龙骨④朽，蛟渚暗，鹿门⑤幽。阅人物、渺渺如沤。棋头已动，也须高著局心筹。莫将一片广长舌，博取封侯。

【题 解】

吴泳，字叔永，潼川人，生卒年均不详，约宋宁宗嘉定末前后在世，著有《鹤林集》四十卷。这是一首送友人赴任的词，词中抒写的不是一般的离愁别恨，而是一种充满男子汉气概的壮别。作者结合当时宋、金对峙的严重局势，结合襄阳历史上的著名人物，对友人做了一番勉励，希望他努力向前，杀敌报国，建功立业。全词没有离别的伤感，而是洋溢着一种豪情壮志，风格遒劲，语言恳切。

【注 释】

①横战槊：横持长矛，指从军或习武。
②襄州：襄阳，襄阳区位于鄂西北，地处汉水中游属南阳盆地边缘，在今天的湖北。
③凤雏：三国时期庞统的号。
④龙骨：指的是卧龙，即诸葛亮。

⑤ 鹿门：鹿门山之省称。在湖北省襄阳县。后汉庞德公携妻子登鹿门山，采药不返。后因此用指隐士所居之地。唐代山水田园诗人孟浩然隐居于此。

送文子转漕江东 二首

南宋·陈亮

其 一

九重寤寐①忆忠诚，故向长沙起贾生②。
魏阙③丝纶新借宠，秦淮草木旧知名。
已闻塞下销锋镝④，正自胸中有甲兵。
万幕从兹无减灶，笑看卧鼓⑤旧边城。

【题解】

陈亮（1143—1194），原名汝能，后改名陈亮，字同甫，号龙川，婺州永康（今属浙江）人。孝宗淳熙五年（1178），诣阙上书论国事，后曾两次被诬入狱。绍熙四年（1193）光宗策进士第一，状元，谥号文毅。有《龙川文集》、《龙川词》。这首送别诗与大部分南宋送别诗词一样，在送别之外表达国恨忧愁，但本诗从容之中带有乐观，劝友人为解决边患建功立业，是积极有为的爱国情怀的自然流露。

【注释】

① 寤寐（wù mèi）：醒与睡，常用以指日夜。

② 贾生：指汉代贾谊。贾谊一心为苍生社稷出谋划策，却谪居长沙。

③ 魏阙：古代宫门外两边高耸的楼观，楼观下常为悬布法令之所。这里借指朝廷。

④ 锋镝（dí）：刀刃和箭头，泛指兵器，也比喻战争。

⑤ 卧鼓：息鼓，表示战事已经停止。

其　二

诏颁英簜①促锋车，暂借长才按转输。

昔叹当年无李牧②，今知江左有夷吾③。

休论足食为先策，自是平戎④在用儒。

来岁春风三月暮，沙堤隐隐接云衢。

【题 解】

这一首与上一首大致内容相同，都是对朋友的鼓励，但是细节略有不同。第一首将朋友比为贾谊，显然有为他鸣不平的意味。第二首则把他比作管仲，很明显是希望朋友能够建功立业，大有作为。最后两联是诗人的想象之词，似乎看到了在朋友的励精图治下，江南初春的美丽景象。

【注 释】

① 英簜（dàng）：古代竹制的符节，持之以作凭证，犹汉代的竹使符。后亦泛指外任官员的印信和证件。

② 李牧：战国时期赵国杰出的军事家，受封赵国武安君。

③ 夷吾：管仲，名夷吾，又名敬仲，字仲，春秋时期齐国著名的政治家、军事家。

④ 平戎：与外族采取和解政策，或平定外族。

水调歌头·送张德茂大卿使虏

南宋·陈亮

不见南师久，漫说北群空①。当场只手②，毕竟还我万夫雄。自笑堂堂汉使，得似洋洋河水，依旧只流东？且复穹庐③拜，会向藁街④逢！

尧之都，舜之壤，禹之封。于中应有，一个半个耻臣戎！万里腥膻⑤如许，千古英灵安在，磅礴几时通？胡运何须问，赫日自当中！

【题 解】

淳熙十二年（1185）十二月，宋孝宗命章森（字德茂）以大理少卿试户部尚书衔为贺万春节（金世宗完颜雍生辰）正使，陈亮作这首《水调歌头》为章德茂送行。这首词采用通篇议论的写法，言辞慷慨，充满激情，表达了不甘屈辱的正气与誓雪国耻的豪情。对这种耻辱性的事件，一般是很难写出振奋人心的作品，但陈亮由于有饱满的政治热情和对诗词创作的独特见解，敏感地从消极的事件中发现有积极意义的因素，开掘词意，深化主题，使作品气势磅礴，豪情万丈。

【注 释】

① 北群空：语出韩愈《送温处士赴河阳军序》"伯乐一过冀北之野而马群遂空"，指没有良马，借喻没有良才。

② 只手：独立支撑的意思。

③ 穹庐：北方少数民族居住的圆顶毡房。

④ 藁（gǎo）街：在长安城内，外国使臣居住的地方。《汉书·陈汤传》曾载陈汤斩匈奴郅支单于后奏请"悬头藁街"，以示万里明犯强汉者，

虽远必诛。

⑤ 腥膻（shān）：代指金人。因金人膻肉酪浆，以充饥渴。

送七兄赴扬州帅幕

南宋·陆游

初报边烽照石头^①，旋闻胡马集瓜州。
诸公谁听刍荛^②策，吾辈空怀畎亩^③忧。
急雪打窗心共碎，危楼望远涕俱流。
岂知今日淮南路^④，乱絮飞花送客舟。

【题解】

此诗作于绍兴三十二年（1162）春，当时陆游在临安，完颜亮进逼采石和瓜洲，人心惶惶。七兄指陆游仲兄陆濬，行七。首联说明金人的兵锋所向，指出国势艰难。次联是对朝中位高权重却昏庸无能的人的痛斥，诗人为此忧心如焚。第三联写景，景中含情，情景交融，把作者的忧国之情表达得十分形象感人。最后一联，写送兄长入幕，自然是希望他能为国家作出贡献，有所作为。

【注释】

① 石头：采石，中国古代长江下游江防要地，亦名牛渚山，位于今安徽省马鞍山市西南隅。

② 刍荛（chú ráo）：割草打柴的人，樵夫，后称乡野间见闻不多无知浅陋的人。刍荛之言，指普通百姓的浅陋言辞，也用作讲话者的谦词。

③ 畎（quǎn）亩：田间，田地。

④ 淮南路：路是宋代的地区设置。淮南路，宋至道三年（997）置，其地东至海，西距汉，南濒江，北据淮。熙宁五年（1072）分淮南为东西两路，东路治扬州，西路治庐州。

送仲高兄宫学秩满赴行在

南宋·陆游

兄去游东阁 ①，才堪直北扉 ②。
莫忧持橐 ③ 晚，姑记乞身归。
道义无今古，功名有是非。
临分出苦语，不敢计从违。

【题 解】

　　仲高，即陆升之，陆游的从祖兄。绍兴二十年（1150），陆仲高任诸王宫大小学教授，之后阿附秦桧，以告发秦桧政敌李光作私史事（仲高为李光侄婿），擢大宗正丞。显然这样的一种选择很为时人所不耻，陆游在此诗中也正是劝他不如请求退职。首联是对朋友行为的客观叙述，不乏恭维，认为他颇有才情。颔联是对他的忠告，希望他能多进忠言，并懂得珍惜自己。颈联是诗人对道义及功名是非的看法，也是至理名言。尾联诗人将选择权交给朋友，一切都还要由他自己抉择。毕竟，每个人的路都要由自己去走，诗人只不过是说出了一些逆耳忠言，也就是他所说的"苦语"罢了。

【注 释】

① 东阁：指丞相府，时秦桧任丞相。

② 北扉：指学士院。

③ 持橐（tuó）：即"持橐簪笔"，指近臣在皇帝左右以备顾问，或有所记事，故持袋备笔。《汉书·赵充国传》曰："（张）安世本持橐簪笔，事武皇帝数十年。"橐，口袋。

木兰花慢·送人之官九华

南宋·周端臣

霭芳阴①未解，乍天气，过元宵。讶客②袖犹寒，吟窗易晓，春色无聊。梅梢，尚留顾藉③，滞东风，未肯雪轻飘。知道诗翁欲去，递香要送兰桡④。

清标⑤，会上丛霄。千里阻，九华遥。料今朝别后，他时有梦，应梦今朝。河桥，柳愁未醒，赠行人，又恐越魂⑥销。留取归来系马，翠长千缕柔条。

【题 解】

周端臣，字彦良，号葵客，建业（今南京市）人。为南宋中期之江湖诗客，漂泊不遇。这首词作于作者的诗友欲赴九华走马上任之际。九华是地名，在今安徽省。词的上阕从送别时的天气、时节写起，借早春的残梅加以发挥，谓梅花不肯轻落，是有意要等待这位品格清逸的诗翁，为他送行。下阕借早春的杨柳抒发自己对友人的挽留惜别之情。河桥的杨柳尚未绽芽吐绿，所以不能留人，若以赠别，徒留伤心，只能等到对方归来之时，长条千缕，方能留得住他。

【注 释】

① 霭：形容月光昏暗的样子。芳阴：月影。

② 讶（yà）客：迎接宾客。

③ 顾藉：顾惜。

④ 桡：船桨，代指船。贾岛《忆江上吴处士》："兰桡殊未返，消息海云端。"

⑤ 清标：指清美脱俗的文采。

⑥ 越魂：指词人自己。词人是越人，故称。

雨后送李将军还祠偕同寅^①饮一杯亭

南宋·赵汝愚

民感桑林雨^②，云施李靖龙^③。

精诚天地动，意愿鬼神从。

村喜禾花实，峰看岭岫^④重。

白旗^⑤辉烈日，遥映一杯浓。

【题 解】

赵汝愚（1140—1196），字子直，上饶余干县（今属江西）人，宋太宗长子赵元佐七世孙。乾道二年（1166）二十六岁时中状元，官至参知政事、右丞相。赵汝愚为人清正廉洁，品格高尚，不与世俗同流合污，他结交的师友如张栻、朱熹、吕祖谦、汪应辰、胡铨等都是正派官员或学者名流。此诗表达了诗人爱国爱民的情怀。南宋偏安一隅，和议派占居主导地位，主战的正直官员受到排挤和压抑，这时，主张抗金的李将军受到朝廷起用，赵汝愚十分高兴，亲赴一杯亭饯行，写下这首

寄托厚望的诗。

【注释】

① 还祠：古代有"祠兵"一词，出兵作战曰祠兵，并举行一种礼仪，杀牲以享士卒。此处指李将军重领军职。同寅：旧时称一同做官的人为同寅。

② 桑林雨：桑林是地名。古代传说，汤之时，七年旱，成汤于桑林之地祷告祈雨。

③ 李靖：李靖是唐朝开国功臣，军事家。龙：指杰出非凡之人。诗中称赞李将军有李靖之才。

④ 岭岫（xiù）：岭是山深貌，岫指山洞，岭岫在诗中指峰峦、山谷。

⑤ 白旗：白有彰显之义，白旗谓正义之师。

荔枝香近·送人游南徐①

南宋·吴文英

锦带吴钩，征思横雁水②。夜吟敲落霜红③，船傍枫桥系。相思不管年华，唤酒吴娃市。因话、驻马新堤步秋绮。

淮楚尾④。暮云送、人千里。细雨南楼，香密锦温曾醉。花谷依然，秀靥⑤偷春小桃李⑥。为语梦窗憔悴。

【题解】

吴文英（约1200—1260），字君特，号梦窗，晚年又号觉翁，四明（今浙江宁波）人。一生未中功名，游幕为生。先后为浙东安抚使吴

潜及嗣荣王赵与芮门下客，后"困踬以死"。有《梦窗词集》一部，存词三百四十余首。此词上片写作者送友人赴南徐，即景赋词，怀旧话别。下片从与友人话别中带出思念昔日的恋人，表达作者的相思之情。

【注释】

① 南徐：即今江苏镇江。

② 雁：一本作"淮"，指淮水。

③ 霜红：指挂着秋霜的红叶。

④ 淮楚尾：即淮头楚尾，古时指江西省，这里泛指江南。

⑤ 秀靥（yè）：靥是指酒窝，秀靥代表女子美好的面容。

⑥ 小桃李：指作者当初的小恋人。

宴清都·饯荣王仲亨还京

南宋·吴文英

翠羽飞梁苑。连催发，暮樯留话江燕①。尘街堕珥，瑶扉乍钥，彩绳双胃②。新烟暗叶成阴，效翠妩、西陵送远③。又趁得、蕊露天香，春留建章花晚④。

归来笑折仙桃，琼楼宴蕚，金漏催箭⑤。兰亭秀语，乌丝润墨，汉宫传玩⑥。红欹醉玉天上，倩凤尾、时题画扇⑦。问几时、重驾巫云，蓬莱路浅⑧。

【题解】

这首词作于吴文英客荣王府之时。"仲亨"当是荣王赵与芮之子，"还

京"是指荣王仲亨由绍兴去往京城临安（今杭州）。词的上片为送别时即席所见所颂之辞。"翠羽"三句化用柳永《雨霖铃》词"留恋处，兰舟催发。执手相看泪眼，竟无语凝噎"句，言荣王仲亨自越地乘船赴临安，仪仗中旌旗的彩羽在梁园上空飘飞，晚潮拍打催船开发，饯行的惜别语像停在樯帆上的燕子一般呢喃不绝。"尘街"三句是说荣王仲亨这次是举家进京，行程匆忙，有女子的饰物遗落在路过的大街上。王府的大门刚刚锁闭，荣王仲亨的相思心已被"彩绳"牵挂到了临安城中的一位女子身上。"新烟"两句：言荣王仲亨还京时在清明，树叶已浓绿成阴，不时有新烟在树间缭绕，这些都像是在仿效女子送郎君似的，为荣王仲亨送行。"又趁得"两句指当时荣王与芮之子已为理宗嗣子，荣王仲亨就兄以弟贵更深受帝之眷宠。在这春光明媚的时候，荣王仲亨返还京城，今后因弟之故更能长得皇上眷宠，在皇宫中安享清福。下片写作者想象荣王在京的情景。"归来"三句想象言荣王仲亨还京之后，亲朋定会替他在琼楼设宴洗尘，并献上仙桃祝他长寿。可是欢宴苦于夜短，漏壶中的箭标在催促结束欢宴以惜身。"兰亭"三句说像《兰亭序》那样的墨宝和一些有名的法帖、真迹，都收藏在荣王府内，受到荣王仲亨的珍爱。这是在赞颂荣王仲亨是位风雅人物。"红敧"两句是说荣王仲亨还京后在继续倚红醉玉的生活同时，高兴了还可以在画扇上书个流利的凤尾诺，赐给下人。"问几时"两句说荣王仲亨在绍兴有许多旧伴侣，所以希望他不要迷恋那京城的"红敧醉玉"的欢乐生活，而是要记住这儿还有旧相识，希望他不忘旧情。

【注 释】

① 翠羽：锦旗上的饰物。梁：为江陵的别称。

② 珥：女子饰物。瑶扉（fēi）：指王府大门。彩绳：指传说中月老以五彩绳为男女相牵姻缘。罥（juàn）：挂。

③ 新烟：新火，古时清明举火，名"新火"。西陵：为钱塘西陵浦。

④ 天香：指帝宠。建章：长安旧宫室。这里泛指皇宫。

⑤ 折仙桃：用东方朔蟠桃祝寿典故。金漏催箭：铜壶滴漏是古代的计时器。

⑥ 兰亭：本指王羲之所写的《兰亭序》，这里泛指王府墨宝。乌丝：毛笔。
　　汉宫：指荣王府。

⑦ 凤尾：即凤尾诺。据《玮略》引宋高似孙《论花书》："齐高帝使
　　江夏郡王学凤尾诺，一学便工，帝以玉麒麟赐之。"诸侯笺奏皆批曰诺，
　　拖其尾似凤尾，故称为凤尾诺。

⑧ 巫云：即巫山云雨。蓬莱：神仙居处，这里也指绍兴蓬莱阁，即荣
　　王府所在地。

瑞龙吟·送梅津

南宋·吴文英

　　黯分袖。肠断去水流萍，住船系柳。吴宫娇月媞花，醉题恨倚，
蛮江①豆蔻②。吐春绣。笔底丽情多少，眼波眉岫③。新园锁却愁阴，
露黄漫委，寒香半亩。还背垂虹④秋去，四桥烟雨，一宵歌酒。

　　犹忆翠微携壶，乌帽风骤。西湖到日，重见梅钿⑤皱。谁家听、
琵琶未了，朝骢嘶漏⑥。印剖黄金箍⑦。待来共凭，齐云话旧。莫唱
朱樱口。生怕遣、楼前行云知后。唳鸿怨角，空教人瘦。

【题解】

　　梅津，即尹焕，字惟晓，山阴人，是词人的好友。夏承焘笺认为这
首词作于淳祐七年（1247）。首三句是以情人伤别的口吻来写的，词人
舍不得朋友离去，恨不得用柳丝系住行舟。接着略带戏谑地说：你一走，
吴地不知道会有多少女子如我这般牵挂你。她们只好词笔达意，眉目传
情。词人想象朋友走后，秋季的菊花、桂花，冬季的水仙花、梅花都只
能和美人一样孤芳自赏。虽然不忍朋友背着垂虹桥远去，但是又无可奈

何，往昔烟雨在脑海中回荡，送别的夜晚既有歌儿舞女，也有美酒。词人回忆的思绪就此打开，又想到与朋友秋日登高的往事。他设想梅津到了西湖，又要见到鬓边插着梅钿的美人。"谁家听"一句用孙洙的典故来表明梅津入朝。梅津执掌金印，词人对此表示祝贺，并且期待着他回来后在齐云楼话旧。最末数句是借女子的身份说话，告诫梅津谨言慎行，并且不忘故人情谊，与开篇相呼应。

【注释】

① 蛮江：指钱塘江，因古越曾是蛮荒之地，故称蛮江。

② 豆蔻：又称含胎花，常代指少女。

③ 眉岫（xiù）：岫，山。古代有远山眉妆，故此处称眉岫。

④ 垂虹：垂虹桥，在吴江上。

⑤ 梅钿：钿是古代的一种嵌花首饰，这里把梅花比喻成首饰是言其美。

⑥ 骢（cōng）：青白杂色的马。据《渔隐丛话》前集卷五十九记载，孙洙听好朋友所纳妾弹琵琶，正在兴头上，下诏书的人找到了他，他作长短句寄恨恨之意道："楼头尚有三通鼓，何须抵死催人去。上马苦匆匆，琵琶曲未终。"

⑦ 黄金籀（zhòu）：籀是古代的一种字体，多用于篆刻，这里就是指金印。

木兰花慢·游虎丘

南宋·吴文英

陪仓幕，时魏益斋已被亲擢，陈芬窟、李方庵皆将满秩。

紫骝①嘶冻草，晓云锁，岫眉颦②。正蕙雪初消，松腰玉瘦，

憔悴真真。轻藜渐穿险磴^③，步荒苔、犹认瘗^④花痕。千古兴亡旧恨，半丘残日孤云。

开尊，重吊吴魂^⑤。岚翠冷，洗微醺。问几曾夜宿，月明起看，剑水星纹^⑥。登临总成去客，更软红、先有探芳人。回首沧波故苑，落梅烟雨黄昏。

【题 解】

这是一首饯别词。吴文英曾在苏州仓幕任职，同僚魏益斋离开苏州，前往京城杭州之前，同事们为他饯行，同游虎丘。作者写了这篇记录游宴，抒发惜别之情，并寄寓了自己的身世和兴亡之叹。这首词自晓写至黄昏，记载了全天的游踪，中间插入苍茫吊古之情，亦与所有地点相吻合，布景设色，恰到好处。

【注 释】

① 骝（liú）：黑鬃黑尾巴的红马。

② 颦（pín）：皱眉。

③ 磴（dèng）：石头台阶。

④ 瘗（yì）：掩埋，埋葬。

⑤ 吴魂：吴地曾经的英雄美人，如阖庐、夫差、伍子胥、西施等。

⑥ 剑水星纹：传说阖闾死葬虎丘之时曾以扁诸、鱼肠（均为名剑）三千殉葬，阖闾墓外有一个水池环绕，名曰剑池。

水龙吟·送万信州

南宋·吴文英

　　几番时事重论，座中共惜斜阳下。今朝翦柳①，东风送客，功名近也。约住飞花，暂听留燕，更攀情话。问千牙过阙②，一封入奏，忠孝事、都应写。

　　闻道兰台③清暇。载鸱夷④、烟江一舸⑤。贞元旧曲，如今谁听？惟公和寡。儿骑空迎⑥，舜⑦瞳回盼，玉阶前借。便急回暖律，天边海上，正春寒夜。

【题 解】

　　这首词是借送别哀叹宋室危亡之作。此词有对友人的嘱咐，有对国事的叹惜，蕴含了作者对时局的悲观情绪，抒发了对宋室危亡的哀叹之情。贞元旧曲无人听，实际上是不忍听。唐代有"安史之乱"，宋代则有"靖康之耻"，词人是以唐喻宋。词人希望万氏受到当地百姓的欢迎，又心存侥幸，希望万氏早点被召回。最末以天气的寒温比喻仕途的进退，以春寒转暖表达了祝愿万氏早日回朝的心愿。

【注 释】

①翦柳：折柳送别。

②阙（què）：皇宫门前两边供瞭望的楼，借指朝廷。

③兰台：御史台的别称，此处是说御史台的工作是非常清闲的。

④鸱（chī）夷：范蠡，春秋末著名的政治家、谋士和实业家。

⑤舸（gě）：大船。

⑥《后汉书》卷三十一《郭伋传》："（伋）始至行部，到西河美稷，有童儿数百，各骑竹马，道次迎拜。伋问：'儿曹何自远来？'对曰：

'闻使君到，喜，故来奉迎。'俀辞谢之。及事讫，诸儿复送至郭外，问：'使君何日当还？'俀谓别驾从事，计日告之。行部既还，先期一日，俀为违信于诸儿，遂止于野亭，须期乃入。"

⑦ 舜：代指当朝皇帝。

沁园春·送翁宾旸游鄂渚

南宋·吴文英

情如之何，暮途为客，忍堪送君。便江湖天远，中宵同月，关河秋近，何日清尘。玉麈生风，貂裘明雪，幕府英雄今几人①。行须早，料刚肠肯殢，泪眼离罇。

平生秀句清尊。到帐动②风开自有神。听夜鸣黄鹤，楼高百尺，朝驰白马，笔扫千军。贾傅③才高，岳家军在，好勒燕然石④上文。松江上，念故人老矣，甘卧闲云。

【题 解】

此词作于开庆元年（1259），其时，元兵进犯荆、湖、四川，朝廷派贾似道督师汉阳以援鄂。翁宾旸当在此时入似道幕而随行。吴文英身在江南为翁宾旸送别而作此词。词以贾谊之才比拟翁宾旸，以岳家军比拟抗元宋军，希望翁宾旸能在前线为宋军出谋划策，驱逐元兵，建功立业。

【注 释】

① 玉麈（zhǔ）：麈尾的美称。古以驼鹿尾做拂尘，因称麈尾。这里是

暗用王衍（字夷甫）事，他喜谈玄理，不理政事，清淡误国，后被
石勒所杀。貂裘：用战国苏秦典故，他去各国游说，多次上书而得
不到重用，身上的黑貂裘都穿旧了。

② 帐动：化用东晋郗超故事。郗超，晋高平人，有文才，善谈论，为
桓温参军。温怀不轨，超为之谋。谢安尝诣温论事，温令超卧帐中听之，
风动帐开，安笑曰"郗生可谓入幕之宾"。这里是既赞翁宾旸之才，
又誉翁宾旸之忠。

③ 贾傅：指贾谊。十八岁即有才名，年轻时由河南郡守吴公推荐，
二十余岁被文帝召为博士。不到一年被破格提为太中大夫。但是在
二十三岁时，因遭群臣忌恨，被贬为长沙王的太傅。后被召回长安，
为梁怀王太傅。梁怀王坠马而死后，贾谊深自歉疚，三十三岁忧伤
而死。

④ 勒燕然石：据《后汉书·窦宪传》："东汉永元元年，窦宪破北单于，
登燕然山，刻石纪功而还。"燕然山即今蒙古共和国的杭爱山。

【名句】

朝驰白马，笔扫千军。

惜秋华·七夕前一日送人归盐官

南宋·吴文英

数日西风，打秋林枣熟，还催人去。瓜果夜深，斜河拟看星度。
匆匆便倒离樽，怅遇合、云销萍聚。留连，有残蝉韵晚，时歌金缕①。
绿水暂如许。奈南墙冷落，竹烟槐雨。此去杜曲②，已近紫霄③
尺五。扁舟夜宿吴江，正水佩霓裳④无数。眉妩。问别来、解相思否。

【题解】

此词上片写词人催促友人归去与亲人团聚,同时表达依依惜别之情,下片设想离别后自己的孤寂。"眉妩"是作者以美人自喻,这是词作中常见的手法。词人以此来表达他期待来年荷花开时与朋友再次相会于吴江。小词绵丽思深,委婉动人。

【注 释】

① 金缕:《金缕曲》,内容大多劝人及时行乐。
② 杜曲:在长安县南,为唐时杜氏世居之处,这里借喻盐官。
③ 紫霄:指京城临安。此言友人回到盐官之后,从那里到临安就非常近,暗示友人有机会入京去为官吏。
④ 水佩霓裳:指荷花。姜夔《念奴娇》:"三十六陂人未到,水佩风裳无数。"

满江红·送廖叔仁赴阙

南宋·严羽

日近觚棱[①],秋渐满、蓬莱双阙。正钱塘江上,潮头如雪。把酒送君天上去,琼玉琚玉佩轸[②]鸿列。丈夫儿、富贵等浮云,看名节。

天下事,吾能说;今老矣,空凝绝。对西风慷慨,唾壶歌缺[③]。不洒世间儿女泪,难堪[④]亲友中年别。问相思、他日镜中看,萧萧发。

【题解】

严羽,字丹丘,一字仪卿,自号沧浪逋客,世称严沧浪,邵武莒溪

（今福建省邵武市莒溪）人。所著《沧浪诗话》名重于世，被誉为宋、元、明、清四朝诗话第一人。这首词是作者送友人廖叔仁去京城赴任时所作，上片着重叙事，写廖叔仁于秋天去朝廷任职，勉励他要重名节而轻富贵；下片着重抒情，慨叹自己虽有政治抱负，但仕途失意，最后抒发与廖叔仁分手的伤感。

【注 释】

① 觚棱（gū léng）：宫阙上转角处的瓦脊成方角棱瓣之形，亦借指宫阙。
② 軧（qí）：车毂两端有红色皮革装饰的部分。
③ 唾壶歌缺：形容心情忧愤或感情激昂。《世说新语·豪爽》"王处仲（王敦）每酒后辄咏'老骥伏枥，志在千里。烈士暮年，壮心不已'。以如意打唾壶，壶口尽缺。"
④ 难堪：不能承受。

点绛唇·送李琴泉

南宋·吴大有

江上旗亭①，送君还是逢君处。酒阑呼渡，云压沙鸥暮。
漠漠②萧萧③，香冻梨花雨。添愁绪、断肠柔橹④，相逐寒潮去。

【题 解】

吴大有（约公元1279年前后在世），字有大，一字勉道，号松壑，嵊县（今属浙江）人。这首词虽然短小，但却蕴意丰富。词中暮云，沙鸥、柔橹、寒潮、梨花雨等语，虽似写景却字字含情，尤其是"阑"、"压"、

"暮"、"寒"等字，凄伤婉转，与词人伤离惜别的凄凉之情融为一处，深远哀婉，十分动人。

【注释】

① 旗亭：即酒楼。
② 漠漠：密布弥漫的样子。
③ 萧萧：这里指的是风雨声。
④ 橹：船桨，也指船桨划动的击水声。

高阳台·送陈君衡被召

南宋·周密

照野旌旗^①，朝天车马，平沙万里天低。宝带金章^②，尊前茸帽风欹^③。秦关汴水经行地，想登临、都付新诗。纵英游、叠鼓清笳，骏马名妓。

酒酣应对燕山雪，正冰河月冻，晓陇云飞。投老残年，江南谁念方回^④。东风渐绿西湖柳，雁已还，人未南归。最关情，折尽梅花，难寄相思。

【题解】

周密（1232—约1298），宋末文学家。宋亡隐居不仕。作者的友人陈君衡为元朝廷所召，将要前往大都（今北京）赴任，作者为此写了一首送别的词。此词对君衡"被召"的态度暧昧隐晦，既有关切，又有婉讽，表现了前朝文人的复杂心态。语言朴实无华，词意比较苍凉。

【注 释】

① 旌旗：古代用羽毛装饰的旗子。

② 宝带金章：官服有宝玉饰带，金章即金印。

③ 茸帽风欹：风把帽子吹歪了。《北史·周书·独孤信传》："信在秦州，尝因猎，日暮，驰马入城，其帽微侧。诘旦，而吏民有戴帽者咸慕信而侧帽焉。"

④ 方回：贺铸字。周密此处以方回自比。

八归·湘中送胡德华

南宋·姜夔

芳莲坠粉，疏桐吹绿，庭院暗雨乍歇。无端抱影销魂处，还见篠墙①萤暗，藓阶蛩②切。送客重寻西去路，问水面琵琶③谁拨？最可惜、一片江山，总付与啼鴂④。

长恨相从未款⑤，而今何事，又对西风离别？渚寒烟淡，棹移人远，飘渺行舟如叶。想文君⑥望久，倚竹愁生步罗袜。归来后，翠尊双饮，下了珠帘，玲珑闲看月。

【题 解】

姜夔（1155—1221），字尧章，号白石道人，饶州鄱阳（今江西鄱阳）人。此词上片纯写景，景致幽微，情思淡然，刻画出一个惨淡昏暗的意境。其中"吹绿"一词似信手拈来，实际上是千锤百炼的警语。末句喟叹深长，倾诉山河改容、故国衰飒之悲，在艺术效果上又使昏暗境界稍舒，显得十分空灵。下片写送行而不叙述送行情节，只写送行人眼中的景色。末尾是词人想象胡德华归家后温馨浪漫的家庭生活：夫妻共饮，

闲看玲珑秋月。

【注 释】

① 篠（xiǎo）墙：竹篱院墙。篠，细竹。

② 蛩（qióng）：古书上指蟋蟀。

③ 水面琵琶：指白居易《琵琶行》事。

④ 啼鴂（jué）：即杜鹃鸟。

⑤ 未款：不能久留。

⑥ 文君：汉司马相如妻卓文君。

长亭怨慢

南宋·姜夔

余颇喜自制曲，初率意①为长短句，然后协以律，故前后阕多不同。桓大司马②云："昔年种柳，依依汉南；今看摇落，凄怆江潭。树犹如此，人何以堪！"此语予深爱之。

渐吹尽、枝头香絮，是处人家，绿深门户。远浦萦回，暮帆零乱向何许。阅人多矣，谁得似、长亭树③。树若④有情时，不会得、青青如此。

日暮，望高城不见⑤，只见乱山无数。韦郎⑥去也，怎忘得、玉环分付：第一是早早归来，怕红萼⑦无人为主。算空有并刀⑧，难剪离愁千缕。

【题 解】

本词为告别合肥情人琵琶歌女而作。上片写暮春景色和江边渡口景象，以景寓情，抒写离别感伤。下片写离别情景，特写伊人别时的细语叮咛，表现相爱的深情和无尽的离愁。词人写盼归心事，洒脱而不滞重。全词视角转换自由，以物托情，以典寓情，既清空又深沉。

【注 释】

① 率意：随便。

② 桓大司马：桓温（312—373），字元子，东晋明帝之婿，初为荆州刺史，定蜀，攻前秦，破姚襄，威权日盛，官至大司马。吴衡照《莲子居词话》说："白石《长亭怨慢》引桓大司马云云，乃庾信《枯树赋》，非桓温语。"

③ 长亭树：指种在长亭路旁的柳树。

④ 树若：李贺《金铜仙人辞汉歌》："天若有情天亦老。"李商隐《蝉》："五更疏欲断，一树碧无情。"

⑤ 高城不见：欧阳詹《初发太原途中寄太原所思》诗："高城已不见，况复城中人。"

⑥ 韦郎：《云溪友议》卷中《玉箫记》条载，唐韦皋游江夏，与玉箫女有情，别时留玉指环，约以少则五载，多则七载来娶，后八载不至，玉箫绝食而死。

⑦ 红萼：红花，女子自指。

⑧ 算空有：贺知章《咏柳》诗："碧玉妆成一树高，万条垂下绿丝绦。不知细叶谁裁出，二月春风似剪刀。"李煜《乌夜啼》词："剪不断，理还乱，是离愁，别是一番滋味在心头。"王安石《壬辰寒食》："客思似杨柳，春风千万条。"此处化用以上句意。并刀：并州为古九州之一，今属山西，所产刀剪以锋利出名，杜甫《戏题王宰画水山图歌》："安得并州快剪刀，剪取吴松半江水。"

送紫岩张先生北伐

南宋·岳飞

号令风霆^①迅，天声动地陬^②。
长驱渡河洛^③，直捣向燕幽。
马蹀^④阏氏^⑤血，旗枭可汗头^⑥。
归来报名主，恢复旧神州。

【题 解】

　　岳飞（1103—1142），字鹏举，相州汤阴人。南宋初年的抗金名将。因坚持抗敌，反对议和，为奸相秦桧以"莫须有"的罪名所谋害。工诗词，但留传甚少。词仅存三首，内容皆表达抗金的伟大抱负和壮志难酬的深沉慨叹。风格悲壮，意气豪迈，有《岳武穆集》。紫岩张先生即抗金名将张浚，张浚奉命督师抗金，岳飞也率部队参加了战斗。张浚出发时，作者写这首诗，鼓励张浚收复失地，统一中国。诗的大意说：军中的号令像疾风迅雷一样快速传遍全军，官军的声威震动了大地的每个角落。军队长驱直入，必将迅速收复河洛一带失地，一直攻打到幽燕一带。战马到处，踏着入侵之敌的血迹，旗杆上悬挂着敌国君主的头颅。官军胜利归来，把好消息报告皇帝，收复了失地，祖国又得到了统一。这首诗气魄豪迈，充满了强烈的爱国热情。

【注 释】

　　① 风霆：疾风迅雷，形容速度快。
　　② 地陬（zōu）：大地的每个角落。
　　③ 河洛：黄河、洛水，这里泛指金人占领的土地。
　　④ 蹀（dié）：踏。

⑤ 阏氏（yān zhī）：本意是指单于的妻子，这里代指金统治者。

⑥ 枭（xiāo）可汗头：把可汗头挂在旗杆上示众。可汗（hán），古代西域国的君主，这里借指金统治者。

送胡邦衡之新州贬所 二首

南宋·王庭珪

其 一

囊封①初上九重关，是日清都②虎豹闲。

百辟③动容观奏牍④，几人回首愧朝班？

名高北斗星辰上，身堕南州瘴海⑤间。

不待他年公议出，汉廷行招贾生⑥还。

【题解】

王庭珪（1080—1172），字民瞻，自号卢溪真逸，吉州安福（今属江西）人。南宋徽宗政和八年（1118）进士，调衡州茶陵县丞。后退居乡里。高宗绍兴十二年（1142），胡邦衡上疏斥秦桧，贬岭南，庭珪独以诗送。这组诗一出，秦桧大为恼怒，将年已古稀的诗人流放夜郎。诗人为胡邦衡鸣冤，认为他的直言敢谏令满朝文武都会羞愧，虽然现在蒙冤遭贬，但是等到以后得到了公正的评价，还会像汉代的贾谊一样被朝廷征召回来。

【注 释】

①囊封：古代臣子上给皇帝的秘密奏章，都用囊装起，以防泄露，也叫封事。

②清都：古代神话中上帝住的地方，据说清都共有九道门，由虎豹把守。

③百辟：朝中大臣。

④奏牍：书写奏章的简牍。

⑤瘴海：有瘴气的（恶性疟疾流行的）滨海地区。

⑥贾生：汉代贾谊，谪居长沙。

其　二

大厦元非一木支，欲将独力拄倾危。

痴儿①不了公家事，男子要为天下奇。

当日奸谀②皆胆落，平生忠义只心知。

端能③饱吃新州饭④，在处江山足扶持。

【题 解】

这一首则是对胡邦衡的鼓励。诗人一方面肯定他力挽狂澜，希望扶大厦于将倾的气魄。在诗人看来以秦桧为首的那帮"痴儿"是毫无政治主见的，根本无法和胡邦衡相提并论。胡邦衡是天下的奇才，他令诋谀小人们胆寒心惊。虽然遭到排挤，但是他仍然坚守自己内心的忠诚与正义。最后一联以苏东坡的命运来鼓励胡邦衡，希望他不要消极颓废，而是化悲痛为力量，在地方上有所作为。

【注 释】

①痴儿：指主张向金议和的秦桧。

②奸谀（yú）：奸诈谄媚的人。

③端能：肯定能。

④饱吃新州饭：化用黄庭坚"饱吃惠州饭，细和渊明诗"，暗含胡邦衡有和苏东坡一样不幸的命运。

晓出净慈寺①送林子方

南宋·杨万里

毕竟西湖六月中，风光不与四时同。

接天莲叶无穷碧，映日荷花别样②红。

【题解】

杨万里（1127—1206），字廷秀，自号诚斋野客，南宋杰出的诗人。该作品是一首描写西湖六月美丽景色的诗，诗人的中心立意不在畅叙友谊或者纠缠于离愁别绪，而是通过对西湖美景的极度赞美，曲折地表达对友人的眷恋。

【注释】

①晓出：太阳刚刚升起。净慈寺：全名"净慈报恩光孝禅寺"，与灵隐寺为杭州西湖南北山两大著名佛寺。

②别样：宋代俗语，特别，不一样。别样红指红得特别出色。

【名句】

接天莲叶无穷碧，映日荷花别样红。

送林子方直阁秘书将漕闽部 三首

南宋·杨万里

其 一

才趁锋车入帝关，又持使节过家山①。
作仙茶囿芝田②里，寓直蓬莱藏室间。
握手清谈纱帽点，羡君白日绣衣还。
来年贡了云龙璧，便缀金銮玉笋班。

【题解】

林子方举进士后，曾担任直阁秘书（负责给皇帝草拟诏书的文官，可以说是皇帝的秘书）。时任秘书少监、太子侍读的杨万里是林子方的上级兼好友，两人经常聚在一起畅谈强国主张、抗金建议，也曾一同切磋诗词文艺，两人志同道合、互视对方为知己。后来，林子方被调离皇帝身边，赴福州任职，职位知福州。林子方甚是高兴，自以为是仕途升迁，杨万里则不这么想，送林子方赴福州时，写下这三首诗，劝告林子方不要去福州。全诗的大意是说，林子方刚刚来到朝廷，现在又要去地方上任。他有着高尚的情操，过着仙人一般的生活。诗人与林子方握手言谈，非常融洽，并且相信林子方去地方一定是一个清廉的好官。诗人盼望着他能早日回朝并带回地方上的美玉云龙璧。

【注 释】

①家山：家乡。唐钱起《送李栖桐道举擢第还乡省侍诗》："莲舟同宿浦，柳岸向家山。"
②囿（yòu）：中国古代供帝王贵族进行狩猎、游乐的园林。宋代皇家

敕令福建武夷山为皇家茶苑。芝田：传说中仙人种灵芝的地方。

其　二

梅花国里荔枝村，颇记张灯作上元①。
一别频蒙访生死，七年再见叙寒温。
属当闵雨②祈群望，不得临风共一尊。
谁为君王留国士？吾衰犹拟叫天阍③。

【题解】

这首诗是对前一首的承接，表达了对林子方远去江南赴任的惆怅。诗歌先追忆了二人往日的友情之笃，以前共度元宵佳节的快乐生活仍旧历历在目。别后彼此相互挂念，等到再见的时候，已经过了七年，诗人感慨万千。他想到林子方有任务在肩，不能和他一同把酒临风了。诗人想要留住林子方却不能够，于是就发出了"吾衰犹拟叫天阍"的呼喊。

【注释】

①上元：农历正月十五元宵节，又称为上元节、春灯节。
②闵（mǐn）雨：古代指国君怜念施恩泽于民。
③天阍（hūn）：帝王宫殿的门。

其　三

亦闻小泊赞公房，清晓扶藜①叩上方。
君与一僧游别嶂，我行百匝②绕长廊。
风巾雾屦③来云外，雪桧霜松满袖香。
政是炎官张火伞④，不应多取海山凉。

【题 解】

这首诗应该是诗人早晨去找林子方，而林子方与一僧人出游，诗人有感而发。他绕着长廊不停地走，感受着眼前的风景：霜雪满眼，寒风习习，送来松桧的清香。诗人想象着林子方将成为地方大员，对他提出希望，希望他能爱民如子，多出善政，造福当地的百姓。

【注 释】

①藜（lí）：一年生草本植物，茎直立，可以做拐杖。这里指拐杖。

②匝（zā）：周，绕一圈。

③屦（jù）：古代用麻葛制成的一种鞋。

④炎官张火伞：火神张开火伞，这里形容政令严苛。

送王监簿民瞻南归

南宋·杨万里

潮头打云云不留，月波泼窗窗欲流。
夜寒报晴岂待晓，天公端为卢溪老①。
卢溪在山不知年，卢溪出山即日还。
黄纸苦催得高卧，青霞成癖谁能那②？
诏谓先生式国人，掉头已复烟林深。
路旁莫作两疏看，老儒不用囊中金。

【题解】

这是杨万里送别自己的老师王庭珪的诗。王庭珪是一位刚正爱国、颇具胆识和骨气的诗人，在南宋朝廷主战派与主和派的激烈斗争中，一直坚定地支持抗战、反对和议，因而获罪遭贬。杨万里自十七岁进拜王庭珪为师以来，就和王庭珪之间建立了一种越来越密切的师生情谊，在为学、为人、为官等方面，受到王庭珪的影响不可低估。这首诗首先描写了送别的环境，这是一个晴朗的日子，似乎是上天有意为王庭珪安排的。接着诗人写老师的淡泊名利及在朝获罪，他对此并未多言，因为他相信老师的清白是大家都知道的。杨万里对老师的思想和人格进行了肯定，认为他堪称国之楷模，遗憾的是很快就要离开了。最后用汉代疏广、疏受的典故再次呼应开篇，点明离别的主题。

【注释】

①端：真的，确实。卢溪：王庭珪字民瞻，自号卢溪老人、卢溪真逸。
②青霞：喻隐居，修道。

送周元吉显谟左司将漕湖北 三首

南宋·杨万里

其 一

君诗日日说归休，忽解西风一叶舟。
黄鹤楼前作重九①，水精宫②里过中秋。
职亲六阁仍金马，喜入千屯看木牛③。
绣斧④先华谁不羡，一贤去国⑤欠人留。

【题 解】

　　显谟左司是周元吉的官名，他是杨万里、陆游的诗友，与二人均有唱和。此次周元吉赴湖北任职，杨万里作诗三首为他送别。和送林子方的诗一样，诗人在诗中无不流露出对归隐的盼望，希望友人能早日脱离官场、清静逍遥于山水之间。第一首着重说明离别的主题，开篇说通过周元吉自己的诗篇说明这种"归休"是他的夙愿。这些都是官场之人一时兴起之言，不必当真。从"职亲六阁仍金马"一句可以看出，周元吉的许多亲戚在朝廷中占据高位，正所谓"朝中有人好做官"。

【注 释】

　　① 重九：阴历九月九日，因含两九故称重九，俗称重阳。
　　② 水精宫：亦作"水晶宫"，传说中的水神或龙王宫殿。
　　③ 木牛：三国时期蜀国丞相诸葛亮发明的一种运输粮草的交通工具。
　　④ 绣斧：指皇帝特派的执法大员。
　　⑤ 去国：指离开中原地区。

其 二

　　又见周郎携小乔①，武昌赤壁②醉娇饶。
　　蜀江雪水来三峡，吴苑风烟访六朝。
　　秋月春花出肝肺，新词丽曲入笙箫。
　　归来却侍金銮殿，好看霜毫③映珊貂④。

【题 解】

　　从这首诗可以看出周元吉是带着妻子一同赴任，所以诗人才将周元吉与周瑜作比，而周元吉赴任的地方也和周瑜火烧赤壁的地方相同，都在湖北，暗含有期待周元吉在楚地建功立业的祝福。中间两联写景如画，在时光的悄悄推移中，有历史的沧桑感，也有对周元吉文采的赞美。最后则总说对他功成归朝的期待。

【注 释】

① 周郎携小乔：周郎，三国时期东吴大都督周瑜，壮有姿貌，雄姿英发，娶有国色之称的小乔为妻。

② 赤壁：赤壁之战的古战场，位于今湖北省赤壁市西北部。

③ 霜毫：指白发。

④ 玕（án）貂：美玉与华美的裘皮。

其 三

彼此江湖漫浪^①翁，相逢递宿^②省西东。
两穷握手论诗后，一笑投胶入漆^③中。
临水登山公别我，青鞋布袜我从公。
貂裘已愽^④江西艇，只待黄花半席风。

【题 解】

这首诗追叙二人平生的交情，写他们一同浪迹江湖，同床共被，虽然困穷，却相与论诗，非常投机，达到了如胶入漆的程度。颔联写他们相互仰慕与跟从，谁也离不开谁。尾联写他对官场也已经十分厌倦了，只等待着有一个合适的机会，就乘风而归，以偿夙愿。这是对黑暗的官场规则的厌恶，也是对清明政治无从实现的现状的无奈。

【注 释】

① 漫浪：自由散漫，不受拘束。

② 递宿：轮流宿卫。

③ 投胶入漆：比喻关系亲密，像胶投入漆中一样难舍难分。

④ 傅（tuán）：忧劳不安貌。《诗经·桧风·素冠》中有"劳心傅傅兮"的说法。

三江小渡

南宋·杨万里

溪水将桥不复回，小舟犹依短篙^①开。
交情得似山溪渡，不管风波去又来。

【题解】

宋孝宗隆兴二年（1164）正月，作者因其父之病西归故里吉水，同年八月，作者之父因病逝世，作者开始了长达三年的丁父忧时期。约是在此期间，作者友人因事远行，作者送别友人至三江小渡口，作此诗以纪。此诗前两句，作者简单描绘了三江小渡口周边的环境，营造了一种送别友人，依依不舍的氛围。后两句作者直抒胸臆，使用比喻手法将"交情"比作"山溪渡"，并以自然界"风波"象征社会风浪，然后用"不管风波去又来"一句与首句"溪水将桥不复回"进行对比，深刻地揭示了全诗的主旨，不管风波如何，他们的交情依旧。

【注释】

① 篙：用竹竿或杉木等制成的撑船工具。

送客山行

南宋·杨万里

岭云为作小凉天，山店重来忆去年。
独树丹枫①谁不见，何须更立万松前。

【题 解】

这首送别诗很典型地体现了宋诗重理趣的特征。从第一句可以看出送别的时间是一个深秋，天气已经小有点凉意了。这个地方作者去年曾经来过，这就使他倍感亲切，也倍感伤心。就像崔护的《题都城南庄》中："去年今日此门中，人面桃花相映红。人面不知何处去，桃花依旧笑春风。"崔护是为佳人不知到了哪里而惆怅，杨万里则是为了又要和朋友在这个地方分别而悲伤。这里只有一棵枫树，但这又有何妨，作者觉得何必一定要有很多的松树呢，伤别中带有一丝乐观和豁达，令人鼓舞。

【注 释】

①丹枫：枫树，落叶乔木，到了秋天叶子会变成红色，所以又称为丹枫。

送姬仲实隐士北还

元·王恽

纷纷末术①例从谀②，邂逅③淇南论有余。
贾传④自怜多感慨，东门何意泥⑤孤虚⑥。

雨连宾馆留三宿，天遣幽怀⑦为一抒。

觉我胸中闻未有，九峰新说历家书。

【题解】

王恽（1227—1304），字仲谋，号秋涧，卫州路汲县（今河南卫辉市）人。一生仕宦，刚直不阿，清贫守职，成为元世祖忽必烈、裕宗皇太子真金和成宗皇帝铁木真三代的谏臣。师元好问，其文不蹈袭前人，雄深雅健，著有诗文集《秋涧集》一百卷。这首诗是送别友人姬仲实而作，诗中借送别抒发了对统治者不任用有识之士的不满。首句是说现在朝廷中有很多善于阿谀逢迎的小人，他和朋友以前偶然相会的时候就曾经深刻探讨过这个问题。第二联是诗人对朋友的劝慰，说他何必像古人那样去感慨时事并且一味去钻研道术一类的东西。第三联写他和朋友因为下雨无法赶路，所以就在旅店里住了三个晚上，自己的很多疑问都在朋友的帮助下得到了解答。最后还是对朋友高深学问的赞叹，言下之意，他这样的人才却没有得到重用，这真是朝廷的悲哀。

【注释】

①末术：指不能正确治理国家的方法。

②从谀：亦作"从臾"，奉承。从，通"怂"。

③邂逅：指不期而遇。

④贾传：这里当指贾谊典故，怀才不遇之人读《屈原贾生列传》都会引发自己遭遇的感慨。

⑤东门：复姓，这里当是指古代的某个人。春秋时有东门襄仲。汉代有东门云，曾任荆州刺史；又有善相马者东门京。泥（nì）：拘泥、局限。

⑥孤虚：古代方术用语。即计日时，以十天干顺次与十二地支相配为一旬，所余的两地支称之为"孤"，与孤相对者为"虚"。古时常

用以推算吉凶祸福及事之成败。

⑦ 幽怀：隐藏在内心的情感。

水调歌头·送王修甫东还

元·王恽

樊川①吾所爱，老我莫能俦②。二年鞍马淇上，来往更风流。梦里池塘春草，却被鸣禽呼觉，柳暗水边楼③。浩荡故园思，汶水日悠悠。

洛阳花，梁苑④月，苦迟留。半生许与词伯⑤，不负壮年游。我亦布衣游子，久欲观光齐鲁，羁绁⑥在鹰鞲⑦、早晚西湖上，同醉木兰舟。

【题 解】

王修甫是王恽的好友，一生漫游齐、梁、燕、卫之间，能诗善词，与王恽唱和频仍。这首词就是王恽送别王修甫所作。词中表达了对悠游于山水之间的清闲生活的向往，倾吐了自己久在官场的疲倦与身不由己。

【注 释】

① 樊川：唐诗人杜牧的别称。杜牧别业（别墅）樊川，有《樊川集》，自称"樊川翁"。

② 俦（chóu）：同辈，伴侣。这里是自叹到老也赶不上杜牧。

③ "梦里"三句：化用谢灵运名句"池塘生春草，园柳变鸣禽"。

④ 梁苑：西汉梁孝王所建东苑，故址在今河南省开封市东南。后人常

以"梁苑隋堤"为吟咏历史胜迹之典。

⑤ 词伯：称誉擅长文词的大家，犹词宗。

⑥ 羁绁（xiè）：马络头和马缰绳，泛指驭马或缚系禽兽的绳索。引申为拘禁、束缚、滞留。

⑦ 鹰鞲（bài）：当为地名。鞲，古代用来鼓风吹火的皮囊，俗称"风箱"。这里当是代指养鹰者提供的让鹰停歇的地方。

浣溪沙·送王子勉都运关中

元·王恽

蓟北①分携已六年，秋风淇上又离筵②，一尊情话重留连。
内史调兵惟汉相③，春潭通漕笑韦坚④，岳云⑤抛翠上吟鞭⑥。

【题 解】

这首词是王恽送别朋友王子勉赴任所作。词中将友人比喻成唐代开通漕运的大臣韦坚与宋代杰出的少年英雄岳云，表达了对友人少年得志的赞赏与其日后建功立业的期待。

【注 释】

① 蓟北：蓟县之北。蓟县，在天津市北部，邻接北京市和河北省。

② 筵：酒席。

③ 汉相：这里可能是针对元代统治者是蒙古人所说。

④ 韦坚：唐代大臣。时渭水曲折淤浅，不便漕运，他主持征调民工，在咸阳（今陕西省咸阳市）壅渭为堰以绝灞浐二水，向东开凿一条

与渭水平行的渠道，在华阴县永丰仓附近复与渭水汇合，又在禁苑之东筑望春楼，下凿广运潭以通漕运，使每年至江淮载货之船舶在潭中集中。

⑤岳云：岳飞之子，中国历史上杰出的少年英雄。他慷慨忠勇，颇有父风，在反抗金兵侵略战斗中屡立奇功。

⑥吟鞭：诗人的马鞭，多以形容行吟的诗人。

水调歌头·送王子初之太原

元·王恽

将军报书切，高卧起螭蟠①。悲欢离合常事，知己古为难。忆昔草庐人去，郁郁风云英气，千载到君还。歌吹展江底，长铗②不须弹。

路漫漫，天渺渺，与翩翩。西风鸿鹄③，一举横绝碧云端。自笑鹣鸰④孤影，落日野烟原上，沙晚不胜寒。后夜一相意，明月满江干。

【题解】

这首词是王恽送友人王子初去太原上任所作。此词情真意切，依依难舍，字里行间充满对人生无常的喟叹与无奈。词人将离开友人的自己比喻成离群的孤鸟，独自忍受寒苦，可见王恽与王子初的友谊非同一般。

【注释】

①螭蟠（chī pán）：亦作"螭盘"，如螭龙盘踞。

② 长铗：长剑。铗，剑柄。

③ 鸿鹄：古人称天鹅。

④ 鹡鸰（jí líng）：一种嘴细、尾翅都很长的小鸟，比喻漂泊异地的兄
弟急待救援。

齐天乐·送童瓮天兵后归杭

元·詹玉

相逢唤醒京华梦，吴尘暗斑吟发^①。倚担评花^②，认旗沽酒，历
历行歌奇迹。吹香弄碧，有坡柳^③风情，逋梅^④月色。画鼓红船，
满湖春水断桥客。

当时何限俊侣^⑤，甚花天月地，人被云隔。却载苍烟，更招白鹭，
一醉修江^⑥又别。今回记得。再折柳穿鱼，赏梅催雪。如此湖山，
忍教人更说。

【题 解】

詹玉（生卒年不详），字可大，号天游，江西人。至元间历除翰林
应奉、集贤学士，为桑哥党羽。桑歌败，为崔劾罢。此词为词人送朋友
童瓮天在元兵破杭州后归杭时所作，即作于南宋灭亡之后。词中抒发了
对故国京都的怀念，追忆当年在杭州的宴集游乐生活，把依依惜别、故
国之思、兴亡之叹熔铸于一炉，浑然一体。

【注 释】

① 吟发：指诗人的头发。

② 倚担评花：宋代挑担卖花者甚多，这里是回忆宋亡前倚着花担品评各色鲜花的日常趣事。

③ 坡柳：用苏东坡的典故。苏轼曾两度在杭州做官，在西湖中修建了一条长堤，把西湖分为里湖和外湖两部分，并在长堤上种花植柳。

④ 逋梅：林逋隐居西湖孤山，种梅养鹤，其《山园小梅》中诗句："疏影横斜水清浅，暗香浮动月黄昏"是千古传颂的咏梅名句。

⑤ 俊侣：才智杰出的同伴、朋友。

⑥ 修江：即修水，在今江西省境内。

四块玉·别情

元·关汉卿

自送别，心难舍，一点相思几时绝？凭阑①袖拂杨花雪②。溪又斜③，山又遮，人去也！

【题 解】

关汉卿（约1220—1300），号已斋（一作一斋）、已斋叟，解州（今山西省运城）人，与马致远、郑光祖、白朴并称为"元曲四大家"，代表作有《窦娥冤》、《救风尘》、《拜月亭》等。这首小令用准确、凝练的文字写已别、刚别的难舍之情，入木三分地写出一位深情女子送别心上人时的情态和意绪，给人以言有尽而意无穷的艺术感受。结尾处阻隔的关山是神来之笔，强化了主人公内心的孤寂与苦闷。

【注释】

① 凭阑：靠着栏杆。阑，同"栏"。
② 杨花雪：如雪花般飞舞的杨花。语出苏轼《少年游》："去年相送，余杭门外，飞雪似杨花。今年春尽，杨花似雪，犹不见还家。"
③ 斜：此处指溪流拐弯。

骂玉郎带过感皇恩采茶歌·恨别

元·钟嗣成

  风流得遇鸾凤配，恰比翼便分飞，彩云易散玻璃脆。没揣地^①钗股折，厮琅地^②宝镜亏，扑通地银瓶坠。香冷金猊^③，烛暗罗帏。支剌地^④搅断离肠，扑速地^⑤淹残泪眼，吃答地^⑥锁定愁眉。天高雁杳^⑦，月皎乌飞。暂别离，且宁耐^⑧，好将息^⑨。你心知，我诚实，有情谁怕隔年期。去后须凭灯报喜^⑩，来时长听马频嘶。

【题解】

  此曲子为恨别曲子，风格明朗，工于抒怀，善用排比，语意明快，以女子诉怨，男子宽慰的写法铺陈开来。这首曲子的思路非常明确，是按时间顺序来写的。先写相会的欢乐。再写这样的快乐将转瞬即逝，为此他们肠断泪流。暂时的离别之后，相互叮咛，要好好忍耐和等待，并且想象着下次相会时的情景。其中首句的"彩云易散玻璃脆"一句被曹雪芹借用了，而且用得很好，因为事实就是如此，时光短暂，一切美好的事物都经不起时间的敲打，感情尤其如此。

【注 释】

① 没揣地：不料、突然、猛然。

② 厮琅地：表象声，物体破碎声。

③ 猊：传说中龙生九子之一，形如狮，喜烟好坐，所以形象一般出现在香炉上，随之吞烟吐雾。

④ 支刺地：形容腹痛感受。

⑤ 扑速地：即"扑簌地"，象声词，表落泪。

⑥ 吃答地：象声词，形容落锁。

⑦ 杳：远去，无影无声。

⑧ 宁耐：忍耐。

⑨ 将息：休息、调养。

⑩ 灯报喜：旧谓灯芯爆结灯花，预兆喜事临门，远行亲人当回来。

喜春来·别情

元·周德清

月儿初上鹅黄柳①，燕子先归翡翠楼，梅休暖凤香篝②。人去后，鸳被③冷堆愁。

【题 解】

周德清（1277—1356），字日湛，号挺斋，高安暇堂（今江西高安县）人。著名的音韵学家、散曲家。这首曲是模拟女子口吻，写情人分离时的哀愁。先描绘景色，月儿初上，燕子归来，翡翠琼楼，香味熏得正浓，这或许是让人缠绵的环境。但是只是写景，不见人物的活动，正是如此，反倒给人留下了更大的想象空间。接着是人去后，被子显得冰冷，佳人

也为此而憔悴忧愁。

【注 释】

①鹅黄柳：新长出鹅黄色嫩芽的柳枝。
②香篝（gōu）：熏笼。
③鸳被：绣着鸳鸯的锦被。

蟾宫曲·别友

元·周德清

倚篷窗^①无语嗟呀^②，七件儿^③全无，做甚么人家？柴似灵芝，油如甘露，米若丹砂。酱瓿儿恰才梦撒^④，盐瓶儿又告消乏^⑤。茶也无多，醋也无多。七件事尚且艰难，怎生教我折柳攀花^⑥。

【题 解】

这首曲反映了当时生活物品的昂贵和自己生活的拮据，用语通俗，浅比喻显，贴近现实生活。作者在对友人的送别中抱怨生活的艰辛，看来友人同作者一样是一介寒儒，同时这也是元代文人对自身地位低下的一种嘲讽。

【注 释】

①篷窗：用篾席遮拦起来的窗户。

②嗟呀：叹息。

③七件儿：即七件事，指日常生活中的七种必需品。武汉臣《玉壶春》："早晨起来七件事，油、盐、柴、米、酱、醋、茶。"

④梦撒：散失。

⑤消乏：耗散完了。

⑥折柳攀花：指眠花宿柳，旧日文人恶习。但卢前《元曲别裁集》作"折桂攀花"，则句意为追求科举功名，因古人谓中科举曰"攀桂"，中状元要戴宫花，饮御酒。如此立意更佳。

寄生草·间别

元·查德卿

姻缘簿①剪做鞋样，比翼鸟②搏了翅翰③，火烧残连理枝④成炭，针签⑤瞎比目鱼⑥儿眼，手揉碎并头莲⑦花瓣，掷金钗擿断凤凰头⑧，绕池塘搜⑨碎鸳鸯弹⑩。

【题解】

查德卿，生平不详，大约元仁宗时（1311—1320）前后在世。其曲作多写爱情及叹世怀古之作，风格清新，《柳营曲·江上》被《中原音韵·作词十法》列为定格，《雨村曲话》称道其曲为"他人不能道"。《金元散曲》收录其小令二十二首。此曲写一个女子失恋后愤恨至极的心情和彻底决绝的态度，用赋体排句，重叠取譬，突出女主人公的行为动作。此写法源于汉乐府《有所思》。

【注 释】

① 姻缘簿：旧谓月下老人注定男女姻缘的簿册。

② 比翼鸟：喻爱侣。《尔雅·释地》："南方有比翼鸟焉，不比不飞，其名谓之鹣鹣。"

③ 翅翰：翅羽毛。

④ 连理枝：传说韩凭妻为宋王所夺，夫妇以死反抗。宋王不让他们合葬，可两座坟上的树枝连在了一起。喻夫妻恩爱，生死与共。白居易《长恨歌》"在天愿作比翼鸟，在地愿为连理枝。"

⑤ 笺：刺。

⑥ 比目鱼：鱼名，双眼均生于身体一侧。

⑦ 并头莲：即并蒂莲，并排长在一根茎上的两朵莲花。

⑧ 撷（diān）断：摘断、掐断。

⑨ 挼（ruó）：揉、搓。

⑩ 鸳鸯弹：即鸳鸯蛋，指禽鸟的蛋。

送王时敏之京

明·边定

祖饯^①河水上，离情郁难舒。

彼此谅衷素^②，值兹孟夏初。

青青河畔草，嘉麦^③生同墟。

子今京国去，结驷^④耀通衢^⑤。

冠盖^⑥欻^⑦交会，连璧粲琼裾^⑧。

既抱贞持操，甘等常人愚。

亮节贵有爱，洪涛奋鹍鱼。

抡材^⑨仍射策^⑩，陈纲当晏如^⑪。

昔为凫舄令^⑫，展转惜居诸。

葵藿^⑬仰朝阳，寸心万里俱。

努躬^⑭崇令德，世泽遗乡闾^⑮。

言睇^⑯贺兰巅^⑰，雪影袭云虚。

为作远塞别，歌成不能书。

击筑继慷慨，对景两踟蹰。

【题 解】

边定，字文静，明陈留（今河南开封市陈留镇）人。洪武初，为杭州府署典史。后谪戍宁夏。长于吟作。这首诗是诗人送好友去京师所作，开篇即点出送别的地点是在黄河边上，时间是初夏。诗人对朋友王时敏多方鼓励，希望他能鲲鹏展翅，建立功勋，并告诫他要像葵藿一样，对朝廷忠心耿耿。最后，诗人以荆轲自比，在落日的余晖中送了朋友一程又一程。

【注 释】

① 祖饯：古代出行时祭祀路神叫"祖"，后因称设宴送行为"祖饯"，即饯行。

② 衷素：内心的真情。素，通"愫"。

③ 嘉麦：生长得特别好的麦子。

④ 结驷（sì）：用四匹马并辔驾一车。

⑤ 通衢（qú）：四通八达之道。

⑥ 冠盖：指仕宦的官服和车盖，也用作仕宦的代称。

⑦ 欻（xū）：忽然的意思。

⑧ 琼裾：裾，似应作"琚"，琼琚，华美的佩玉。

⑨ 抡材：选择木材。后借指选拔人才。

⑩ 射策：汉代取士有对策、射策之制。射策由主试者出试题，写在简

策上，分甲乙科，列置案上，应试者随意取答，主试者按题目难易和所答内容而定优劣。上者为甲，次者为乙。射，投射之意。

⑪ 晏如：安然。

⑫ 凫舄（fú xì）令：传说东汉时叶县令王乔尝化两凫（鞋子）为双凫，乘之至京师。旧因用为地方官故实。凫，野鸭。

⑬ 葵藿：葵和豆的花叶倾向太阳，故古人每用为下对上表示忠诚渴慕之辞。藿，豆叶。

⑭ 努躬：意谓努力亲身去做。

⑮ 乡闾：即乡里。

⑯ 言睇（dì）：一边说话，一边斜视。

⑰ 贺兰巅（diān）：贺兰山的山顶。

满江红·题碧梧翠竹送李阳春

明·张宁

一曲清商①，人别后、故园几度。想翠竹、碧梧②风采，旧游何处。三径③西风秋共老，满庭疏雨春都过。看苍苔、白石易黄昏，愁无数。

峄山④畔，淇泉⑤路。空回首，佳期误。叹舞鸾鸣凤，归来迟暮。冷淡还如西草，凄迷番作⑥江东树。且留他、素管⑦候冰丝⑧，重相和。

【题 解】

张宁，字静之，海盐人。景泰五年（1454）进士，官礼科给事中。有《方洲集》四十卷。这首送别词写得凄迷动人，将离愁别绪融入景物之中，情景交融，意味悠长。这首词主要是想象好友去后，自己的孤寂与惆怅。作者虽然是此时的送别，可是词作却从上一次的送别写起，写

了好朋友走后，自己生活的无趣无聊。下片由对过去的回忆转到近日的生活：和朋友只有短暂的相会，回想起来，美好的日子都被这无情的离别给耽误了。等他们回到家中后，草是冷淡的，树是凄迷的。这一切作者已经不忍再多看下去，于是就再奏一曲，为自己的朋友送别。

【注 释】

① 清商：商声，古代五音之一。古谓其调凄清悲凉，故称。
② 碧梧：绿色的梧桐树。常用以比喻美好的才德或英俊的仪态。
③ 三径：汉代蒋诩隐居故里，庭中辟三径，闭门谢客，唯与高逸之士求仲、羊仲来往。
④ 峄（yì）山：古称"邹峄山"、"邾峄山"，在山东省邹城市东南。
⑤ 淇泉："淇水"与"泉源"的合称。典出《诗经·卫风·竹竿》："泉源在左，淇水在右……淇水在右，泉源在左。"
⑥ 番作：更换为。
⑦ 素管：指管乐器。
⑧ 冰丝：指冰蚕所吐的丝，常用作蚕丝的美称。此指琴弦。

送陈秀才还沙上省墓

明·高启

满衣血泪与尘埃，乱后还乡亦可哀。
风雨梨花寒食①过，几家坟上子孙来？

【题 解】

　　高启（1336—1373），字季迪，号槎轩，平江路（明改苏州府）长洲县（今江苏省苏州市）人。元末明初著名诗人，与杨基、张羽、徐贲被誉为"吴中四杰"。有《高太史大全集》、《凫藻集》等。这是诗人在送陈秀才回沙上扫墓有感而发所作的诗。清明时分，春雨飞飞，诗人和陈秀才一行人风尘仆仆地赶回沙上祭祖，满身泥土尘埃和雨露。诗人感慨以这样行色匆匆的方式回乡祭祖，让人感受到一丝悲哀与凄凉。

【注 释】

　　① 寒食：亦称"禁烟节"、"冷节"、"百五节"，在夏历冬至后一百零五日，清明节前一二日。

送沈左司从汪参政分省陕西

明·高启

重臣分陕去台端①，宾从威仪尽汉官。
四塞河山归版籍②，百年父老见衣冠。
函关③月落听鸡度，华岳云开立马看。
知尔西行定回首，如今江左是长安。

【题 解】

　　这是高启送友人去陕西赴任的送别诗。诗中点出汉人从蒙古人手中夺回政权，建立了大一统的明王朝，同时对历史兴衰变迁作出深深的慨

叹。句句切合送别的主题和朋友要去的地方长安。最后两句，作者是说宋元以前，陕西是中国心脏，天下士子争相而入，可是自宋以后，长安似乎就不是人们关注的地方了。现在首都在江左，所以诗人说友人到陕西肯定还要回头看江左。

【注释】

① 台端：唐侍御史的别称。
② 版籍：版图，疆域。
③ 函关：函谷关之省称，西据高原，东临绝涧，南接秦岭，北塞黄河，是我国建置最早的雄关要塞之一。

代父送人之新安

明·陆娟

津亭杨柳碧毿毿①，人立东风酒半酣②。
万点落花舟一叶，载将春色过江南。

【题解】

陆娟，生卒年不详，明代云间（江苏松江府）人，华亭陆德蕴（润玉）之女，马龙妻。其父隐居北郭，有高行，曾为明代书画家沈周的老师。题中"代父"当指代父亲作送别诗，不是代父送客。这首诗设色艳丽，如同画卷，颇有女性的特点，关于送别本身着墨不多，呈现更多的是一个少女对美丽春光的无限欢欣。

【注释】

① 毶毶（sān）：毛发、枝条等细长的样子。这里形容柳条细长柔软。

② 酣：酒喝得很畅快。

诸门人送至龙里道中 二首

明·王守仁

其 一

蹊^①路高低入乱山，诸贤相送愧间关^②。

溪云压帽兼愁重，风雪吹衣着鬓斑。

花烛夜堂还共语，桂枝秋殿听跻攀^③。

相思不作勤书礼，别后吾言在订顽^④。

【题解】

王守仁（1472—1529），字伯安，号阳明子，世称阳明先生，故又称王阳明，浙江余姚人，是明代著名的思想家、文学家。这组诗写离别的愁绪，但意境开阔，伤别而不哀怨。首联写景中叙事，次联写景中抒情，第三联有写景，有叙事，有抒情，最后一联作谆谆教诲。这首诗最突出的特点就是各种表达手法的融汇使用，情、景、事不可分割，构成了一个完整的师生相送的故事，而且每个环节都十分具体，亲切可感。

① 蹊：小路。

② 间关：这里指诸贤相送走了很远的路。

③ "桂枝"句：秋殿，朝廷在秋天举行的殿试。跻攀，上升。旧时把登科及第喻为折桂，这里是说等着听登科及第的喜讯。

④ 订顽：订正愚顽。

其 二

雪满山城入暮关，归心别意两茫然。

及门①真愧从陈②日，微服③还思过宋年。

樽酒无因同岁晚，缄书④有雁寄春前。

莫辞秉烛通霄坐，明日相思隔陇烟。

【题 解】

诗人把舍不得与诸子分离的茫然情愫如实写来，词情深婉，依依惜别，通过外界景物的衬托，营造出一种苍凉的氛围。这首诗的大意是说，到了傍晚，也到了要分别的关口，大雪满山，离别的情绪弥漫心头。我像当年的孔子在陈国、宋国遭遇艰难一样，作为你们的老师，我是深感惭愧的。现在我们一同在这个年末喝了这樽浊酒来告别，以后到书信往还时恐怕就要到春天了吧。既然离别在即，我们就抓住这宝贵的时光，晚上多坐一会儿，因为明天一旦分别，就要远隔烟云了，再相互思念而不得见是多么令人伤心的事情呀！从诗中可以看出王守仁与学生感情的厚重。

【注 释】

① 及门：正式登门拜师受业的学生。

② 从陈：跟随，引用孔子在陈绝粮从者病的故事。

③ 微服：为隐蔽身份而改穿的服装。此句用典，《孟子·万章》上记载，孔子在鲁国、卫国过得不顺心，又遇上宋国的司马桓要拦截杀害他，就改变装束通过宋国。

④ 缄书：书信。

送顾舍人使金陵还松江

明·王世贞

汝岂因鲈脍①？吾曾识凤毛②。
青云③归暂得，白雪④和谁高？
海色钟山雨，秋声笠泽⑤涛。
南征有诸将，为语圣躬劳。

【题 解】

王世贞（1526—1590），字元美，号凤洲，又号弇州山人，太仓（今江苏太仓）人，"后七子"领袖之一。全诗围绕顾舍人南下慰问南征将士和因此行而顺道还故乡两条线索展开，分合自如。鲈脍、凤毛、白雪等典故的妙用，使情感表达蕴藉深沉。"海色"、"秋声"一联，构思新巧，意境开阔，绾合金陵、松江，从而自然过渡到公事之上。

【注 释】

① 鲈脍（lú kuài）：亦作鲈鲙、鲈鱼脍、思鲈、思莼鲈等等，喻思乡赋归之典。《世说新语·识鉴》"张季鹰辟齐王东曹掾，在洛见秋

风起，因思吴中菰菜羹、鲈鱼脍，曰：'人生贵得适意尔，何能羁宦数千里以要名爵！'遂命驾便归。"

②凤毛：比喻人的华美风度和杰出才华。

③青云：常借指归隐。

④白雪：《阳春白雪》，指战国时代楚国的一种高雅乐曲，亦指高深典雅、不够通俗易懂的文艺作品。常跟"下里巴人"对举。

⑤笠泽：在今江苏吴江一带，越王勾践曾在这里大败夫差。

别吴中诸子

明·读彻

相晤① 了无意，临歧② 还黯然③。
回看吴苑树，独上秣陵④ 船。
春老还山路，江昏欲雨天。
白鸥略似我，聚散绿波前。

【题 解】

读彻（1588—1656），明末清初江苏苏州中峰寺僧，字见晓，又字苍雪，号南来，俗姓赵，呈贡（今属云南省）人。吴地自来是文化发达的地区，与吴中诸子过从唱和，是彻公一大乐事。这是彻公与诸位朋友告别，前往金陵时写给朋友的一首抒情诗，诗中没有记录离别双方所说的片言只字，而是借分别时的山水风光和时令气候来衬托离别的心境，颇有余韵，意味深长。尤其是最后一联，运用拟人化的手法，似乎白鸥也懂得了作者的情思，一会儿聚在一起，一会儿又散开了。

【注 释】

①晤（wù）：遇，见面。

②临歧：本为面临歧路，后亦用为赠别之辞。

③黯然：情绪低落、心怀沮丧的样子。

④秣（mò）陵：秦汉时期今南京的称谓。

于郡城送明卿之江西

明·李攀龙

青枫飒飒雨凄凄，秋色遥看入楚①迷。

谁向孤舟怜逐客②，白云相送大江西。

【题 解】

李攀龙（1514—1570），字于鳞，号沧溟，历城（今山东济南）人。少孤家贫，刻苦好学。此诗将诗人情感融入景物，自然委婉地映衬出好友离别时徘徊俳恻、依依不舍的感情。

【注 释】

①楚：指友人贬谪地江西。

②逐客：这里指诗人的朋友明卿。

沁园春·赠别芝麓先生 二首

清·陈维崧

其 一

四十诸生，落拓①长安，公乎念之！正戟门②开日，呼余惊座；烛花灭处，目我于思。古说感恩，不如知己，卮酒为公安足辞③？吾醉矣！才一声河满，泪滴珠徽④。

昨来夜雨霏霏，叹如此狂飙世所稀。恰山崩石裂，其穷已甚；狮腾象踏，此景尤奇。我赋将归，公言小住，归路银涛百丈飞。氍毹⑤暖，趁铜街似水，赓和⑥无题。

【题解】

陈维崧（1625—1682），字其年，号迦陵，宜兴（今属江苏）人。此词虽写离愁别绪，但粗犷之气溢于字里行间。这里诗人特意点出自己四十岁，恐怕与古人"四十而不惑"的说法有些关系。因为这时诗人落拓他乡，这里的长安当是代指当时的京城南京。词人回忆了与朋友的一些生活细节，认为拥有知己比懂得感恩更宝贵，既然如此，为了给你送别，我又怎么会不多喝一杯呢。酒入愁肠，想到了"一声何满子，双泪落君前"，他不禁泪花扑簌。词人回忆昨天晚上，是一个风雨大作的夜晚，就像山崩石裂，狮子和大象在腾踏跳跃一样，这样的光景真是奇特呀。我要离开了，而你还要暂时住些日子。我归去的水路恐怕风浪不小，趁着现在的激动心情和美好景色，我聊吐片言，以寄存心。

【注释】

① 落拓：穷困潦倒，寂寞冷落。

② 戟门：太庙戟门，尚为明代规制。

③ 卮（zhī）：古代盛酒的器皿。此句出自《史记·项羽本纪》"樊哙曰：'臣死且不避，卮酒安足辞！'"

④ 珠徽：精美的琴徽，亦为琴的美称。

⑤ 氍毹（qú shū）：一种织有花纹图案的毛毯。

⑥ 赓（gēng）和：续用他人原韵或题意唱和。

其　二

归去来兮！竟别公归，轻帆早张。看秋方欲雨，诗争人瘦；天其未老，身与名藏。禅榻①吹箫，妓堂说剑，也算男儿意气扬。真愁绝，却心忧似月，鬓秃成霜。

新词填罢苍凉，更暂缓临歧②入醉乡。况仆本恨人③，能无刺骨；公真长者，未免沾裳。此去荆溪，旧名罨画④，拟绕萧斋⑤种白杨。从今后，莫逢人许我，宋艳班香⑥。

【题　解】

　　全词一气呵成，酣畅淋漓，尽情抒发胸中的苍凉与失意。此词是词人醉到酣处挥毫而作。这一首和前一首略有不同，上一首着重写词人对人生的感慨和送别时的气候、心情，这一首则是着重说自己归去后的情况，是对别后生活的设想。上片词人说他自己因写诗而变瘦，愁绝得鬓秃了，头发也白了。虽然也有上一首的吹箫说剑的男儿意气，但是毕竟还是无法掩盖内心的惆怅。下片是写填词完毕，离别也就更近了，词人虽然有些话说得很激烈，那都是因为有太多的遗憾与苦闷无处排遣。朋友是真正的长者，听了他的唠叨也不免掉下泪来。最后词人说了自己要回去的地方，他打算回去后在房子周围种上白杨树，并且希望朋友不要在人面前夸赞自己的文才，说自己像宋玉和班固一样。

【注释】

① 禅榻：僧人坐禅之床。
② 临歧：本为面临歧路，后亦用为赠别之辞。
③ 恨人：失意抱恨之人。
④ 罨（yǎn）画：即荆溪，在今宜兴境内。
⑤ 萧斋：梁武帝造寺，令萧子云飞白大书一"萧"字，至今一"萧"
　　字存焉。
⑥ 宋艳班香：谓文辞华丽。宋指战国时宋玉，班指东汉时班固。

送荪友

清·纳兰性德

人生何如不相识，君老江南我燕北。
何如相逢不相合，更无别恨横胸臆。
留君不住我心苦，横门①骊歌②泪如雨。
君行四月草萋萋，柳花桃花半委泥③。
江流浩淼江月堕，此时君亦应思我。
我今落拓④何所止，一事无成已如此。
平生纵有英雄血，无由一溅荆江⑤水。
荆江日落阵云低，横戈跃马今何时。
忽忆去年风月夜，与君展卷论王霸⑥。
君今偃仰⑦九龙间，吾欲从兹事耕稼。
芙蓉湖上芙蓉花，秋风未落如朝霞。
君如载酒须尽醉，醉来不复思天涯。

【题 解】

　　纳兰性德（1655—1685），字容若，号楞伽山人，满洲人，为清初宰辅明珠长子，初名成德。这首送别诗作于容若的好友严绳孙辞官离开的时候，用词凄艳，哀伤动人。开头是诗人的牢骚语，因为认识和离合而产生离别的痛苦，作者就说还不如不相识，或者相识了也不会再遇到。这都是想要留住朋友而不能够留住时的"心灵苦语"，诗人唱着离歌，泪流满面。诗人想象朋友去后芳草萋萋、桃花也大半要凋谢。当朋友经过浩淼的江面，看到月亮的时候，大概会想起自己吧。再接过来诗人表达了自己一事无成的苦闷，希望能够横戈跃马，建功立业。转而回想起曾经和朋友谈论天下大势，可是如今的现实却是朋友辞官离去，官场黑暗，他也动了归隐的念头，希望和朋友一样享受一份生活的宁静，如有机会，愿意和朋友一醉解千愁。

【注 释】

　　① 横门：长安城北西侧之第一门也，后泛指京门。

　　② 骊（lí）歌：告别之歌，是《骊驹歌》的省称。

　　③ 委泥：掉进泥里。

　　④ 落拓：穷困失意，景况零落。

　　⑤ 荆江：长江自湖北枝江至湖南岳阳一段的别称，这里指在湖南岳阳的一段。康熙十七年（1678）平吴三桂叛乱。溅荆江：即以热血洒荆江，驰骋疆场杀敌。

　　⑥ 王霸：战国时儒家称，以仁义治天下者为王道，以武力结诸侯者为霸道。

　　⑦ 偃仰：安然而处，无忧无虑。

木兰花慢·立秋夜雨，送梁汾南行

清·纳兰性德

盼银河迢递，惊入夜，转清商①。乍西园蝴蝶，轻翻麝粉，暗惹蜂黄②。炎凉。等闲瞥眼，甚丝丝、点点搅柔肠。应是登临送客，别离滋味重尝。

疑将。水墨画疏窗，孤影淡潇湘。倩一叶高梧，半条残烛，做尽商量③。荷裳。被风暗剪，问今宵、谁与盖鸳鸯。从此羁愁万叠，梦回分付啼螀④。

【题 解】

这是一首送别之作，送别本是伤感的事，而这里所作的送别又偏偏是在"立秋夜雨"之时，这就更加愁上添愁了。词则是紧紧贴合着"立秋"和"夜雨"之题面展开铺叙，伤离怨别之意，悲凉凄切之情更为细密深透。上片首三句说盼望着高远的天河出现，入夜却偏偏下起了悲凄的秋雨。接着的三句是说秋风乍起，园中蜂飞蝶舞，一片凄凉景象。亦暗喻仕途之炎凉变幻。"等闲"二句意谓入秋夜雨本来是等闲之事，但今夜那丝丝点点之声却令人搅断寸寸柔肠，因为这是登临送别的缘故，离别的滋味不好受。下片的开头部分是说词人怀疑窗上被雨打湿的痕迹就像用水墨画成的潇湘图景。在这凄凉的雨夜里，梧桐的叶子滴着雨滴，点点滴滴似乎都滴在了词人的心上。在半根残烛前，词人与朋友倾诉衷肠。身上的衣服又被风吹起，今宵别后恐怕只能一个人静静地度过漫漫长夜。从此以后即使因为万般羁旅的愁闷而难以入眠，能听到的恐怕也只是蝉的叫声了（而不是朋友间的欢声笑语）。

【注 释】

① 迢递：高远貌。清商：古代五音之一，即商音，其调悲凉凄切，此处借指入夜后的秋雨之声。

② 西园：本为园林名，后亦泛指园林。麝（shè）粉：香粉，代指蝴蝶翅膀。蜂黄：本指妇女涂额之黄色妆饰，此处代指蜜蜂。

③ 倩：倚近、靠近。商量：斟酌、思考之意。洪咨夔《念奴娇·老人用僧仲殊韵咏荷花横披，谨和》："香山老矣，正商量不下，去留蛮素。"

④ 万叠：形容愁情的深厚浓重。螀（jiāng）：古书上说的一种蝉。

于中好·送梁汾南还为题小影①

清·纳兰性德

握手西风泪不干。年来多在别离间。遥知独听灯前雨，转忆同看雪后山。

凭寄语，劝加餐。桂花时节约重还。分明小像②沉香缕，一片伤心欲画难③。

【题 解】

这是一篇送别之作，送的是顾贞观。当时，顾贞观正在京城，逢母丧欲南归，纳兰性德欲留不得，更想到和顾贞观虽然心心相印，却聚少离多，此番又将长别，愈发难舍。上片写他们握着彼此的手泪流个不停。纳兰性德为侍卫之臣，护驾出巡是经常的事，仅清康熙十九年至二十年（1680—1681），纳兰性德即先后随从皇帝巡幸巩华城、遵化、雄县等地，故云与好友"多在别离间"。"遥知"二句的意思是说遥想你正独自对

着孤灯，听着秋雨，寂寞无聊，但转头一想，你我曾经雪后看山，亲密
共处，亦可为一大安慰了。下片的开始化用了古诗十九首的第一首《行
行重行行》中"弃捐勿复道，努力加餐饭"的诗意，只是这里用作劝朋
友多多保重的意思。词人和朋友约好到了秋天桂花开放的时节再次相会。
最后两句意思是你手中我的小小画像在缕缕沉香的轻烟里历历可见，但
那伤情却是无从画出的。

【注 释】

① 小影：纳兰性德的画像，即后来梁汾存于无锡惠山贯华阁者。

② 小像：李贺《答赠》诗："沉香熏小像，杨柳伴啼鸦。"其中的"小像"
本当做"小象"，即象（动物名）形薰笼，然而李贺的诗歌讹误已久，
遂被当做"画像"的典故来用。这首词中理解为象形的香炉或者画
像似乎都说得通。

③ 本句化用韦庄《金陵图》诗："谁谓伤心画不成。"又元好问《家
山归梦图》诗："卷中正有家山在，一片伤心画不成。"

图书在版编目（CIP）数据

古代送别诗词三百首 / 吕来好编著.— 北京：中国国际广播出版社，
2014.9（2019.6 重印）
（中华好诗词主题阅读丛书）
ISBN 978-7-5078-3725-4

Ⅰ.①古… Ⅱ.①吕… Ⅲ.①古典诗歌－诗集－中国 Ⅳ.①I222

中国版本图书馆CIP数据核字（2014）第088126号

古代送别诗词三百首

编　　著	吕来好
责任编辑	杜春梅　张淑卫　张娟平
版式设计	国广设计室
责任校对	徐秀英
出版发行	中国国际广播出版社（83139469　83139489 [传真]）
社　　址	北京市西城区天宁寺前街2号北院A座一层
	邮编：100055
网　　址	www.chirp.com.cn
经　　销	新华书店
印　　刷	香河利华文化发展有限公司
开　　本	640×940　1/16
字　　数	200千字
印　　张	21
版　　次	2014 年 9 月　北京第一版
印　　次	2019 年 6 月　第二次印刷
定　　价	45.00元